Wilhelm Heinse

Ardinghello und die glückseeligen Inseln

eine italiänische Geschichte aus dem sechszehnten Jahrhundert

Wilhelm Heinse

Ardinghello und die glückseeligen Inseln
eine italiänische Geschichte aus dem sechszehnten Jahrhundert

ISBN/EAN: 9783743692077

Hergestellt in Europa, USA, Kanada, Australien, Japan

Cover: Foto ©Andreas Hilbeck / pixelio.de

Weitere Bücher finden Sie auf **www.hansebooks.com**

Ardinghello

und die
glückseeligen Inseln.

Eine

Italiänische Geschichte

aus dem sechszehnten Jahrhundert.

Erster Band.

Frankfurt und Leipzig
1792.

Es ist eine Luſt, in den Italiäniſchen
Bibliotheken herum zu wühlen: man
ſpürt auch in den geringeren zuweilen un-
bekannte Handſchriften auf. Ob ich an
dieſer, von welcher ich hier die getreue
Ueberſetzung liefre, einen guten oder ſchlech-
ten Fund gethan habe, mag jeder Leſer für

)(2

ſich

sich bestimmen. Ich entdeckte sie bey Cajeta in einer verfallnen Villa, die auf einer reizenden Anhöhe den zaubrischen Meerbusen beherrscht, unter alten Büchern und Papieren; als ich mit einem jungen Römer einen glücklichen Herbst dort zubrachte, während er die Verlassenschaft seines Oheims in Besitz nahm.

Sollte verschiedenen, wegen Ferne des Landes und der Zeit, einiges dunkel oder zu gelehrt vorkommen: so können sie solches bequem überschlagen, und sich blos an den Faden der Begebenheiten halten; in der Natur selbst müssen die Weisesten manches so vorbeigehn.

Wiel-

Vielleicht findet mein Freund noch anderswo das übrige der Geschichte; aus Familien-Nachrichten scheint Fiordimona, die man darin kennen lernen wird, ihre Tage beschlossen zu haben.

Der Verfasser setzt seiner Schrift folgende Fabel vor, um sinnlich zu machen, daß auch das nützlichste unschuldiger Weise schädlich seyn kann.

"Ein wächserner Hausgötze, den man außer Acht gelassen hatte, stand neben einem Feuer, worin edle Campanische Gefäße gehärtet wurden, und fing an zu schmelzen.

Er

Er beklagte sich bitterlich bey dem Ele=
mente. Sieh, sprach er, wie grausam du
gegen mich verfährst! jenen gibst du Dauer,
und mich zerstörst du!

Das Feuer aber antwortete: Be=
klage dich vielmehr über deine Natur; denn
ich, was mich betrift, bin überall Feuer."

Geschrieben im December 1785.

Erster Theil.

Das Fest war für uns verdorben. Meine vorigen Begleiter eilten nun von dannen. Wir ließen den Bucentoro zwischen tausend Fahrzeugen, unter dem Donner des Geschützes von allen Schiffen, aus den Häfen in die offne See stechen, und den Dogen sich mit dem Meere vermählen; und er brachte mich mit seinem Führer nach meiner Wohnung.

Hier schied er von mir, ohne daß er mir weder sein Quartier, noch seinen Namen sagen wollte; blos aus der Mundart bemerkte ich, daß er ein Fremder war: jedoch versprach er, mich bald zu besuchen. Wir umarmten uns, und mir wallte das Herz, es regte sich eine Gluth darinnen. Seine Jugend stand eben in schöner Blüthe, und um Mund und Kinn flog stark der liebliche Bart an; seine frischen Lippen bezauberten im Reden, und die Augen sprühten Licht und Feuer; groß und wohlgebildet am ganzen Körper, mit einer kühnen Wildheit, erschien er mir ein höheres Wesen.

Sein

Sein Bild wich den ganzen Tag nicht aus meiner Seele; ich konnte weder essen noch trinken, und vor Ungeduld nicht bleiben.

Abends war Gondelrennen, das auf der See, was Wettlauf auf dem Lande; wodurch unsre Leute zu muthigen Schiffern sich bilden; ein Spiel, wo Stärke, Gewandheit, und Führung des Ruders den Preis davon trägt, und welchem nur ein Pindar fehlt, es wie die Olympischen zu verherrlichen. Der ganze große Kanal schäumte und war Getümmel von schönem Leben; die Fenster der Palläste prangten mit ihren Tapeten, und die untergehende Sonne glänzte daraus wieder in unzählbaren frohlockenden Gestalten.

Ich fuhr an den Markusplatz, und gieng darauf in Gedanken herum, bis die Nacht einsank, und ihre Kühle verbreitete; die Erleuchtung der Buden mit den Kostbarkeiten der Messe gab eine neue Augenweide. Ich blickte in verschiedene Weinschenken unter den Hallen; in einer dünkte mich, den jungen Mann gesehen zu haben, der mich so großmüthig der Gefahr entzog

Ich

Ich kehrte sogleich um, und gieng in meiner Maske hinein.

Es war der Versammlungsort der Künstler, und ich hatte recht gesehen. Sie schienen im Streite zu seyn. Paul von Verona führte das Wort, und sagte:

„Wer über ein Kunstwerk am richtigsten ur-theilen kan? Ich glaube, wer die Natur am besten kennet, die vorgestellt ist, und die Schran-ken der Kunst weiß. Ich verachte die Elenden, die von einem Manne von Geist und West ver-langen, daß er ein Schmierer, wie Sie, seyn soll, eh er über ein Gemählde urtheilen will: das komische Approbatum sogar, welches die teut-schen Roßtäuscher an die Pferde vor der Markus-kirche mit ihren Namen schrieben, gilt mir zum Exempel mehr hier, als jener ganzer Troß; in Stutereyen gebohren und erzogen, fühlten sie die herrliche lebendige Pferdsnatur, und wie jeder von den vier jungen muthigen Hengsten seinen eigenen Charakter hat, die Vortreflichkeit ihrer Köpfe,

und

und wie sie schnauben und ungeduldig sind, daß
sie im Zügel gehalten werden, lernt man durch
kein bloßes Gekritzel von Zeichnung. Selbst der
größte Mahler, der immer auf festem Lande leb=
te, kan über kein Seestück urtheilen; und der
erste beste Sultan, der liebt, und noch Kraft in
den Adern hat, darf eher sprechen aus seinem
Serail über eine nackende Venus von unserm Al=
ten, als der fromme Fra Bartolommeo.‟

„Wahr! versetzte ein andrer, der deutlichen
hellen und volltönigen Aussprache nach, ein Rö=
mer; aber der Geschmack kömmt nicht von selbst.
Man muß erst wissen, was Kunst ist, und den
Vorrath der Kunstwerke mit Naturerfahrnem
Sinn geprüft haben: sonst geht der Prozession
mit der Madonna von Zimabür hinter drein,
und bejubelt sie als das non plus ultra. Die
Leute glauben, es wäre nicht möglich etwas bes=
sers zu machen, weil sie nichts bessers gesehen
haben; und denken, wie ihnen zu Muthe wäre,
wenn sie den Pinsel in die Hand nehmen sollten.
Daher alle die albernen Urtheile von sonst sehr,

ge=

gescheidten und gelehrten Männern über die Künstler der vorigen Zeit; sie schwatzten gleich vom Zeuxis und Apelles, weil sie platterdings von diesen Namen keinen sinnlichen Begriff hatten. Und so wirds bey den Ausländern, wo die Kunst anfängt, und die Meisterstücke nicht vorhanden sind', mit euch und Titian und Raphael ergehen; ihr werdet eben so gemißbraucht werden."

„Und dann muß man gewiß mehr als ein Werk und viel von einem Meister gesehn haben, ehe man nur ihn recht kennen lernt. So gehts auch mit den Menschen überhaupt; die treflichen muß man studiren. Es ist nichts eitler und thörichter, als die Reisenden und Hofschranzen, die einen wichtigen Mann gleich beym ersten Besuch und Gespräch weg haben wollen."

Doch; um nicht auszuschweiffen! Keines kann einen Theil vollkommen verstehen, ohne vorher einen Begriff vom Ganzen zu haben, und so wieder umgekehrt. Jedes einzelne Gemählde zum Beyspiel macht folglich einen Theil von der gesammten Mahlerey, so wie sie gegenwärtig in der Welt ist; und man muß wenigstens ihr Be-stes überhaupt kennen, ehe man dem Einzelnen seinen Rang anweisen will."

Mein junger Mann erwiederte jetzt mit Feuer;

„Ich mag nicht bestimmen, in wie ferne der Herr Recht hat. Das Geräusch der Messe um uns erlaubt keine nüchterne Berathschlagung; ich glaube, Meister Paul hat das Seinige ge-sagt, damit, daß ein befugter Richter noch die Grenzen der Kunst kennen muß."

„Allein, ihr Lieben, jede Form ist indivi-duell, und es gibt keine abstrakte; eine bloß ideale Menschengestalt läßt sich weder von Mann noch Weib, und Kind und Greis denken. Eine junge Aspasia, Phryne, läßt sich bis zur Lie-besgöttin oder Pallas erheben, wenn man die gehörigen Züge mit voller Phantasie in ihre Bil-dungen zaubert: aber ein abstraktes bloß voll-kommnes Weib, das von keinem Klima, keiner Volkssitte etwas an sich hätte, ist und bleibt

mei-

meiner Meinung nach ein Hirngespinst, ärger als die abentheurlichste Romanheldin, die doch wenigstens irgend eine Sprache reden muß, deren Worte man versteht.‘‘

„Und solche unerträglich-leere Gesichter und Gestalten nennen die armseligen Schelme, die weiter nichts als ihr Handwerk nach Gipsen erlernt haben und treiben, wahre hohe Kunst; und wollen mit Verachtung auf die Kernmenschen herunter schauen, die die Schönheiten, welche in ihrem Jahrhundert aufblühten, mit lebendigen Herzen in sich erbeutet haben.‘‘

„Dies ist der wahre Weg, beschloß der Römer. Inzwischen kan man über nichts urtheilen, wovon man kein Ideal hat; und dieß entwirft der Verstand mit der Wahl aus Vielem.‘‘

Hier trennte sich die Gesellschaft; Paul ging weg, und nahm den Jüngling in Arm. Ich folgte nach. Sie zogen den Platz ein paarmal herum, und hörten da und dort der Musik und den Scherzen lustiger Truppen zu. Beym Eingang in die Merceria verließ ihn endlich Paul;

Paul; ich nahm meine Maske ab, und machte mich an ihn.

Er erkannte mich gleich, und freuete sich, daß mein Zufall keine schlimme Folgen gehabt hätte. Ich bezeugte ihm von neuen meine Dankbarkeit, und wünschte ihm irgend worin für seine edle That Dienste leisten zu können.

Dieß setzte ihn in Verlegenheit." Was hab ich gethan, erwiederte er, das ich nicht bey jedem andern Erdensohn gethan hätte? hätte thun müssen? Wie mancher Bube hohlt so ein Stück Geld vom Sand aus der Tiefe, und stürzt sich nach oben drein von Höhen in die Flußt. Uebertriebnes Lob für Schuldigkeit macht die Menschen feig und eitel. Das ist ein elendes Volk an Heldenmuth und Verstand, wo bey jeder Kleinigkeit eine Ehrensäule muß aufgerichtet werden. Was geschehen ist, sey geschehen!"

„Groß auf ihrer Seite, verfügt ich; und gewiß ist der Rettende schon in sich der göttliche. Inzwischen glaub ich aber doch, daß die Dankbarkeit das festeste und sanfteste Band der Gesellschaft sey;

und

und auch ein wenig Ausschweifung darin eine
Nazion immer liebenswürdig, und den wackern
Männern derselben das Leben froher mache.“

Er sah mich hierbey mit einem neuen seelen-
vollen Blick an, und wir faßten uns traulicher.
Ich bat ihn inständig, diesen Abend bey mir zu
bleiben; und wir ließen uns am Broglio über
den Kanal setzen.

Wir aßen und tranken, und das Tischge-
spräch wurde immer lebendiger, so bald die Bedienten uns verlassen hatten. Der erste Vor-
wurf war der heutige Tag. Er rühmte die Klugheit unsers Senats, daß sie sich aus dem bitter-
bösen Kriege nach dem Bündnisse bey Cambray,
und jetzt aus dem Ueberfalle der ganzen Türki-
schen Macht so glorreich gezogen hätten, und in der
alten Würde noch mit dem Meere vermählen könnten. Nur that es ihm leid, daß der Cyperwein in
Italien nun seltener und theurer werden würde.

„Wir sind unter vier Augen, erwiedert ich, um
ihm das etwannige Mißtrauen gegen einen Nobile
zu benehmen; denn ich fühlte den Zug der Liebe.

uns

unwiderſtehlich.   Nach   jenem unglückſeligen
Bunde war ein arger Staatsfehler nur einiger
maßen wieder gut gemacht, den man vorher
hätte vermeiden müſſen. Und auch jetzt würden wir
das ſüße Königreich, die Inſul der Liebe, nicht
eingebüßt haben, wenn man dem Sultan, als
der Silen noch Statthalter in Cilicien gegenüber war, einige Fäſſer von ihrem Nektar wohl-
feiler vergönnte; und die chriſtlichen Freybeuter
mit ſeinen weggekaperten ſchönen Knaben und
Sclavinnen nicht allzu ſicher zu Famauguſta in
der Nachbarſchaft einliefen.“

„Unſre Braut ſcheint uns übrigens nicht
mehr ſo treu bleiben zu wollen, wenn man auf
Vorbedeutungen gehen darf. Sie wiſſen, daß
das Feſt ſchon vorgeſtern ſollte gehalten werden;
aber die wilde Göttin weigerte ſich, war Aufruhr
und ſtürmte, und warf ein Duzend ertrunkner
Schiffbrüchigen zum großen Kanal herein bis
an den Pallaſt des alten Dogen. Pabſt Alexander der dritte, der noch Gewalt über die muhtwil-

lige

lige hatte, ist leider längst gestorben; und Kolumb', der Held, dessen Genua nicht werth war,
und andre welsche Piloten haben dem Portugie-
sischen Heinrich und den Kastillänischen Fürsten
die wahre Amphitrite ausgekundschaftet, woge-
gen unsre nur eine Nymphe ist. Und überhaupt
gibt sie sich nur den Tapfern und Klugen preis,
wie alle freye Schönheit, und es hilft da keine
Ceremonie. Wir hätten uns besser um unsre
Braut bewerben sollen, anstatt uns um Steinhaufen viel zu plagen, nachdem sie uns einmal
günstig war."

„Vielleicht ist dieß Schicksal, antwortete er
schalkhaft-bitter; ihr Doge vermählt sich vermuthlich nicht umsonst so oft; und trägt von
jeher die Phrygische Mütze mit Hörnern! und
dann ist so eine Ceremonie gut fürs Volk, und
macht ihm Muth; und was einmal so prächtige
Gewohnheit ist, läßt sich so leicht nicht abschaf-
fen. Ihr Herren thut vielleicht bald wieder einen andern Fang im Archipelagus, und fischt
ein neues Königreich. Es ist genug, daß man

eins

eins hundert Jahre lang ruhig besitzt. Dreymal hunderttausend Zecchinen kann man hernach leicht für den Genuß bezahlen; dreytausend Zecchinen fürs Jahr war die Residenz der Venus selbst wohl unter Brüdern wehrt. Dieß hat euch eine Venezianerin vermacht, als ihr Gemahl der König starb, und seine Kinder, eins nach dem andern, kurz darauf in eurer Stadt: nun ist die Reihe an euch Jünglingen, eine Königin in Osten zu heirathen *).

Dieser Stachel schnitt ein, und verwundete mein damals noch all zu partheyisch-vaterländisches Herz. Mir geschah, als ob ich vor der Zeit vernünftig gewesen wäre; doch gefiel mir überaus seine Freymüthigkeit gegen mich. Er bemerkte mit scharfem Blicke gleich das Unheimliche, und fuhr fort: „aber wir sind doch immer

*) Es würde allzuweitläuftig seyn, die hier berührten Punkte der Venezianischen Geschichte im Zusammenhange zu erzehlen; wer sie noch nicht wissen sollte, kann leicht anderswo davon Nachricht finden.

in Venedig, und die Mauren haben da Ohren;
sprechen wir von etwas anderm!"

Nach einer kleinen Stille fing er an:„ ich
muß ihnen doch etwas von mir sagen, damit sie
wissen, wer ich bin, und wie ich mit andern
zusammenhange."

„Ich bin ein Mahler aus Florenz, und halte
mich hier auf, um nach den Toskanischen Gerippen mich am Venezianischen Fleische zu weiden.
Tizian hat den wesentlichen Theil von der Mahlerey, ohne welchen alles andre nicht bestehen
kan. Es ist freylich da, aber ungesund und siech;
seys noch so himmlisch und vortreflich, oder als
Gaukelspiel ohne Wahrheit. Wer nicht wie Tizian zu Werke schreitet, wird auch nie ein wahrhaftig großer Mahler werden. Die allgemeine
Stimme entscheidet hier, nicht die Künstler. Tizian ergreift alle, die keine Mahler sind; und
diese selbst im Hauptstücke der Mahlerey, welches platterdings die Wahrheit der Farbe ist, so
wie die Zeichnung der wesentliche Theil der Zeichnung. Mahlen ist Mahlen: und Zeichnet Zeich-

nen

nen. Ohne Wahrheit der Farbe kann keine Mahlerey bestehen; eher aber ohne Zeichnung.‟

„Wenn ich als Laye bey euch strengen Herren
ein Wort reden darf, fiel ich ein, so mag ihnen
das Venezianische Fleisch nach den Knochen und
Sehnen des Michel Angelo desto besser schmek-
ken und bekommen.

„Dieß ist lauter Sophisterey, antwortete
er. Der Mahler gibt sich mit der Oberfläche ab,
und diese zeigt sich blos durch Farbe; und er hat
mit dem Wesentlichen der Dinge im eigentlichen
Verstande wenig zu schaffen. Wer sich einmal
in diese Grillen verliert, kann so leicht nicht wieder herauskommen. (Das Zeichnen ist blos ein
nohtwendig Uebel, die Proporzionen leicht zu
finden: die Farbe, das Ziel, Anfang und Ende
der Kunst) Es versteht sich, daß ich hier vom
Materiellen spreche. Dem Gerüste den Rang
über das Gebäude geben zu wollen, ist ja lächerlich; dem Zeichen, welches menschliche Schwachheit erfand, vor der Sache selbst, wenn ich so

reden darf. Das Hohle und das Erhobne, Dunkle und Helle, das Harte und Weiche, und Junge und Alte, wie kann man es anders herausbringen, als durch Farbe? Form und Ausdruck kann nicht ohne sie bestehen. Die schärfsten und strengsten Linien, selbst eines Michel Angelo, sind Traum und Schatten gegen das hohe Leben eines Tizianischen Kopfs. Profile kann jeder Stümper abnehmen, da braucht sich der andre nur vors Licht zu setzen, richtiger als sie ein Raphael aus freyer Hand zeichnet; aber das Lebendige mit allen den feinen Tinten in ihrer Vermischung, und schwindenden Umrissen, die keine bloße Linie faßt: da gehört Auge und Gefühl dazu, das die Natur nur wenigen gab. Wer sich einmal an das Leichte gewöhnt, der kömmt mit dem Schweren gar selten fort" *).

,,Sie

*) Man stoße sich nicht an diesen jugendlichen Ausfällen auf die Römischen und Florentinischen Schulen; in der Folge wird sich alles deutlicher entwickeln. Inzwischen liegt schon Wahres hier zum Grunde. Es gieng dem jungen Mann wie allen,

die

„Sie mögen im Grunde Recht haben, versetzt ich darauf; nur verfällt man bey ihrer Art leicht in den Fehler, daß man sich allzu sehr an das Materielle hält, und das Geistige darüber außer Acht läßt. Inzwischen möchte ihnen der Römer, wahrscheinlich war es einer diesen Abend im Weinhause, was sie sagten, scharf bestreiten."

„Der Vorurtheile sind noch mehr in der Kunst, die eben so hartnäckig verfochten werden, sprach er ferner. Was das Geistige betrift, das lernt sich und verlernt sich nicht! da gehört guter Instinkt aus Mutterleibe dazu, und vollkommene Gegenstände von außen herum. Deuten und hinführen kann man wohl; aber wo kein Zug, keine innere Richtung ist, kömmt lauter Mänier hervor, dem Menschen, der seinen Durst löschen will, so viel als Nichts, und überdrein ver=

geb=

die in zu strenger Lehre standen: so bald sie in Freyheit kommen, verabscheuen sie das Joch. Allein treffliche Naturen bequemen sich nach und nach wieder zu dem Guten, was sie mit sich brachte.

gebliche Mühe; denn er hat sich an den leeren Schein hinbemühen und untersuchen müssen.

„Der Römer hat viel Verstand; nur mahlen soll er nicht: er hätte ein Schriftsteller werden sollen; jetzt aber ist er einmal im Geleise und schwatzt sich durch. Dieser ahmt eine Natur nach, welche nur noch in Steinen existirt, eine Natur ohne Farbe mit Farbe: und will täuschen! eine feste starre Bewegung von den Millionen Lebendigen, die immer um uns herum entstehen! weil es freylich jederman leichter, und dem schachmatten Stubensitzer bequemer ist, einen breternen Hirsch zu schießen, als einen, der durch die Wälder streift und über Büsche und Gräben setzt; zumal da wir heutiges Tags meist verbotene Jagd haben.“

„Er hat ein langes und breites an der Hochzeit zu S. Giorgio Maggiore von unserm herrlichen Paul getadelt. Christus mit seinen Aposteln sitzt freylich im Mittelgrund am Tische ziemlich unbedeutend; und sie sind bloß deßwegen da, weil sie da seyn müssen, weil wir andern

bern Menschenkinder uns keinen sinnlichen Begriff von den Gestalten dieser Wundermänner
machen können.

„Die Hauptsache aber bleibt immer der
Schmaus, das Fest, und der Wein über alle
Weine; erste erfreuliche Bekräftigung unsrer Religion nach dem Johannes. Und in dieser Rücksicht ist das Stück voll Laune, und die Begebenheit darin erzehlt, wie eine spanische Romanti-
sche Novelle. Die Hauptfiguren sind ein Tisch
mit Spielleuten, die auf lieblichen Instrumenten Musik machen. (Paul selbst spielt eine Geige der Liebe; Tizian den Regenten der Harmonie, den Baß; Bassano, Tintorett andere Instrumente.) Sie sind meisterhaft gemahlt, haben
trefliche Gestalten, passenden Ausdruck, und
sind schön gekleidet. Am Tische der Braut ist
eine Sammlung der ersten Menschen dieser Zeit,
alles voll Chronikwahrheit und Laune; sie müssen ihm das Drama aufführen. Die Luft im
Hintergrunde ist gar leicht und heiter. Architektur, Gefäße und Speisen verzieren sehr gut.

B 3

Die

Die Beleuchtung breitet das Ganze auseinander, und scheinet vollkommen natürlich. Wer sieht so etwas nicht gern, und weidet seine Augen daran!"

„Derselbe hat groß Aergerniß genommen an der Verletzung des Kostums in der Familie des Darius beym Alexander mit seinem Helden; und bejammert, daß so viel Herrlichkeit dadurch gestört werde."

„Sie kennen das Stück zu gut, da es bey ihren Verwandten sich befindet. Mann kann es den Triumph der Farben nennen; mehr Harmonie, mehr Pracht, mehr Lieblichkeit ist nicht möglich schier zu zeigen. Außerdem herrscht noch Wahrheit in allen Köpfen, die meistens Portraite sind. Wenn man nicht an die alte Geschichte denkt, und glaubt, es wäre der Sieg eines Helden der neuern Zeiten: so ist es ein wahrhaftes Meisterstück durchaus. Die Architektur im Hintergrunde gibt den Ton zum Ganzen; und es gehörte so tiefes Gefühl im Auge von Farbe, Pracht und Harmonie derselben dazu, wie Paul hatte,

um

um auf einem solchen weißen Grunde die Gesichter und Stoffe so hervorgehen und leben zu lassen. Die Gruppe der vier weiblichen Figuren, die der Alte in eine Pyramide bringt, ist durchaus reizend, die Gesichter lebendig, und von wunderbarer Frischheit. Alexander hat einen schönen Jünglingskopf, der freylich eher Weibern gefallen kann, als die Welt bezwingen. Daß er ganz bis auf die Füße von oben herab in Purpur überein gekleidet ist, macht zwar einen großen rothen Fleck bey längrer Betrachtung; doch hebt es ihn als Hauptfigur hervor. Sie sehen, daß im Wein die Wahrheit liegt! aber Paul kann sie vertragen. Parmenion hat einen herrlichen Kopf, und ein zauberisches gelbes Gewand; die Princessinnen haben schön geflochten blondes Haar. Und welche Menge Figuren, wie auf der Hochzeit, fast alle in Lebensgröße! Man kann dies wohl das prächtigste und zauberischeste Gemählde nennen, was Farben betrift; mit jedem Blicke quillt neuer Genuß daraus fürs Auge; nächst dem noch göttlichern und reichern Hingang

B 4

zum

zum Tempel der Madonna als Kind in der
Scuola della Carità von Tizian, dem Triumph
aller Mahlerey. Sie werden lange unübertrof,
fen bleiben, und einzeln in der Welt da,
seyn..„

„Die Vernachlässigung des Kostums ist ei,
gentlich ein Fehler für die Antiquaren: denn der
große Haufe weiß nichts davon und merkts nicht.
Freylich wäre es besser, die Künstler wählten kei,
ne alte Geschichten, wenn sie Naturwahrheit
und Farbenpracht in den Gewändern zeigen woll,
ten; griechische Gestalt und leichte Kleidung ist
uns ganz entrückt. O wie verlangt mein Herz,
jene glückseligen Inseln und das feste Land auf
beyden Seiten noch heut zu Tag zu sehen, und wie
das heitre milde Klima noch jetzt dort das Le,
bendige bildet; Ach, wir sind so weit von der
Natur abgewichen, und von der wahren Kunst
zurück, daß wir fast insgesammt einen bekleide,
ten Menschen für schöner halten, als einen nackten!
Das kostbarste, prächtigste, feinste und nieblichste
Gewand ist für den ächten Philosophen, und das

We,

Wesen, das nach klarem frischen Genuß trach-
tet, ein Flecken, eine Schale, die ihn hemmt
und hindert."

„Hätt' ich sie doch damals schon gekannt, sagt
ich ihm hierauf, als ich diesen Zug begann:
so w.ir ihr Wunsch erfüllt!   So wie sie mich
hier sehen, hab ich dieses alles schon durchwandert; leider zu früh.   Mein Vater nahm mich
mit sich nach Griechenland, wohin er von der
Republik abgeschickt wurde; und ich blieb mit
ihm daselbst drey Jahre; das beste, was ich zu-
rückgebracht habe, ist Kenntniß des Griechischen;
ich lese das alte ziemlich geläufig, und schreibe und
spreche das neue."

Hier sprang er auf vor Freuden, ganz ausser sich, so daß die Gläser vom Tische flogen,
und rief:„ o glücklicher, seltner, wunderbarer
Zufall! so jung und schön, und voll Verstand und
Erfahrung! wir müssen ewig Freunde seyn, und
nichts soll uns trennen; du bist der Liebling meiner Seele."

B 5

So

So fiel er mir um den Hals. Uns verging auf lange die Sprache, und wir waren zusammengeschmolzen durch Kuß und Blick und Umarmung.

Endlich nahm er wieder das Wort, und sagte:,, hier ist nichts als wir! und alles andre in der Welt steht uns nur da zum Dienst.‘‘

Ich war ganz erschüttert, durchbrannt von seinem Feuer, seiner Heftigkeit. Es wurde überhaupt wenig mehr gesprochen, außer unzusammenhangende Reden im lyrischen Taumel, Accente der Natur. Wir glühten beyde von Wein und Leidenschaft: er riß sich los, schon spät in der Nacht, mit den Worten: „Morgen sind wir wieder beysammen.‘‘

Ich legte mich zu Bette. Herz und Seele und alles in mir war wie ein Bienenschwarm, so summsend, stechend heiß, und ungeduldig; schlummerte wenig Stunden, und fuhr oft dazwischen auf.

Den andern Morgen kam er bey guter Zeit. Mich überlief bey seinem Anblick ein leichter

Schau=

Schauder vor seinem gestrigen Ungestüm; aber er erschien mir von neuem so liebenswürdig, daß ich hingerissen wurde, und dem unwiederstehlichen Zuge nachfolgte.

Ich hatte noch keinen Menschen gekannt, mit welchem ich so zusammenstimmte, in der Art zu empfinden und zu handeln; nur war er reicher und stärker an Natur als ich, seine Seele voller, aber auch unbändiger, und seine Geburt warf ihn in andre Umstände, unter andre Menschen, in eine andre Laufbahn. Wer einen Freund ohne Fehler finden will, der mache sich aus dieser Welt heraus, oder geh in sich selbst zurück; die Vollkommenheit erscheint hienieden nur in Augenblicken, und diese allein sind unser Genuß. Ein großer Geist, ein edel Herz wiegt manches Laster auf, wohinein uns die Schlechtigkeit bürgerlicher Verfassungen stürzt.

„Wir schieden gestern von einander wie im Rausche: trat er ins Zimmer. Glück ist die größte Gabe, die Sterblichen zu Theil werden kann, nur muß man es mit Verstand brauchen.“

Nach-

Nachdem wir einigemal stillschweigend auf- und abgegangen waren, fragte er mich:,, habt ihr nie etwas von Kunst getrieben?,, Ich antwortete ihm, daß ich nach der hiesigen Erziehung zeich- nen gelernt hätte, Augen, Mäuler, Nasen, Ohren und Gesichter, und Hände und Füße nach Vorschriften; im Grunde so viel als Nichts: denn bis zum eigentlichen Lebendigen wär ich nicht gekommen; welches mir herzlich Leid thue! mich reize sie unendlich, und ich möcht es gern darin bis zu einer gewissen Fertigkeit für mein eigen Vergnügen gebracht haben. Jetzt mach ich nur noch zuweilen die Hauptumrisse schöner Gegenden, der Erinnerung wegen.

„Da ist noch nichts verloren, fuhr er fort; wir wollen einander helfen. Alle Künste sind verwandt; sie zusammen erhöhen und verstärken die Glückseligkeit des Menschen, bilden sein Ge- fühl, mehr als alles, für die Schönheiten der Natur, und setzen ihn über das Thier. Wie fangen wir es am besten an, damit ihr so ge- schwind als möglich euch diese Fertigkeit erwerbt?

Ich

Ich denke, fügt er scherzhaft hinzu, ihr braucht mich zum Modell, nach kurzen Wiederhohlungen von dem, was ihr schon wißt; so wie ich euch dann zuweilen bey meiner Arbeit."

„Im Griechischen hab ich mich hauptsächlich nur mit den Dichtern beschäftigt, mit dem Homer, Pindar, Sophokles, Euripides, weil mein Lehrmeister selbst ein Dichter war; und dabey aus den Geschichtschreibern nur die Beschreibungen der glänzenden Siege über die Perser gelesen. Die Schätze der Weisheit im Aristoteles, Plato, Xenophon kenn ich meistens nur aus Gesprächen und vom Hörensagen, und habe wenig von den Quellen selbst getrunken. Wir könnten damit manchen folgenden schönen Sommerabend uns himmlisch ergötzen, wenn euch dazu Zeit übrig blieb."

Mein eifrigstes Verlangen aber ist, daß ihr mich in dem noch Lebendigen dieser Göttersprache, im Neugriechischen, unterrichten möchtet; damit ich bald mit Bequemlichkeit, und größerm Nutzen und Vergnügen eine Wallfahrt beginnen könne nach dem ächten klassischen Boden."

Ihr habt genug am Zeichnen, wie einer, der selbst kein Dichter werden, sondern nur die Meisterstücke der Alten und Neuen in ihrer ganzen Vollkommenheit fassen will, an der Poetik des Aristoteles. Jede Kunst, bis zum letzten Ziel erlangt, ist etwas anders, und erfordert eines Menschen ganzes Leben. Für euch solls nur Spiel seyn; ihr seyd zu Höherm bestimmt, und müßt glänzen, wie der Morgenstern in eurer Republick. Dieß wird immer neuen Reiz in unsre Freundschaft bringen, und wir werden leben in der Natur, so viel uns mit Sinnen, Phantasie und Verstand vergönnt ist."

„Du erfüllst mich mit Hofnung und Freude, antwortet ich ihm. Mein Vater ist jetzt in Dalmazien, und ich bin mit meiner Mutter allein. Sie zieht bald aufs Land, vielleicht noch diese Woche. Die Gegend ist eine der angenehmsten der ganzen Lombartey; das Gut, wohin wir wollen, liegt am Lago di Garda, wo Katull, vor welchem Cäsar sich neigte, zuweilen vom Isthmischen Taumel ausruhte. Er sang vor dem Ort:

Penin-

Peninſularum, Sirmio, inſularumque

Ocelle, quascunque in liquentibus ſtagnis

Marique vaſto fert uterque Neptunus *).

„Willſt du mich begleiten: ſo werden wir nach dem Pindar in die Burg des Kronos gelangen, umweht von kühlen Seelüften, wo in ſchatt̄gen Gärten Goldblumen funkeln, dieſe der Erd' entſprießen, und anmuthigen Bäumen, andre aber der klare Bach erzieht. Wir wollen mit ihren Angehängen und Kränzen uns die Arme umflechten, und die Schläfe umwinden.“

„Vorher aber muß ich dich meiner Mutter vorſtellen; jedoch du mußt hübſch geſcheidt ſeyn. Sie iſt eine gar gute Frau, die mich zärtlich liebt. Sie weiß ſchon, daß ein junger Menſch mich aus dem Kanale gerettet hat, und es wird ihr gefallen, daß du es biſt. Sie hat große Freude an ſchönen Madonnen; und wenn du

iſt

*) Sirmio, Augapfel aller Halbinſeln und Inſeln, die der Gott der Waſſerwelt in ſüßen Seen und dem ungeheuren Meer umfaßt.

ihr eine in ihre Kapelle mahlst und fromm bist:
so hält sie dich wie ein Kind.„

Es gieng hierbey eine sonderbare Bewegung
in ihm vor, die mir lange hernach erst erklärlich
wurde; er sah mich an, neugierig mit heißen Blicken, und fragte:" also nicht weit vom Ausflusse
des Mincio ist euer Landsitz?„

„Wenig davon, versetzt ich." Darauf gieng
er nachdenkend einigemal mit mir auf und ab.
Endlich sprach er:„ gut; ich reise mit euch, und
mahle deiner Mutter eine Madonna, wenn ich
ihr anstehe. An Gescheidtheit bey ihr solls hoffentlich nicht ermangeln."

Es wurde beschlossen, ihn den Abend noch
ihr vorzustellen, bey Tische wollt ich alles einlenken.

Hier schied er von mir. Ich brachte die Sache vor; und meine Mutter wars gleich zufrieden,
ohne ihn noch gesehen zu haben, aus Willfährig-
keit gegen mich.

Mir schwellte aber die neue Bekanntschaft
immer mehr das Herz; einen jungen Mahler der

Art

Art hatt ich noch nicht gekannt. Ich war übers rascht; es gieng alles so schnell fort, und ich konnte keiner gehörigen Ueberlegung Raum geben.

Beym ersten Blick und Gespräch schon gefiel er meiner Mutter, wie ihr noch kein fremder gefallen hatte. Hier erfuhr ich, daß er sich Ardinghello nannte; ich hatte, voll von ihm, nicht daran gedacht, ihn von neuem um seinen Namen zu befragen. Er gab sich hernach verschiedne andre; doch dieser soll ihm hinführo bleiben.

Den folgenden Morgen sah ich einige angefangne Gemählde von ihm. Sein Lebendiges war frisch und meisterhaft in der Arbeit, und kam dem Tizianischen ziemlich nahe; doch war es nicht Manier, sondern sein eigen, und verschieden nach der Natur: wenig Gewand, das meiste nach dem Nackenden; Studien von Mädchenköpfen, voll Geist und Lieblichkeit, und Brüsten und Leibern, und Rücken, und Schenkeln und Beinen, nackten Buben im Baden, Laufen und Balgen. Für Bezahlung, sprach er, und nach andrer Belieben hat er noch nichts gemacht.„

C

Das

Das weitre, fügte er wie unbedeutend hinzu, will ich dir einmal erzählen, wenn wir mehr in Ruhe sind."

Er besuchte die Tage darauf den alten Greis Tizian noch einmal, und seine Freunde; und zu Ende der Woche reisten wir ab. Meine Mutter fuhr mit ihren Leuten voraus, und wir hinter drein, weil wir zu Vicenza uns einen Tag wegen der Gebäude des Palladio aufzuhalten gedachten. Wegen des Griechischen nahm ich noch die Bücher mit, die nicht in der Bibliothek auf dem Gute sich befanden; und er das nöthige Geräht zum Mahlen und Zeichnen.

Als wir eine Strecke vom großen Kanal entfernt waren: setzte sich Ardinghello aufs Verdeck der Barke, und blickte tief gerührt nach der Stadt mit unverwandten Augen; die Feuchtigkeit trat hinein und sein Herz ward erweicht. Seine Seele schien zu ahnden, daß er sie nie wieder sehen sollte. So walzen die Schicksale den Menschen fort, wie die Fluhten des Meers den schwachen Trümmer! die Sonne war eben

auf

aufgegangen, und die Thürme, Kirchen, Pal=
läste und Inseln lagen da im dünnen Nebel.

Mir war wohl, daß ich heraus kam. Im
Winter ist Venedig angenehm, weil die Men=
schen so enge beysammen sind, und alles zur Er=
götzlichkeit treibt, Lage und Regierung; aber im
Sommer ists ein ungesunder und gefährlicher
Ort. Ein Eingebohrner kann die Wahrheit bes=
ser wissen, als ein Dichter aus Neapel. Es mag
der Natur nach ein ganz andrer Unterschied seyn
zwischen Rom und Venedig; ob es gleich präch=
tig klingt:

Illam homines dices, hanc posuisse deos *).

Wenn einer die Geschichte kennt und da ge=
lebt hat, und es beym Ausflusse der Brenta vom
Ufer betrachtet: so sieht es richtiger aus, wie ein
endlich sichrer Zufluchtsort von dem Lande weg=
geprügelter und weggescheuchter furchtsamen Ha=
sen, die sich hernach groß und zu geflügelten Lö=
wen gemacht haben, als ihnen die Feinde übers

C 2

Was=

*) Du wirst sagen, daß jene Menschen, diese Göt=
    ter erbaut haben.

Waſſer nicht nach konnten, und ſie von fern
ſicher ſehen mußten. Eine unüberwindliche Fe-
ſtung iſts gewiß, weil durch die Sümpfe vom
Land aus nichts anders als kleine Barken an-
länden können, und man von der See her in die
Häfen den Faden der Ariadne braucht; und eben
weil es unüberwindlich und unzukommbar iſt,
außer Verrätherey, trägt es, vom Meer umgeben, eine gewiſſe Majeſtät an ſich. Götter aber
flüchten ſich nicht in Sümpfe. Inzwiſchen hat
Sannazar der reizenden Dichtung wegen ſeine
ſechs tauſend Ducaten doch verdient. Die Wahrheit bezahlt man ſelten ſo theuer.

Der große Doge Peter Ziani hat* ſie gar
wohl erkannt, als er den kühnen Entſchluß faßte,
noch zu Anfang des dreyzehnten Jahrhunderts
eine neue Völkerwanderung anzuſtellen. Kon-
ſtantinopel iſt ohne Streit ein glückſeliger Plätz-
chen auf dieſem Erdboden. Die Venezianer hatten es damals mit den Franken eingenommen;
und wir beſaßen mehr von Griechenland als jetzt.
Er rieth mit ſtärkern Gründen, als je Demoſthe-
nes,

nes, diese Lagunen zu verlassen, und dort uns anzupflanzen; und Dido und Aeneas waren dagegen Luftgestalten.,, Wenn der Mond mit seiner Ebbe und Fluht unsern Kanälen das Wasser entzieht, sprach er im großen Rahte, der Schlamm sich zeigt, und seinen Gestank ausdünstet: welche gute Nase kann da vor Ekel auf den Wegen bleiben? . Sind nicht immer unsre Lazarethe voll, und die Jahr aus Jahr ein nicht von dannen schiffen, wie gefangen? Ueberdieß haben wir Erdbeben, noch außerdem, daß das Meer oft herein stürmt und unsre Zisternen und Waarenlager verderbt. Und welch ein Wohnsitz, um auszuhalten, wo nichts als schlechte Fische Nahrung gibt, weder Korn, noch Wein und Oel wächst, weder Baum hervorkömmt, noch trinkbar Wasser quillt, wo alle Elemente verdorben sind, Wasser, Luft, und Erd und Feuer? und von allen Seiten Feindschaft um uns her? Dort sind wir gleich in unsern Besitzungen, und welche Aussichten in die Zukunft!"

Jedoch

Jedoch überwand ihn der Procurator von S, Marco, der Greis Anzolo Falier unter fünfhunderten mit einer Stimme, indem er nach dem Aristoteles behauptete: daß die Festigkeit, ohngeachtet aller Uebel bey einer Hauptstadt, der glücklichen Lage, ohne dieselbe, vorzuziehen wäre; und daß gerade die Unfruchtbarkeit ein Volk zur Tapferkeit zwänge und über andre erhöbe.

Darin bestand unsre Unterhaltung bis nach Padua; und Ardinghello beschloß mit folgenden Worten:,, Wo die Verständigen nicht herrschen, ist keine Staatsverfassung gut; jedoch mit dem Unterschiede, daß zum Exempel bey einer Million Bürgern in einer Demokratie fünfmalhundert tausend und etliche Narren über viermalhundert tausend und neunhundert gescheidte Leute den Ausschlag geben: und in einer Monarchie ein Narr, neunmalhundert tausend neunhundert und neun und neunzig Philosophen ins Verderben stürzen könnte, wenn sie nach dem auf Schulen gelehrten Staatsrechte keine Rebellen seyn wollten.")

Als wir von Vicenza weggereist waren, spra=
chen wir viel über die Gebäude zu Venedig und
den Palladio. Arbinghello hielt Venedig für ei=
nen der merkwürdigsten Oerter in der Baukunst;
und sagte: hier wäre nicht nur ein Styl, son=
dern man sähe darin die Geschichte derselben der
neuern Jahrhunderte; und erkenne immer, daß
ein Senat von vielen Personen da herrsche, und
nicht ein einzelner oft elender Mensch ohne Ta=
lent und Geschmack, weil man nichts ganz schlech=
tes unter den öffentlichen Gebäuden fände, wie
in andern Residenzen.

Er liebte den Palladio vor allen neuern Bau=
meistern; nannt ihn eine heitre Seele voll des
Vortreflichsten aus dem Alterthum; und daß er
davon mittheile, und aus sich selbst, so viel sich
für seine Zeitverwandten schicke.

In Vicenza wird leider von ihm nichts recht
ausgebaut, und die Gebäude gleichen fast nur
angefangenen Modellen von seinen Ideen; aber
welch ein Wunderwerk ist der Pallast Cornaro
am Kanal! wie schön die Kirchen zu S. Giorgio,

C 4

und

und al redemtore in Venedig! und die Brücke
zu Vicenza über den Bacchilion, so leicht und
reizend und sicher in ihrem Bogen, wie ein be-
herzter Amazonensprung! Wie angenehm das
durchbrochne Geländer, damit man das erfreuliche Wasser dadurch wegströmen sehe!

Jedoch gefiel Arbinghellon das Rahthaus
nicht. obgleich es Palladio selbst unter die schönsten Werke neuerer Kunst setzt. Die Fassade,
an und für sich richtig und schön, glich doch nur
einer Schminke, die einer alten Matrone aufge-
tragen wäre; die Bogen derselben entsprächen
nicht denen des gothischen Gebäudes, das überall schief durchguckte. Julio Romano hätte damals schon älter und erfahrner mehr Geschmack
gezeigt, als er eine meisterhafte gothische dazu erfand. Es sey etwas anders, einen Riß auf dem
Papier anschauen, und ein Gebäude aufgemaurt
in der Luft; dieß haben die Rathsherrn, die des
Palladio seinen wählten, wie viele Große die
bauen lassen, nicht gewußt.

Unser

Unser Gespräch lenkte sich endlich auf die Architektur überhaupt; und er sagte, so viel ich mich erinnere:

Von Schönheit in der Baukunst hab ich wenig Begriff, weil sie mir ganz außer der lebendigen Natur zu seyn scheint; höchstens entspringt ihr Reiz bloß aus der Metaphysik davon, wenn ich das Wort hier brauchen darf, und nicht aus Wirklichkeit: deßwegen ihre Verschiedenheit bey allen Völkern, die sich einander nicht nachahmen. Eine strenge Theorie davon verliert sich in das Dunkel der Schöpfung. (Schönheit ist was Vergnügen wirkt; was bloß Schmerz stillen und verhüten soll, braucht eigentlich keine Schönheit an und für sich zu haben. So gehts mit den Gebäuden; sie halten bloß Ungemach ab. So bald das Wetter gut ist, mag ich in keinem bleiben, und will ins freye Feld. Alles muß auf Ungemach, Krankheit, Feindseeligkeit, und Bedürfniß von Zusammenkünften berechnet werden; dieß bestimmt hernach ihre Vollkommenheit. Harmonie, Ebenmaaß, Uebereinstimmung mit

jedes

jedes Zweck macht dessen Schönheit, wenn man
das, was nichts Lebendiges nachahmt, so nennen
will *); was sollen uns alle die überflüssigen,
unbedeutenden Zierrahten? Ein Gebäude ist ein
Kleid, das Menschen und Thiere vor bösem Wet=
ter schützt, und muß darnach beurtheilt werden.")

"Geht man in die Wildheit zurück: so findet
man Grotten und Waldung, und durchgerißne
Felsen, um über Abgründe von Strömen zu ge=
langen. Dieß hat zwar der sittliche Mensch zuerst
nachgebildet, und noch jetzt sind die Spuren da
unter tausend gemachten Bedürfnissen; wir ah=
men die ursprünglichen Formen nach, von Fels
und Baum in demselben Gebäude durchaus von
Stein. Dieser ist inzwischen ungelenk. und wer
ihn allzusehr zu leichtem Holze schnitzelt, beson=
ders am Boden, wo er gerade vor Augen liegt,
wird abgeschmackt und lächerlich. Holz hat seine
natürliche Form in Stamm und Zweigen: woher
die

*) In der Folge wird man den Begriff von Schön=
heit allgemeiner und richtiger, und nicht mehr so
jugendlich sinnlich finden.

die Säulen und zum Theil die Gewölbe. Je weniger man von der natürlichen Form abnimmt: desto reiner ihre Schönheit; so übertrift eine Säule immer einen Pilaster. Das meiste aber bezieht sich auf Zweck, und hat mit Nachahmung der Natur wenig zu schaffen. Die Schönheit der Massen muß aus einem glücklichen geheimen Gefühl hervorkommen, das sich an der Harmonie der Theile des Menschen, des Großen in der Natur, und überhaupt alles Lebendigen lange geweidet hat; und wieder mit einem solchen Sinn genossen werden. Hier lassen sich, was Erfindung betrift, keine bestimmte Regeln geben; ein ganz anders ist, wenn man bloß nachahmt, was Griechen und Römern gefiel."

„Und dieß bleibt wohl immer das Zuversichtlichste, fiel ich ein, da sie ausgemacht die menschliche Natur mehr durchgearbeitet, und zur höchsten Vollkommenheit gebildet haben, die wir kennen."

Wenn der Erdboden durchaus gleiches Klima hätte, versetzte er darauf, wie die Gegenden,

wel-

welche sie bewohnten; die Menschen überall dieselben Bedürfnisse, dieselben Sitten und Gebräuche, die gleiche Idee von Glückseeligkeit, dieselben Feste und Spiele! Und überhaupt will der
Mensch Neues; er hat ohne dieß zu viel vom
Gesetz zu leiden, das er nicht abwerfen kann;
warum von freyen Stücken sich eins auf den Nacken legen, das ihm nicht gefällt?"

„Ein Umstand allein verändert oft das Ganze. Bey den Griechen und Römern zum Beyspiel war ein Tempel meistens nur für Einen
ihrer vielen Götter; eine unendliche Wohnung
für denselben abgepaßt gewisser maßen, wann es
vom Olymp hernieder in die Gegend kam, wie
ein König aus seiner Residenz in ein Schloß einer seiner Provinzen."

„Die Form desselben war also nicht groß,
und die Säulengänge behielten die Schönheit
menschlicher Proporzion; welche verschwindet,
wenn sie ins Ungeheure getrieben werden. Jeder
Bürger opferte entweder einzeln; oder war allgemeines Fest: so ging der Priester oder die Prie-

sterin

sterin hinein, nnd das Volk stand innen und außen herum. Gleiche Bewandniß hat es bey ihren Orakelsprüchen.

, Unsre Kirchen hingegen sind große Versamm« lungsplätze, wo oft die Einwohner einer ganzen » Stadt Stunden lang sich aufhalten sollen. Ein feyerlicher gothischer Dom mit seinem freyen un« geheuren Raume, von vernünftigen Barbaren entworfen, wo die Stimme des Priesters Don« ner wird, und der Choral des Volks ein Meer« sturm, der den Vater des Weltalls preist und den kühnsten Ungläubigen erschüttert, indeß der Tyrann der Musik, die Orgel, wie ein Orkan darein rast und tiefe Fluhten wälzt: wird im« mer das kleinliche Gemächt im Großen, seys nach dem niedlichsten Venustempel von dem geschmack« vollsten Athenienser! bey einem Manne von un« verfälschtem Sinn zu Schanden machen."

Wir hätten dafür, däucht mich, eher ihre Theater zum Muster nehmen sollen, die natür« lichste Form für eine große Menge, worin jede Person ihren Posten wie in einer Republik, eines

Demo«

Demokratie einzunehmen scheint, und ein herr=
liches Ganzes bildet. Und sind wir nicht gegen
das Wesen der Wesen alle gleich? König und
Bettler, Philosoph und Bäuerlein, arme blinde
Würmer? die nichts wissen, die hieher gesetzt sind
wie verrathen und verkauft, in Nacht und Nebel, *
wo wir vergebens die Köpfe in die Höhe strecken?"

. „Ich habe hier und da in Klostergärten doch
gefunden, wie sich die liebe Natur auch in ihrer
größten Einfalt selbst regt. Der Bruder Redner
saß unten zwischen alten schattigen Bäumen, und
vor ihm hatten sie an einem Hügel in hohler
Rundung Sitze mit Rasen nach einander in der
Höhe rückwärts angelegt; und so saßen sie
übereinander, und hörten zu; und oben an bey=
den Seiten schlossen das Andachtsörtchen wieder
Bäume, wo der Wind die zarten Zweige be=
wegte, und die Blätter flüsterten, als ob Engel
darinnen spielten, sich ihrer Frömmigkeit freu=
ten"

„In unsern Kirchen mit langem gleichplatten
Boden kann man nicht einmal das Meßamt ge=

hörig

hörig verwalten; die hintersten sehens nicht vor den vordern, was der Priester beginnt, und sie stehen und liegen ohne Ordnung unter einander, im eigentlichsten Verstande wie die Schaafe."

Uebrigens ist die Quaal aller Baumeister, daß sie für Sommer und Winter dasselbe Gebäude machen müssen, einen Rock für die größte Hitze und die größte Kälte. Weil sie nun in Süden sich nach dem Sommer richten: so frieren sie im Winter am meisten; und in Norden nach dem Winter: so schwitzen sie dort im Sommer am meisten; obsgleich nach der Natur ganz umgekehrt seyn sollte."

Die Gegend von Vicenza hatte ihm ungemein gefallen; besonders aber der herrliche Spazierplatz des Campo Marzo mit der neu herausempfundenen Triumphpforte vom Palladio zum Eingang. In der That lagern sich reizend die schön bewachsene Hügel darum her, und die Tyrolergebürge machen in blauer Ferne süße Augenweide.

Mehr

Mehr aber gefiel ihm noch Verona wegen der Etsch, der Alpentochter, die Wellenschlagend aus den Felsen sich mitten durch die Stadt in Schlangenkrümmungen reißt, worüber die Brücke der Scaliger sich in kühnen Bogen hebt, weiter, heroischer und Kunstgebildeter, als selbst die Brücke Rialto, das Wunder von Venedig, welche mit ihren sechszig Stufen herauf und hinunter mehr Treppe, als fortgesetzter bequemer Weg ist.

Wir machten den letzten Strich in unvergleichlicher Nacht, wo der Mond, beynahe voll, immer mit uns ging, und uns durch die schönen Ulmen begleitete, die ihre Kränze von dichtbelaubten Weinranken lieblich zusammenpaarten; und Blitze von einem fernen Gewitter flammten herüber in die heitre Luft. Mond und Abendstern und Sirius und Orion schienen wie Schutzgeister unsrer Sphäre näher zu schweben.,, Ach, ihr Götter, rief Ardinghello, warum so einen kleinen Punkt uns zum Genuß zu geben, und nach

den

den unendlichen Welten uns schmachten zu lassen! Wir sind wie lebendig begraben."

Schon regte sich ein leichter frischer Morgenwind und säuselte durch die Blätter; ein milder Lichtrauch stieg auf in Osten, von einzelnen Strahlen durchspielt, als wir bey unserm Landgut anlangten, wo der See sich ausbreitete und seine Ufer von Wellen rauschten. Sie brachen sich ergötzend über einander und schäumten; und wir fanden die Beschreibung Virgils: Fluctibus et fremitu assurgens marino *), ganz nach der Natur. Ich legte mich zu Bette, weil ich den vorigen Tag nicht geschlafen hatte. Ardinghello aber wollte nicht, und machte Bekanntschaft mit der Gegend.

Die Zimmer für uns waren schon zubereitet; den Nachmittag richteten wir uns völlig ein. Ardinghello bekam eins gegen Norden zum Mahlen, wo er Licht und freyen Himmel hatte, wie er

*) — — der wie ein Meer aufsteigt in rauschenden Fluthen.

er wünschte; und überdieß den Ausgang aufs
Feld.

Wir beschifften die ersten Tage die Küsten,
stiegen da und dort ans Land, und schweiften
herum an den schönen Hügeln bis nach Breszia.
Ardinghello legte alsdenn gleich seine Madonna
an für meine Mutter, damit er in den guten
Stunden hernach daran arbeiten könnte.

Im Griechischen waren wir schon einig wegen Ton, oder Accent, und Aussprache; wir
richteten uns gänzlich hierin nach den obgleich
verwilderten Abkömmlingen der Alten, zumal
da wir doppelten Endzweck hatten. Wir gelangen zur Kenntniß todter Sprachen nicht allein
durch Vernunftschlüsse und Vergleichungen, sondern noch durch Herkommen; und da hat doch
das Volk, dessen Sprache die älteste Tochter ist
von der abgestorbnen, oder vielmehr selbst noch
Mutter, nur durch die Zeit verändert und verwandelt, das nächste Recht zur Erklärung. Kein
auswärtiger Bücherheld wird mit seinem bloßen
Buchstabieren auch je dem Runden und Lebendigen

des-

deſſelben bey Leſung der übriggebliebnen Denkmale gleich kommen.

Vom Neugriechiſchen bracht ich Ardinghel-lon ſehr bald alles bey, was zum täglichen Leben gehört; ob es gleich von dem alten noch mehr abweicht, als das Italiäniſche von dem Lateini-ſchen. Die neuern Griechen haben für die ge-meinſten Sachen andre Wörter, als Brod, Wein, und ſo weiter. In einem Theil von Theſſalien iſt es faſt Wallachiſch, halb latein und türkiſch. Der Mundarten ſind vielleicht mehr als bey den Alten; und ſo gehts mit der Ausſprache. Die jetzigen Spartaner ſprechen zum Beyſpiel den Laut Ch aus, wie die Franzoſen. Die Evangelien und Epiſteln verſteht man ſo ziemlich noch überall im Griechiſchen des neuen Teſtaments; aber vom Xenophon und Plato wenig. Die Kaufleute und Geiſtlichen haben ſich jedoch eine eigne Sprache gebildet, welche man die Schriftſprache nennen kann, und nähern ſie ſo viel möglich der alten. Dieſe ſpricht und ſchreibt man, und wird in gu-ter Geſellſchaft verſtanden; und richtet ſich übri-

gens

gens nach der Gegend, wo man hinkömmt. Die größte Barbarey ist eigentlich auf den Inseln, weil diese noch mehr als das feste Land von den fremden überschwemmt wurden; auch weichen die Sitten hier mehr von den alten ab.

Ueberhaupt war die Aussprache schon bey den Alten verschieden nach Ort und Zeit, wie bey uns und überall. Die ersten Pelasger sprachen vermuthlich ihr Griechisch anders aus, als die Athenienser unter dem Perikles; und so Homer und seine Zeitverwandten. Plato beklagt sich im Gespräche Kratylos, kurz nachher als die zwey langen Jonischen Vokalen zu Athen, unter dem Archon Euklid, im zweyten Jahre der vier und neunzigsten Olympiade in allgemeinen Gebrauch gekommen waren, daß man das Wort, welches den Tag ausdrückt, nicht mehr Himera wie die Vorfahren ausspreche: sondern entweder Hemera, oder neuerdings ἡμέρα; und dabey den schönen Ursprung nicht mehr fühle, daß es von Himeros, das Verlangen herkomme; weil man nehmlich in der Nacht und Dunkelheit nach dem Licht und Aufgang der Sonne verlangt.

Aus

Aus diesem Beyspiele dürfte man vielleicht schließen, daß die neuern Griechen in manchem zur Aussprache der Aeltern und selbst Homers wieder zurückkehrten; und daß auch hier, wie sonst in der Welt, alles im Kreise herumgeht.

Am besten ist es, man richtet sich nach der jedesmaligen lebendigen Aussprache, und dem großen Haufen; und man muß es, wenn man verständlich seyn will *).

D 3

Den

*) Bey unsern teutschen Uebersetzungen ist dieß jedoch der Fall nicht; und wir haben Recht, einzelne Namen z. B. so ächt altgriechisch dem Laute nach zu übertragen, als wir zu bestimmen im Stande sind. Der Laut η wird inzwischen immer schwer mit einem Zeichen vollkommen richtig zu bestimmen seyn, da ihn wahrscheinlich schon die Alten verschieden aussprachen; nehmlich nach dem die zwey Vokalen waren, die er ausdrückte. Die neuern Griechen machten es nach und nach damit, wie die Engländer mit ihrem r r und r a, und ergriffen endlich noch eine festere Parthie. Auch ist der Uebergang von r r und r a in i den Sprachorganen leichter und natürlicher, als es auf dem Papiere aussieht.

Die

Von den Alten lasen wir die Abende bald ein Stück aus dem Plato, bald aus dem Aristoteles, oder Xenophon: kehrten aber von ihrem Scharfsinn und Adel, der reinsten Empfindung und ihren hohen Flügen oft zurück unter das Atheniensische Volk zum Demosthenes und Aristophanes.

Ardinghello hatte den letztern nur dem Namen nach gekannt, und weidete seine Seele nun an ihm leibhaftig mit Entzücken. Er brütete so recht über seinem Witze, seiner Laune, seinen kühnen Erdichtungen; und hielt seine Possenspiele für das allerhöchste Denkmal menschlicher Freyheit, welchem sich keins unter den Millionen andrer Schriften von weitem nähere. Wer mit

Den Neugriechen klingt außerdem Hira oder Hiri; Aphroditi, und s. f. so zärtlich, weiblich und lichtvoll, als uns Eidli, Silli und dergleichen. Auf ähnliche Weise ändern die Sizilianer das Toskanische um. Ueber Wohlklang eines Vokals vor dem andern läßt sich im Allgemeinen nichts entscheiden; es kömmt auf jedes Wort selbst, den Gebrauch, und das Ohr des Volks an. Was uns fremd lautet bey allen andern Nazionen, lautet ihnen nicht fremd.

mit den Griechen wetteifern wolle, müsse in beyden leben und weben. Hier erscheine der Mensch wie er sey, mit allen seinen natürlichen Herrlichkeiten und Schlechtigkeiten. Hier entsprängen und rännen die lautersten Lebensbäche.

Mein Freund steckte mich mit seiner Meinung an, und Redner und Dichter wirkten mächtig auf uns: wir wurden selbst freyer im Umgange, und unsre Sprachkenntniß wuchs wie eine üppige Pflanze. Wir hielten uns ganz an Athen vom Themistokles an bis zum Tod Alexanders; drangen immer tiefer ein in dessen Staatsverfassung, Gesetze, Gerichte; ruhten im Schatten an den bemoosten Wurzeln des schönen lebendigen Baums, der seine Zweige über ganz Griechenland verbreitete; und gingen aus diesem Kreise, und was sich damit verband, selten heraus.

Dabey beschrieb ich ihm den gegenwärtigen Zustand der Inseln und des festen Landes; Gesellschaften, Sitten und Gebräuche, Feste und Spiele, Klima, Jahrszeiten, Wind und Wetter, Gewächse und Früchte, und was von den Alten noch übrig ist.

Ohngeachtet seiner Lust an dem Aristophanes (der glänzenden Satyre der Wolken gegen
den Dämon des Philosophen, und des bittern Angriffs der Lehre desselben, daß kindliche
Liebe und Verehrung der Eltern und Verwandten dem Verstande nachstehen müsse; hielt er
nichtsdestoweniger die Denkwürdigkeiten des
Sokrates für das gediegenste Kleinod aller Weisheit, und die Moral aller Moralen.

/ Uebrigens kamen wir darinn überein, daß
man die Wolken nach ihrer, und nicht nach un-
serer Zeit beurtheilen müsse. Die Menschen waren damals gewohnt, einander nackend zu sehen;
und scherzten zur Ergötzlichkeit für den Augenblick über ihre Mängel und Gebrechen, und ver-
gaßen es hernach bald wieder. Aristophanes war
so wenig Schuld an dem gewiß bis zum Vergessen seines Muthwillens lang hernach erfolgten
Tode des Sokrates, als an dem des Euripides;
und beyde würden im Grunde nicht minder hoch-
geschätzt, trotz aller Lächerlichkeiten, die er auf
sie warf. Welche poßierliche Rolle läßt er nicht

der

der Weisen letztern im Feste der Ceres und Proserpina spielen! Bey uns wäre freylich so etwas wie Mord und Todtschlag. Und außerdem war man es gewohnt, daß Philosophen und Dichter, und von diesen wieder die tragischen und komischen sich zur Kurzweil des Volks einander zum besten hatten. Wer weiß, wie hart Sokrates und Euripides vorher dem Aristophanes begegneten? Das beste Zeugniß für das, was ich sage, ist, daß Plato nicht aufhörte, den komischen Dichter hochzuschätzen.

Dieser hohe Genius schien uns überhaupt einen viel weitern Gesichtskreis als Xenophon zu haben, und selbst über seinen Lehrmeister hinauszugehen. Wir meinten, nicht wenige seiner Gespräche müßten die Lieblingsschriften für jeden guten Kopf seyn, der sie fertig in der bezaubernden Ursprache lesen kann; und dieß zwar hauptsächlich deßwegen, weil er selten seine Materie erschöpft, aber mit gewaltiger Hand in tiefe reiche Fundgruben hineinführt. Wir bewunderten oft an ihm, diesen Tag, die allergewandteste Attische

Fein=

Feinheit, die so edel kein Schriftsteller, unsers Wissens, weder seiner noch vielweniger irgend einer andern Nazion je erreicht hat: und den folgenden wieder die erhabensten Gedanken in der kühnsten Sprache.

Demosthenes ist freylich gegen ihn, wie der noch junge zu strenge Dionys von Halikarnaß wahr spricht, Held im Streite, wo es das Leben gilt, und jeder Hieb und Stoß, Wunde. Aber ein andres ist Schlachtfeld, ein andres Akademie; wo unter kühlen Lauben auch zuweilen bloß angenehmes Geschwätz ergötzt; und lyrische Verzuckungen süßer Trunkenheit bey sternenheller Nacht am seligsten machen.

Mitten unter dieser Seelenweide legt ich mich eifrig auf die Zeichnung. Ich fing vom neuen damit an, allerley mathematische Figuren aus freyer Hand bis zur Vollkommenheit zu entwerfen, um sie zur Sicherheit im Zuge zu bringen. Alsdenn plagte mich Ardinghello nur kurze Zeit mit menschlichen Gerippen, und ging gleich über auf den Umriß der Theile, und ihre

Ver-

Verhältnisse zu einander; und endlich gelangt ich zum Lebendigen, wie aus einer trocknen Wüste zu schattichten frischen Quellen. Wir waren schon aus der ruhigen Schönheit am Leidenschaftlichen: als eine schreckliche Begebenheit erfolgte, die uns auf lange trennte.

Ueber die Verhältnisse des menschlichen Körpers gingen wir, außer den Vorschriften der beyden großen Florentiner, noch ein Werk durch von dem Teutschen Albrecht Dürer. Er sagte, wenige hätten die Theorie ihrer Kunst wohl so inne gehabt unter allen neuern Mahlern und Bildhauern, als dieser; man fände bey ihm ein erstaunliches Studium: aber zum Hohen und Schönen derselben sey er nicht gelangt, weil Niemand aus seiner Nazion und seinem Zeitalter könne. Dieß hange außer dem Innern noch gar zu viel von Glück und Zufall ab. Wir könnten das Lebendige nicht anders nachbilden, als bis wir es entweder selbst gelebt, oder mit unsern Sinnen in ergreiffender Wirklichkeit empfunden hätten. Ohne Perikles und Aspasia, Alkibia=
den,

den, Phrynen und ihres gleichen alt und jung:
kein Phidias, Praxiteles und Apelles. Albrecht
Dürer habe den Nürnberger Goldschmidsjungen
nie völlig aus sich bringen können; in seinen Arbeiten sey ein Fleiß bis zur Angst, der ihm nie
weiten Gesichtskreis und Erhabenheit habe gewinnen lassen; und bloß deßwegen hätte ihn Michel
Angelo so sehr gehaßt. Seine meisten Komposi-
zionen wären Passionsgeschichten, und Hexen
und Teufel. Er als verlorner Sohn am Troge
bey Schweinen, die Trebern fressen; Proserpina,
wie sie Pluto auf einem Bocke hohlt; Diana,
wie sie eine Nymphe mit dem Knittel bey einem
Satyr prügelt: zeigten genug seine mißleitete
Phantasie. Sonst sey er ein wackrer Meister,
habe Kraft und Stärke; und ein guter Kopf von
richtigem Geschmack könne viel von ihm lernen.

Wir hatten bey unserm Leben auf dem Lande uns zum Gesetz gemacht, daß keiner den andern in seinem Thun und Lassen stören sollte; und
alles Beysammenseyn war freyer Wille von beiden
Seiten. Wenn also einer allein seyn wollte: so
sagte

sagte er es dem andern, oder schloß die Thür ab. Zuweilen gingen wir mit einander, zuweilen zog einer allein aus: und Ardinghello kam manchen Tag und manche Nacht nicht nach Hause, ohne mir vorher zu sagen, wenn er fortging, und ohne daß es mich befremdete. Die immer grünen mit hohen Bäumen eingefaßten Wiesen, und die vielen klaren Flüsse, von den Seen rein gewaschen, erfreuten ihn unendlich in der Lombardey; solche Natur war dem Toßkaner fremd. Er nistete sich in den schönsten Dörfern überall ein, und machte Bekanntschaft mit den Landleuten.

Einigemal kam er Abends auf einem lustigen Nachen mit Weinlaub und Epheu geschmückt, der Zither am Arm im Dithyrambengesang gleich einem jungen Bacchus wieder, oder in einem andern Aufzug: und es war immer ein allgemeiner Jubel; denn jedermann wollte ihm wohl. Er ließ sich mit jedem ein, und drang in dessen Inneres; half ihm fort, oder machte ihm das Leben froh und leichter. Er hatte eine von den seltnen gefühligen Stimmen, die das Herz anlocken;

ihr

ihr Ton war fest und voll; süß und gelind bey Liebe, und heftig eindringend wie ein Sturmwind in der Höhe bey widrigen Leidenschaften. Er spielte zwar auch treflich die Laute: aber die Zither zog er allen Instrumenten zur Begleitung vor. Er sang wenig andrer Dichter Worte, sondern eigne Poesie, wie sie seinem Wesen entquoll! meistens ohne Reime; oder diese, wie sie sich schicken wollten. Es war bezaubernd, dem jungen Schwärmer zuzuhören, und wie in lächelnder Kühnheit das Feuer aus ihm wehte. Wie oft haben wir hernach in heitern Nächten uns in den See gestürzt! denn er hatte mir das Schwimmen bald beygebracht: und in der unermeßlichen gestirnten Natur frey herumgewallt wie die Götter!

Noch hab ich ihm eine größere Geschicklichkeit im Fechten zu verdanken, worin er ein großer Meister war; wie er denn seinen Körper überhaupt äußerst gewandt und ausgebildet hatte.

So flog himmlisch leicht unser Leben dahin unter Spiel und Fest und reizender Beschäftigung.

Mit

Mit seiner Madonna war er im August schon fertig. Er hatte die Begebenheit der Flucht nach Aegypten gewählt. Sie saß mit dem Kind an der Brust unter einem Ahorn, der seine Zweige weit umher verbreitete, und Dämmerung hernieder warf; in der Nähe und Ferne standen Pignen und Cypressen anmuthig vermählt und zerstreut. Die Gegend war ein Gebirg, woheraus ein Fluß in Katarakten sich stürzte, in fernem Schaum und Dampf von Silberstaub, dann eine kleine Ebne durchfloß, und in einem stillen See ruhig dahin wallte. Die bezauberndste Seite von der romantischen Wildniß unsers Lago war ganz treu hier zu sehen; vom Glanz der untergehenden Sonne blitzten Fels und See, und schimmerte das Laub der Bäume. Aeußerst kühn gewagt!

Die Madonna war eine holde Jungfrau, die ihr erstes Kind in Armen hält, und der Geschichte davon in entzückender Grazie nachdenkt; ein Kopf ganz aus der Natur, nur erhöht und ins Reine gebracht, von unaussprechlicher Wirkung

nung auf jeden fühlenden Menschen. Auch der
Bube, so recht in Liebe erzeugt, trug die Spuren der vollen Wonne seines Werdens in der Gestalt; er hielt sich mit dem einem Händchen an
der rechten halb entblößten Brust unter dem
röthlichten Gewand an, und lächelte von der
offnen straff geschwellten jugendlichen linken ab
mit seinem blonden Köpfchen in die schöne Natur. Das braune Haar der Madonna war in
ein röthlich gestreiftes Netz gebunden, wovon
noch einige Locken ins Gesicht und die Backen fielen; der blaue Mantel zerflossen, und die Beine und zarten Füsse ruhten in reizender Lage.
Beyder Augen, besonders der Madonna blickten
heiter schön, in Empfindung schwimmend. In
den Zweigen des Ahorns schweben Engel wie junge Liebesgötter; abwärts weidet der Esel, und
Joseph steht auf seinen Stab gelehnt, wie ein alter treuer Wärter, der sein Anvertrautes glücklich
aus der Gefahr über die Grenze gebracht hat.

Form und Ausdruck und Kolorit in allen
Theilen des Lebendigen, Bekleidung und Beleuchtung

tung und Scene macht eine süße Harmonie zu=
sammen. Das Gemählde war groß, und die Fi=
guren im Vordergrunde an die zwey Drittel in
Lebensgröße; jedoch ging ihm die Arbeit geschwind
von statten, weil er die Studien zur Madonna
und dem kleinen mitgebracht hatte, und nur zum
Joseph und den Engeln einen Alten und Kinder
aus der Nachbarschaft gebraucht.

Meine Mutter konnte sich darüber nicht satt
freuen, und gewann ihn immer lieber.

Inzwischen bemerkt ich doch bey seinem fröh=
lichen und traulichen Wesen eine leidenschaftliche
Hastigkeit an ihm, und etwas Verborgnes in
seinen Gesichtszügen; auch fiel mir endlich sein
Ausbleiben auf. Er sagte zwar: „ich bin ein
Herumschweifer, und kann nicht wohl an einer
Stelle bleiben;“ aber er nahm mich doch zu sel=
ten mit sich. Ich wollte wissen, was in ihm
vorging, und dieß klärte sich denn auf einmal in
einer stillen Mitternacht auf, wo alle Winde
schwiegen, und kein Laut sich regte.

E

Wir

Wir saßen am kühlsten Platz unsers Gartens auf einer Anhöhe, in einer Laube von Lorbeer und Myrthengesträuch, von einem alten Hayn grüner Eichen umfaßt; und hatten oft die Gläser ausgeleert, und gesungen und gesprochen; viel vom Menschen und den Begebenheiten der Welt, jugendlich, erfahren und unerfahren. Mein Herz stand offen; und ich entdeckt ihm auf die letzt meine kleine Liebesgeschichten, womit ich hier den Lauf nicht unterbrechen will; gestand ihm aber, daß ich noch nicht alles fände, was ich verlangte.,, Du wirst mir guten Unterricht geben können, fügt ich hinzu; denn nach deinen Studien in der Mahlerey, und Leibes und Seelentugenden mußt du schon ein Held unter Amors Fahne seyn."

Er antwortete hierauf:,, ich spreche nicht gern von diesen Dingen; denn sie machen alle Menschen neidig, Freund und Feind. Aber weil du einmal angefangen hast, so will ich auch dir bekennen. Doch vorher den Todesbund ewiger Freundschaft feyerlicher vom neuen; wir kennen uns nun vollkommen."

Hier

Hier zog er einen Dolch hervor, streifte sich den linken Arm auf, stach hinein, und ließ das Blut in den Becher rinnen; überreichte mir deu Dolch: und ich that, wie von einer furchtbaren Macht ergriffen, voll Gluth und Rührung dasselbe.,, Wie unser beyder Blut hier im Weine vermischt ist, rief er aus, und in unser Leben sich ergeußt: so sollen unsre Herzen und Seelen auf dieser Welt zusammenhalten; dieß schwören wir dir, Natur; und deiner Gottheit! Wer scheidet, fall in Elend und Verderben."

Wir tranken, umschlangen uns fester und inniger, stillten darauf die Wunden, und der eine verband mit lächelndem Erst den andern.

Dieß geschehen, und aus dem Taumel uns wieder gefaßt und in Ordnung, fing er an: ,,das herrliche Geschöpf, das ich liebe, bekränz als Priesterin unsern Bund! Cäcilia ist ihr Name, von der Heiligen, der himmlischen Musik, entlehnt. O du dort oben walte über uns! Auch unser Fest ist Saitenspiel und Gesang; und sind wir nicht so fromm als du, wozu nur Auser-

E 2   wählte

wählte gelangen: so ist doch unsre Liebe heilig; denn sie ist ganz Natur, und hat mit bürgerlichem Wesen nichts zu schaffen. Diese Cäcilia wohnt eine Stunde von hier; ist einzige Tochter bey zwey Brüdern, ihr Vater leider der große C****, und soll sich in kurzer Frist mit dem reichen Mark Anton vermählen; welches du schon alles weißt.,,   Ich blieb hierbey stumm vor Erstaunen, und hörte mit beyden Ohren.

„Wir wurden durch einen bloßen Zufall näher bekannt, fuhr er fort; denn schon vorher hatte ich sie als den schönsten weiblichen Kopf in Venedig einigemal in Kirchen auf den Raub abgezeichnet, und ein paarmal in Gesellschaft gesehen. Nie aber wollt es mir gelingen, in ihrem Hause Zutritt zu erhalten, oder sie allein zu sprechen. Dieses geschah endlich beym Schlusse des letzten Karnevals, auf dem Markusplatz, in einer Ecke an der unerbauten Kirche S. Zeminiano, als es Nacht werden wollte. Ich trug schier eine Maske, wie einer ihrer Brüder: sie sah mich im Getümmel für denselben an, ging auf mich zu,

faßte

faßte mich bey der Hand, und flüsterte mir etwas freudig ins Ohr. Ob ich sie fest hielt, und wie? kannst du denken! ich hatte sie schon auf den Platz herein kommen sehen, auch war ihr lieblich Gesicht wenig verhüllt. Männer und Weiber, die sie begleiteten, mochten ebenfals im Irrthume wie sie seyn; denn sie ließen uns beysammen, gaukelten auf dem bunten Welttheater, im Kleinen, ihre Mummereyen fort, und hatten keinen Argwohn. Ich gebrauchte die schnelle Gelegenheit, so gut mir möglich war. Sie mußte mich auch mit einem Blick erkennen können: unsre Augen hatten sich schon oft mit Seele begegnet. Ich verlangte zu wissen, ob ich etwas über sie vermöchte, hob ein wenig meine Maske vom Gesicht: und sie wollte sich, erröthend von den ründlichen Wangen bis an den schneeweißen Hals, zurückziehen; allein ich hielt das warme Händchen fest.

Ich blickte rasch umher, und sie deßgleichen; wir wurden in der Dämmerung nicht beobachtet, und ein Possenreisser hatte überdieß aller Augen auf sich gezogen; und sagte ihr, aber wie kann

ich

ich genau die Worte wiederholen! daß ich sie liebte, anbetete; daß ich verschwiegen wäre, wie ein Stein, eine Mauer, mich der geringsten Gunst nie rühmen würde; mich ihr in allem unterwerfen wollte, allen meinen Verstand zu unserm Vortheil anwenden wollte; wir seyen für einander geschaffen, und das Verhältniß mit andern Menschen solle uns nicht trennen. Alles dieß und mehr ging aus meinem Munde wie ein Laufsfeur, leis, aber mächtig ihr ins Ohr. Sie trat fort und hielt ein, zuckte mit der Hand, und überließ sie wieder den heißen Wallungen meiner Liebespulse. Endlich riß sie sich los, sagte mir aber mit einer schüchternen gebrochnen Stimme die Honigworte, die wie eiskühlend und brennendsüß erquickend Labsal durch Mark und Gebein rannen: „Morgen früh zu Santi Giovanni o Paolo.“

Ich schwand von ihr weg wie der Blitz, zur ersten Probe meiner Aufführung: und schlief die ganze Nacht nicht, war so wach und lebendig, als ob ich nie geschlafen hätte, und nie wie-

der

der schlafen würde, durchaus Feuer und geistig
Toben. Was hab ich da nicht für Plane ge=
macht!"

"Ich hielt schon lange vor der Zeit Wacht um
die Kirche; und wie sie aufging, war ich der erste
drinnen. Ich wartete und wartete, und verging
vor Ungeduld; so langweilig war mir das Meßle=
sen der Priester noch nicht vorgekommen. Wie
es allzulange währte: so ließ'ich mir den Vorhang
von dem göttlichen Tizian wegziehen, wo Peter,
der Märtyrer, von einem Räuber erschlagen
wird, sein Gefährte flüchtet, und ein Paar rei=
zende Buben als Engel auf die Bäume der herr=
lichen Landschaft herabschweben. —"

"Welch ein Meisterstück! die Scene schon
äußerst lebendig; welche Lokalfarben haben nicht
die schlanken Stämme der hohen Kastanienbäu=
me! wie verliert sich das Land in ferne blaue
Felsen! der Mörder voll räuberischem Wesen in
Gestalt und Stellung und jeder Gebehrde bis
auf Kleidung und Kolorit! der Heilige hat ganz
das Entsetzen eines Ueberfallnen, und eines gu=

ten

ten welchen Mannes, der sein Leben banditenmä=
ßig verliert: auf seinem Gesichte ist die Blässe
der Todesangst; und mit welcher Natur in der
Lage ist er niedergeworfen! der, welcher flieht,
eben so täuschend in allen Theilen. Die drey Fi=
guren machen einen vortreflichen Kontrast in
Stellung, Charakter und Kolorit und den Ge=
wändern von Mönchs und Räubertracht. Welch
ein treflicher Ton im Ganzen, und wie schön
hält es die Beleuchtung zusammen!"

' „Dieß half etwas, aber wenig, ich hatte
keine Ruhe. Endlich erschien sie doch, und ar=
mer Tizian, wie fielst du weg! O alle Kunst neige
dich vor der Natur! Sie zog zur Pforte herein,
den Kopf in eure Tracht versteckt, wie im dün=
nen Gewölk aufgehende Sonne, vor ihrem
Glanz verschwand alles, oder bekam Ansehen,
Wesen, lenkte sich zu einem Ganzen."

„Sie kam mit ihrer Mutter. Beyde knie=
ten erst vor dem Altare nieder, wo Messe gelesen
werden sollte; und setzten sich hernach, sie mit
abgeworfner Hülle vom Haupte. Im Knieen

blickte

blickte sie einigemal gen Himmel und seufzte; ich bemerkte alles. Sie wurde mich hernach im Sitzen gleich gewahr, und maß mich mit einer Engelschönheit, ruhig dem Anschein nach, vom Wirbel bis zur Zehe, in tiefem Nachdenken. Was für Seele aus ihrem weitgewölbten schwarzen Auge blickte, ist nicht zu sagen; und um ihre Lippen regten sich bange Gefühle, die jedoch in Lächeln übergingen. Ach, daß ich nicht gleich mit ihr sprechen durfte!"

„Ich saß nicht weit von ihr rechter Hand, schräg auf der Seite, und verwandte, so viel ich unbemerkt seyn konnte, kein Auge. Sie las hernach in ihrem Buche, und nahm ein Zeichen heraus, und deutete mir mit einem Winke darauf."

„Die Messe war vorbey, und man ging auseinander; ich folgte ihr auf dem Fuße. Bey der Kirchthür hatt ich im Gedränge, mit der feinsten Wendung, die Karte unvermerkt in der Hand. Ich konnte nicht geschwind genug in einen Winkel kommen, und lesen." Zwey Stunden

nach

nach Mitternacht an der Thür auf die Straße hinter dem Kanale." Weiter stand nichts darauf, und es war genug."

„Nur dieß und Sie empfand und dacht ich den ganzen Tag. Gegen Abend ging ich schon dort einigemal auf und ab, und wußte alle Thüren und Fenster und Gelegenheiten auswendig. Ich versah mich alsdenn auf allen Fall in meinem Quartiere mit Gewehr; meinen Gondelfahrer hatt ich ohne dieß schon vorher immer bey der Hand."

Nach Mitternacht macht ich mich auf den Platz bey Maria Formosa. Wie wurde mir die Zeit so lang! Die Hofnung hob mich vom Boden weg durch alle Himmel; die Natur hingegen wollte gar nicht fort; Orion, Adler, Schwan und Wagen schienen mich zum besten zu haben, ich hätte sie gern Himmelab aus Ungeduld mit den Händen gerückt, und sprang oft närrisch in die Höhe, sie zu erreichen."

„Endlich schlug die letzte Viertelstunde, und ich eilte an den bestimmten Ort. Alles war still auf den Wegen, und ich lief über die Brücken weg;

und

und wartete in einer Ecke nahe bey der Thür, in meinen Mantel eingehüllt, lauter Ohr und Auge."

„Ich war kaum da: so ging sie schon auf. Ich machte mich herbey, und vernahm die leisen Worte:„ herein!" ich schlüpfte durch, und war im Dunkeln." Die Schuh aus! flüsterte sie, mir die Treppe herauf nach!" Und sachte, sachte, Hand in entzückend zarter, warmer, festhaltender Hand tappten wir in ein Zimmer auf den Ka-nal; und wieder zugeschoben mit dem Riegel wurde die Pforte des Himmels. Cäcilia war in einem leichten Nachtgewande, den Kopf entblößt und das lange Haar nur in einen Knoten ge-bunden, das weich in den Seiten mir in die Finger fiel."

„Ich hielt sie umschlungen, und raubte den ersten Kuß, der wie ein süßer Blitz mein Wesen durchfuhr: und sie sagte seufzend:" O was wag ich nicht, euch näher kennen zu lernen! ich weiß, daß ihr ein Florentiner seyd, und hier die Mah-lerey treibt, aber daß dieß eure Bestimmung nicht

ist,

ist, sondern Nebenbeschäftigung, und euer Ziel im Verborgnen höher steckt. Eine Freundin eurer Tante und von mir, die euch als eine andre zärtliche Mutter wohl will, und durch jene euch eure Wechsel auszahlt, hat es mir unter dem Siegel des Stillschweigens anvertraut. Eure edle schöne Gestalt und Jugend, und, es muß nun von meinen Lippen! ein unwiderstehlicher Zug im Innern, den ich noch bey keinem Sterblichen fühlte, haben mich dazu verleitet.“

Verlaßt euch in Geheimnissen auf Weiber, dacht ich, wenigstens, die sie nicht selbst betreffen! und gerieth in ein Labyrinth.“

„Ein andermal von unsern Umständen, erwiedert ich. O daß ich dich endlich habe, du Stolz von Venedig und Zierde der Welt! Laß uns jetzt ganz allein seyn, und die vorübereilenden Augenblicke genießen in junger feuriger Liebe, o du Seele meiner Seele, Geist und Licht meines Lebens! Hier hob ich sie mit Macht in meine Arme, und trug sie unüberwindlich so auf einen Sopha, der in der Ecke am Fenster stand.“

„Un=

„Unglücklicher, sagte sie, was willst du begin= nen?" und stieß mir mit allen Kräften das Ge= sicht von ihrer Brust. Dieß ist kein falsches Sträuben! ein einziger Ruf von mir, den mei= ne Brüder hören: und du bist des Todes, und ich im Hause auf immer elend!„ Dieß war in ei= nem so festen sichern Tone gesagt, wie ein Schwert= schlag die Schulter herein, daß ich nachlassen mußte; ich wurde wie von einander gerissen, als das himmlische warmlebendige Geschöpf mei= nen Armen entwich."

„Nicht so heftig, holder Verwegner! so war es nicht gemeint!" fing sie nach einer kleinen Pause an, und streichelte mir die Backen, die Sirene.

„Ganz außer mir ergriff ich sie wieder mit Gewalt von neuen. Hier aber gerieth sie in bittern Zorn, und riß mich mit den Haaren von sich:" glaube nicht, sagte sie, daß ich ein Kind bin, das nicht weiß was es thut, und mit sich anfangen läßt, was ein wüthender Mensch will!"

will!,, Ich konnte nichts dagegen aufbringen, und Unmöglichkeit, Liebe und Bewunderung machten, daß ich meine Leidenschaften bändigte."

„Wir setzten uns denn. Ich war auf dem stürmischen Meere, herumgewühlt von tausend Wogen. Sonderbare Scene! Sie schlang hernach ihren rechten Arm um meinen Nacken, und ich meinen linken um ihre Lenden, und die zwey andern Hände schlossen sich in ihrem Schooße zusammen; vor uns stand auf einem Tischchen ein Nachtlicht. Ach, wie sie blühte! ein voller Rosenbusch im May am frischen Morgen im neuen Glanz des Himmels und den Chören der Nachtigallen herum. Ihre jungen festen Brüste kochten und wallten; und im Netz ihrer verwirrten blonden Haare zappelte meine arme Seele wie ein gefangener Vogel."

„Ich flog ihr mit flehendem Gesicht am Busen, und klagte schmachtend." Was hast du mit mir vor, Zauberin?"

„Lie-

„Liebe! sey ohne Sorge! antwortete sie darauf; sonst wird' ich nicht gethan haben, was ich that; süße Traulichkeit, woihrer zwey sich das Leben froh machen, die für einander geschaffen sind."

„Uns verging die Sprache, und wir saßen lang, eine schmerzlich entzückende Stille, in heißer Empfindung aneinander gegossen."

„Mir rollten endlich unaufhaltbare Thränen übers Gesicht von dem wüthenden Kampf im Innern."

„O ich sehe, daß du liebst, sagte sie: und hob mir das Gesicht in die Höhe, das ich knieeud wie ein Kind in ihrem Schooß verbarg, nachdem ich ihr wenig Worte von meinen Schicksalen erzählt hätte, nahm mich auf, und küßte mir zärtlich, am ganzen Leibe zitternd, die Augen und das bloße Herz, wovon sie das Hembe wegriß." Nun geh fort, sagte sie; wir können jetzt nicht reden, und nicht länger bleiben. Versprich, bescheidner zu seyn; und komme heut über acht Tage wieder früh nach Santi Giovanni e Paolo;

wenn

wenn ich dir ein Zeichen gebe: so sind wir dieselbe Stunde in der Nacht eben so beysammen."

„Mir war selbst zu wohl und zu weh im Herzen, und sie brachte mich unter brennenden Küssen und glühenden Umarmungen leise wieder von sich. Dieß war die erste Zusammenkunft. Morgen, Benedikt, das Uebrige, wenn wir wieder dazu gestimmt sind! sagte hier Ardinghello.

Wir machten uns alsdenn berauscht auf unsre Zimmer. O Freundschaft, und Liebe, rief er, nach dem Wunsche gut zu schlafen, was ist ohne dich die Welt! ein Haufen Unsinn für alle Philosophen."

Was Ardinghello gesagt hatte, und die Vorbereitung dazu, machte mich äußerst unruhig; mein Gesichtskreis war zwar erweitert: verlor sich aber in undurchdringlichen Nebel, und mich schreckte die Zukunft. Seine Leidenschaften kümmerten mich. Jedoch verließ ich mich wieder auf seinen hellen Geist und sein edel Herz; und schwur ihm vom neuen bey mir ewige Treue,

und

und ihn überall, wo Noht an Mann ging, zu unterstützen. Er sollte mir auf der Stelle fort=erzehlen, aber er wollte nicht, und sagte:" Wir haben ja dazu genug Zeit und Muße; mein Kopf ist zu sehr im Taumel."

Den Tag darauf bekamen wir Besuch; und wer war es? es war der Bräutigam der Cäcilia mit ihren Brüdern, die ihm bis Verona entge=gen ritten, welcher ein kleines Geschäft abmachen wollte. Sie selbst war einigemal mit ihrer Mut=ter bey uns gewesen, und ich hatte nichts gemerkt: so sehr konnte sie sich verstellen. Er gestand mir zwar damals ein, der Schalk, daß sie die schön=ste weibliche Gestalt wäre, die er je gesehen hät=te, was Gesicht und Wuchs und Hand und Fuß beträfe; wenn das Verborgne dem äußerlichen gleich käme: so wüßte er nicht, ob die griechi=sche Venus zu Florenz noch das Wunder bliebe; und bedaurte, daß so etwas ungenutzt für die Kunst vergehen sollte. Allein eben am Verborg=nen habe Phryne so sehr die andern Mädchen übertroffen; vollkommne Bildung an diesen Thei=

F   len;

len, der Reife nahe, ohne Ueberfluß und Magerkeit, die zarten häufigen, und doch festen Schwingungen des Lebens in den reinsten Formen mit aller reizenden Mannigfaltigkeit zur größten harmonischen Einheit durch keine Kleidung und Stubenluft verdorben, immer in gehöriger Munterkeit und Bewegung erhalten, von hohem und heiligem und wollüstigem Geist beseelt, ein wenig Ueberfülle, wo sie seyn müsse, üppige sanfte Wölbung und wieder straffer Umriß sey äußerst selten, und ein Wunder in der Natur und man könn es immer, wenn man es fände, als das allergöttlichste auf diesem Erdenrund betrachten. Es fiel mir nun freylich ein, daß sie höher glühte, wenn er von fern im Schatten die Laute spielte, oder mit seiner verführerischen Stimme zur Zithar sang; und sie selbst war es, was er bey mir schilderte.

Ihr jüngster Bruder, sie war das letzte Kind, konnt ihn gleich wohl leiden. Sie besahen sein Gemählde: und machten ihm darüber große Lobsprüche; nur der Bräutigam, eine kalte

Staatsperücke von widrigem Gesichte, tadelte ihm einiges ohne rechten Verstand, um nach dem gewöhnlichen Kniffe der Großen sich damit ein Ansehen zu geben, welches Ardinghello jedoch gefällig aufnahm, indem er sich damit entschuldigte, daß die Mahlerey sehr schwer, und selten einer in allen Theilen nur erträglich wäre; und rühmte dabey seine große Einsicht. Dieß gefiel ihm denn; und er fragte ihn wie einen jungen Mahlergesellen, ob er ihn und seine Braut abkonterfeyen wolle? Ardinghello verbeugte sich, und erwiederte, daß ihm dieß großen Ruhm zuwegebringen würde, wenn es nach Wunsch gelänge. Jener beschloß, ihn abrufen zu lassen, so bald es sich schickte. Darauf ritten sie fort, nachdem sie ohngefehr ein paar Stunden angehalten hatten.

Den Abend blieben wir bey meiner Mutter. Sie freute sich über den Beyfall für sein Gemählde; und daß er durch diese Gelegenheit, besonders wenn noch die Porträte gefielen, in dem neuen Pallaste des Bräutigams viel Arbeit be-

kom-

kommen könne. Geld sey da genug; und dieß
brauchten die Mahler. Die gute Frau war fern,
etwas weiter zu muhtmaßen; aber Ardinghello
stellte sich auch so fromm an. Wir mußten bis
spät in die Nacht bey ihr aushalten, und er erzehlte, um die Zeit auszufüllen, einige rührende Mährchen.

Wir machten noch vor Schlafengehen aus;
den andern Morgen auf dem See ins Gebirg
hinein zu schiffen, und zum Mittagsmahl das Gehörige mitzunehmen; ich brannte vor Verlangen,
mehr und alles von ihm zu erfahren.

Die Vögel begrüßten vielstimmend den neuen
Tag. Die Sonne kam herauf im herrlichen
Lichtkreis am Ende der Bergstrecke des Monte
Baldo, und schritt kühn übers Gebirg bey Verona im gelben Feuer; die Stirn, womit sie sich
empor warf, war Majestät, die der Blick nicht
aushielt; und je voller sie herein trat: desto öf-
ter mußte sich das geblendete Auge von dem göttlichen Glanze wegwenden, der doch so entzückend
nach der blinden Dunkelheit war, daß es immer

durch

durſtiger ſich in den köſtlichen Strahlen be-
rauſchte.

Breit lag der See da im Morgenduft, und
die Hügel im dünnen Nebel; ein leiſes Wehen
in der Mitte kräuſelte die Wellen, und weckte
ſeine Schönheit wie auf, und machte ſie lebendig. Die Häuſerchen zwiſchen den Bäumen am
Ufer ſchienen allein zu ſchlummern mit ihrer Un-
beweglichkeit, und weil die Menſchen noch nicht
heraus waren.

Unſer Nachen wallte leicht mit vollgeſchwell-
tem Seegel über die naſſen Pfade.

Es war ein heiter Wetter zu Anfang Oktobers, und einer meiner unvergeßlichen Tage.
Sirmio lag lieblich da in Strahlen und ſonnte
ſich; und die unabſehliche Kette der Felſen da-
hinter, wie eine neue Welt, als ob ſie beſtimmt
wäre, lauter Titanen zu tragen. Süßer röht-
lichter Dunſt bekleidete glänzend den öſtlichen
Himmel, und die wollichten Wölkchen ſchwebten
ſtill um den lichten Raum des Aethers, worin
entzückt in hohen Flügeln die Alpenadler hingen.

                    Der

Der See ist würklich einer der schönsten, die ich gesehen habe, so reizend sind dessen Ufer, und zugleich majestätisch und wild, mit so viel Abwechslung von Lokalfarben; und Licht und Schatten macht immer neue Scenen. Die Halb=insel Sirmio liegt in der That da, wie der Sitz einer Kalypso, um von da aus das Land zu be=herrschen; und hat das prächtige Theater von ungeheuren Gebirgen vor sich.

Wir kamen bey guter Zeit am bestimmten Ort an; und machten uns noch in der Kühle den Berg hinauf. Als wir die erste Anhöhe erstie=gen hatten: lagerten wir uns in dem Wäldchen von Kastanien unten an den Quell der mit Epheu bekleideten Felsenwand ins weiche Gras, von hohen dunkeln Eichen und Büchen hier umschat=tet; nachdem wir erst unsre Weinflaschen an den frischesten Platz gestellt, gerade wo der Sprung hervorstrudelte. Dem Schiffer sagten wir, er sollte vor Sonnenuntergang uns wieder abholen; und so blieben wir allein.

Wir

Wir ruhten vom Aufsteigen aus, und streck-ten uns die Länge lang auf die bequemsten Fleck-chen; noch niedrig beym Aufgehen hatte schon die Sonne durch die Stämme den Thau wegge-küßt, und es war nun alles trocken. Wir ge-nossen vom neuen das Labsal des letzten Schlum-mers, als wir so früh aus den Betten mußten: und die einzelnen Lichtstrahlen zitterten süß von oben schräg durch die bewegten Zweige auf unsre Augenlieder, und schimmerten in die Dämme-rung.,, O Sonn und Erde, rief endlich Ardin-ghello, wie gut macht ihrs euern Kindern, wenn sie sich selbst das Leben nicht verbitterten!" und sprang auf. Auch ich rastete nicht länger: der frische Duft der fortrieselnden Quelle machte den ganzen Körper doppelt rege.

Ich nahm ihn in Arm, und ging mit ihm auf und nieder durch die Bäume, und sagte:,, das ist doch nicht fein, da wir so lange beysam-men sind, und ich dich liebe, wie mein ander Ich, daß du mir noch nichts von deinen Lebensumstän-den bekannt gemacht hast, und immer damit hin-

ter

ter dem Berge hielteſt! So oft die Rede auf deine Familie kam, bogſt du davon aus, als ob
du aus dem Kraute gewachſen wäreſt; was Cäcilien betrift, laß ich's noch angehen, und deine
Entſchuldigung wäre bey jedem andern gut geweſen.

Lieber! verſetzte er darauf, mein Schutzgeiſt
hat mich davon abgehalten. Ich glaube, deß
jeder Menſch einen Dämon hat, der ihm ſagt,
was er thun ſoll, und daß Sokrates nicht einen
allein hatte; wenn wir nur deſſen Stimme hören, und uns nicht übereilen wollten. ’In jedem Menſchen wohnt ein Gott, und wer ſein in-
ner Gefühl geläutert hat, vernimmt ohne Worte
und Zeichen deſſen Orakelſprüche; er kernt ſeinen
eignen höhern Urſprung, ſein Gebiet über die
Natur, und iſt nichts unterthan.“

„Ich ſtamme aus einem der guten Häu-
ſer von Florenz: mein Vater war Aſtorre
Frescobaldi, und meine Mutter, Maria, von
der verfolgten Familie der Albizi! beyde ſind
nicht mehr, und ich bin allein noch übrig, ihr

erſtes

erstes und letztes Kind. Mein Vater entbrannte in Leidenschaft für Isabellen, die dritte Tochter des Cosmus, vermählt mit dem Römer Paul Orsini: und sie gab ihm leicht Gehör; er war noch jung, wohl gebildet, und hatte tausend Reize sie zu fesseln. Sie wurde gleichfals gegen ihn entzündet; und in Abwesenheit ihres Mannes, der von ihr wie geschieden lebte und sich meistens zu Rom aufhielt, hatten sie erwünschte Gelegenheit, ihr Liebesspiel zu treiben. So gebahr sie denn zwey Töchter, von welchen wenigstens die erste meine natürliche Schwester ist. Sie hat sich hernach vielen Preis gegeben und mag wohl selbst nicht wissen, mit wem sie die übrigen Kinder erzeugte; jung und schön über alle Weiber, voll Witz und Geist und Leben, und so durch Erziehung gebildet, daß sie Spanisch, Französisch, und so gar Lateinisch spricht, verschiedne Instrumente spielt, wie eine Sirene singt, und Verse macht, oft aus dem Stegreif, herrschte sie am Hofe, wie eine Göttin, und that, was sie wollte. Noch jetzt übt sie Gewalt

 aus,

aus, obgleich der Scepter ihres Vaters ihr nur entwandt ist *). Ihre Liebhaber verfolgten sich einer den andern, und wie Sonne strahlte die Muhtwillige, ungestört vom Krieg der Elemente um sie herum; immer mit neuen Vergnügungen beschäftigt, ließ sie ihre Geliebtesten im Elend verderben, und machte sich darüber keine Sorge. Ein göttlich schönes Ding bloß für die Gegenwart! ein Feuer, das alles aufzehrt, was sich ihm nähert.

Mein Vater wurde das erste Opfer; der Herzog ließ ihn gefangen setzen. Er machte sich los, und flüchtete nach Venedig; und von dort in die Levante. Man zog seine Güter ein, unter Vorwand von Verschwörung und Staatsverbrechen; meine Mutter starb darüber für Gram. Mich nahm meine Tante Lukrezia zu sich. O guter

*) Fu amata dal *Cosmo* suo padre, di maniera, che era voce per la città, che egli avesse commercio carnale seco: sagt eine Florentinische Handschrift aus der damaligen Zeit hierüber.

guter Freund, du weißt noch nicht, was ein klu»
ger Tyrann thun kann! von fern sieht die Ty»
gertatze schön aus, wegen ihrer Stärke und Be»
hendigkeit. Wenn Cosmus ein zweyter Augu»
stus ist in Unterjochung der Freyheit und Wol»
lust gegen seine Landestöchter, und in seinen
Julien; so ist er noch viel grausamer, als sein
Urbild.

Durch ein bloßes Ohngefehr hab ich die beste
Erziehung erhalten. Als Knabe folgt ich mei»
stens meinem Hange, und wurde hernach bey
dem gestörten Hausfrieden durch die Leidenschaft
meines Vaters gegen Isabellen wenig mit vor»
gesetzten Lehrmeistern geplagt. Ich ging mit
Kindern von allerley Klassen um, und die fähig»
sten waren meine Spielgesellen; ich suchte sie zu
übertreffen im Laufen und Ringen und Schwim»
men im Arno und in listigen Streichen. Ich
habe freylich manche Beule im Balgen und Fal»
len davon getragen, bin aber davon weder ein
Krüppel geworden noch gestorben. Mein Vater,
ein muthiger tapfrer Mann, nahm mich im ersten

zarten Alter einigemal mit zur See, wo er als Befehlshaber der Galeeren die Küsten gegen die Korsaren bestrich: und die reinen großen ewigen Gegenstände erfüllten hier meine ganze Seele, und erregten mächtig alle Triebe zum Freyen und Edlen."

Wie ich zum Jüngling heran wuchs, hatten die bildenden Künste und höhern Leibesübungen den größten Reiz für mich; und nächst diesen griechische und römische Sprache und die Geschichte dieser hohen Völker; auch hierin wollt ich jeden übertreffen, und Glück und Gestalt und Wesen führte mich zu den besten Meistern.

In der Zeichnung und Mahlerey kam ich auf die letzt unter die Hände des Georg Vasari, der zwar nie ein schöpferisches Werk hervorgebracht hat, aber voll Kenntniß und Geschmack war, bey allen seinen Vorurtheilen. Der alte Schwätzer blies wie ein Boreas mit vollen Backen in meinen Enthusiasmus. Mein Vater, dessen Augapfel ich war, ließ mir zwar nach seiner Jovialität, und nach Georgens Verheißungen,

daß

daß ich ein Licht werden würde, alles zu verdunkeln; freyen Willen: doch bracht er mich noch kurz vor seiner Gefangenschaft und Flucht zu verschiednen philosophischen Köpfen, in deren Umgang ich nach und nach mich zu einer andern Richtung lenkte. Meine erste Neigung behielt aber immer die Oberhand.

Ich glaube, die Hauptregel bey der Erziehung sey, den Kindern Zeit zu lassen, sich selbst zu bilden. Das beste, was man thun kann, ist, daß man die Triebe schärft und reizt, ein vortreflicher Mensch zu werden, und ihnen die eigne Arbeit so viel wie möglich dabey erleichtert. Alle Natur, wenn sie groß und herrlich werden soll, muß freye Luft haben. Freylich muß der Stoff dazu in den Urkräften liegen; und ein guter Erzieher sollte doch einiger maßen die Vortreflichkeit der Pflanzen kennen. Jeder gewaltige Geist wirft schon in der Kindheit, obgleich noch im Chaos und Nebel, helle Strahlen von sich. Alcibiades legt sich als spielender Knabe Wagen und Ochsen in den Weg, zwingt den Treiber zu

halten;

halten; Scipio erkannte den künftigen Marius im jungen Soldaten. Ein einziger Gedanke, nur eine That, von scharfem tiefem Gefühl oder vielfacher Ueberlegung entsprossen, obgleich noch roh auf verschiednen Seiten, ist eine glückliche Vorbedeutung; und so Schnelligkeit zu fassen und zu behalten: hingegen Allgehorsam und Fraubasengutartigkeit, so beliebt bey Pedanten, eine unglückliche; denn da ist kein Muht und keine Kraft. Alles, was in die jungen Seelen eingetrichtert wird, was sie nicht aus eigner Lust und Liebe halten, haftet nicht, und ist vergebliche Schulmeisterey. Was ein Kind nicht mit seinen Sinnen begreift, wovon es keinen Zweck ahndet, zu seinem eigenen Nutzen und Vergnügen: das verfliegt wie Spreu im Winde. So ist die Natur des Lebendigen vom Baum und Gras an; und der Mensch macht davon keine Ausnahme. Jeder geh in sein Leben zurück, und sehe, ob etwas von allem dem Vorzeitigen geblieben ist, wo nicht etwa bloß zum Verderb des Genusses. Viel Natur und wenig Bücher, mehr Erfahrung

als

als Gelerntes hat die wahren vortreflichen Men=
schen in jedem Stand hervorgebracht.)

Ein Kind muß erst den Boden kennen ler=
nen, worauf es gebohren ist, Gewächse, Thiere
und Menschen, eh es etwas Ausländisches fas=
sen kann: sonst kömmt ein Papagay heraus.
„Keine Schrift, sagt Plato mit Recht, und wä=
re sie von dem ächtesten Trismegist, gibt mehr
als Erinnerung der Dinge, die man schon kennt;“
und ist für den, der sie nicht kennt, eben so un=
bedeutend, als die Hieroglyphen für die Römer
auf ihren prächtigen Obliéken. Von der sinnli=
chen Natur aber geht man hernach über in die
Geisterwelt; und macht in Entzücken Bekannt=
schaft mit den großen Griechen und Römern,
und allen außerordentlichen Wesen, die diese
Nacht erleuchten.

Als mein Vater einige Jahre weg war, fuhr
er fort, bekam ich eine solche Sehnsucht nach
ihm, daß ich nicht länger bleiben konnte. Ich
fühlte die Ungerechtigkeit des Großherzogs wegen
seiner buhlerischen Tochter erst recht lebendig;

sah

sah meine eigne Gefahr, und machte mich ohn=
geachtet der Vorstellungen meiner Tante auf,
und reiste ihm nach, ohne zu wissen, wo er sich
eigentlich aufhielt. Ich ging unter anderm Na=
men nach Venedig, um dort, während ich ihn
auskundschaftete, die Werke Tizians zu studie=
ren, und vom Paul Veronese und Tintorett zu
lernen; und meine Tante schickte mir von mei=
nem Mütterlichen, so viel ich brauchte. Paul
gewann mich bald lieb, so wie der Greis Tizian,
den ich in seinen letzten Tagen oft mit Singen
und Spielen ergötzte; und sie weyhten mich in
verschiedene von ihren Geheimnissen ein, weil sie
Auge bey mir fanden. Es war mir nun lieb,
daß ich außer meinem eignen Vergnügen noch
etwas gelernt hatte, womit ich mich auf allen
Fall durch die Welt schlagen konnte.

Den Herbst vor meiner Bekanntschaft mit
dir erfuhr ich endlich, daß mein Vater zu Kan=
dia als Hauptmann in Diensten eurer Republik
stände, unter dem General Malatesta, einem
Florentiner; dessen Sohn Cosmus in den Ar=
men

men seines Vaters dort umbringen ließ, weil er mit seiner ersten Tochter Maria zu thun hatte, die er deßwegen selbst, der kalte Barbar ohne Eingeweyde, mit Gift hinrichtete. Ich war schon zur Abreise fertig, und wartete nur auf ein Schiff zur Abfahrt, als meine Tante mir die neue traurige Nachricht meldete, daß auch er durch Meuchelmörder, eben wie der junge Malatesta, längst, noch vor dem Kriege mit den Türken, das Leben eingebüßt habe. Dieß traf mich wie ein Wetterschlag; ich schwur in meinem Herzen hohe Rache, und kochte lauter Galle. Noch bis jetzt kann ich nichts ausrichten, wenn ich mein junges Blut nicht für ein altes ausgemergeltes auf der Stelle hingeben will: aber das Verderben reift über ihren Häuptern."

Dem Edlen standen hier die Thränen in den Augen, er warf sich nieder an die Quelle, mit dem Gesicht auf dem Boden; sein Inneres war beklommen; er schwieg, und knirschte mit den Zähnen.

Ich faßte ihn bey der Hand, und redt ihm zu: „mich jammert dein Schicksal, und du hast Recht zu zürnen. Aber die Welt ist voll von Unglücklichern! und du kannst noch stolz seyn; wo sind diejenigen, die so viel Leben in ihrem Innern haben, wie du, um alles zu bekämpfen? Freude und Leid umtanzt und umringt wechselsweise jeden Menschen, und hierin ist kein Unterschied zwischen König und Knecht."

„O ihr Venezianer, fuhr er auf, und ihr Genueser habt gut reden! Euch hat kein Haus, wie uns das Mediceische, so niederträchtig zu Grunde gerichtet, und ihr strahlt frohlockend in Osten und Westen von Italien wie das Zwillingsgestirn am Himmel; Toskana, die alte Glorie von Welschland, liegt da in Schmutz und Trauerkleidern, mit Ketten behangen von seinen eignen Söhnen."

Unser Gespräch ging dann auf die Geschichte dieser Staaten über, das hier zu weitläuftig wäre, und außer meinem Kreise.

Es

Es war schon gegen Mittag, und der Dunst vom Sonnenbrand auf den Gegenden benahm alle Aussicht; unten schien der See zu kochen, und eine ungeheure Feuerpfanne von geschmolznem Silber; Eydexen, Käfer, Mücken und unzählbare Insekten hielten in der Gluht ein allgemeines Fest, und die Grillen betäubten mit ihrem Gezirp wie ein Meerbrausen die Ohren: wir machten uns also an unsere Quelle in die grüne kühle Nacht, wo die undurchdringlichen Eichen und Buchengewölbe und Felsen mächtiglich vor der Hitze Dampf beschirmten.

Wir stärkten uns mit Speise; und der frische Purpursaft der Traube weckte unbezwinglich die Freude wieder in jeder Nerve. Wie ein Paar junge Götter lagen wir da im Schatten, und unsre Augen und Lippen lächelten vom vergangnen Kummer wie die Blumen des Frühlings von süßem Abendthau. O Jugend, o glückselige Jugend; ach, warum verlässest du uns so bald!

Wir schwiegen, und überließen uns der neuen Wonne; und plätscherten, denn wir hat-

ten

ten Rock und Strümpfe ausgezogen, mit den Händen und Füßen in dem klaren Wasser; das ungern in die Wärme hinaus rann, um über Klippen zu schäumen. Jeder von uns ahndete so das Gefühl seiner Laufbahn.

Nachdem wir lange in Genuß und Empfindung gelegen hatten, und mit den Wellen und Kieseln gespielt, und Kräutern und jungen Sprossen, brach ich zuerst das Stillschweigen, und fragte leise: und Cäcilia?

„Ach, Cäcilia, erwiedert er hastig, ist für mich verloren, ein schwarzer Unhold entführt sie mir. Selige Augenblicke, wo an mir alles Irdische sich bey ihr zu Geist erhöhte, ich vor mir selbst verschwand in einem Meer untergetaucht von unsterblicher Reinheit und Klarheit! die Arme dauert mich; aber da ist keine Rettung, wo ein Gott nicht hilft.

Das goldne Geschöpf hat über mich vermocht, was ich nie glaubte. Unsre nächtlichen Zusammenkünfte in Venedig waren leider selten, und wir sahen uns einander nur bey größter Sicherheit

heit. Noch während dieser Zeit warb mancher um sie, so wie schon viele vorher um sie geworben hatten; besonders der junge Bartholommeo F** mit einer völligen verliebten Raserey, übrigens ein Mann, nicht ohne trefliche Eigenschaften, wie du weißt, nur von geringem Vermögen: aber keine Parthie war ihren Eltern und Brüdern gut genug; und keiner von den Helden ergriff ihr Herz. Mir gab sie nach und nach alles Preis, Seel und Leib, nur die letzte Gunst ward mir vorbehalten; ihr Entschluß hierin war stahlfest und unwankbar: weder Beredtsamkeit, noch Gewalt, und die feinste Verschlagenheit konnt etwas ausrichten. Sie hat mir gute Proben abgelegt, daß ein Weib vor der Verführung sicher seyn kann, wenn es nicht verführt seyn will. Du magst immer darüber lächeln; aber sie hat es geleistet.' Ich sehe dich in Gedanken fragen, was wir zusammen thaten? Was Adam und Eva, lieber Freund, ehe sie aus dem Paradiese verstoßen wurden: Wir lebten im Stande der Unschuld nach und nach; freylich ging dieß

auf

auf einmal aus der bürgerlichen Welt nicht, wo alles seine sündliche Blöße doppelt und dreyfach bedeckt. Wir offenbarten uns so wie von Angesicht zu Angesicht unser Innres. Du kanst mich immer zu dieser Zeit einen holden einfältigen Schäferknaben nennen: aber ohne solche Vorbereitung gelangst du nie bis in den achten und neunten Himmel; nur höchstens auf die grüne Wiese, wo, wie man sagt, diejenigen hinkommen, die weder selig noch verdammt sind. Wer alle Himmel durchwandert hat, und in jedem genossen und gelitten zum Aufflug in den höhern: darf von dem Reiche der Liebe reden. Glaube nicht, daß ich hier wie Petrarca schwärme; dieser war ein armer Sünder, und hing nur am Schein, nie an der Wirklichkeit; er hat mit seinem Geächz und Jammer schier unsre ganze Poesie zu Grunde gerichtet. Die Thoren seufzten ihm Jahrhunderte lang nach, und mancher besang bey einer feilen Dirne die Grausamkeit der berühmten Provenzalin in unerträglichem Einerley, anstatt die verschiednen Reize der Erdentöchter, in ihrer

Man=

Mannigfaltigkeit, wie die heitern Griechen auf=
zuempfinden. Er selbst zwang die kluge Frau
zur unerbittlichen Strenge: sie schwebte ja in
augenscheinlicher Gefahr, daß er bey der ersten
Gunst noch einen Band Sonette, und berühmtere
Oden auf etwas anders als ihre schönen Augen
machte."

"An Planen von Entführung und ewiger
Verbindung wurde von uns im Anfange stark
gearbeitet; aber weil wir keine Luftgestalten
wären und Sinn hatten, und sie auf keine Weise
von ihrer Familie lassen wollte, die sie allzuzärt=
lich liebte, und besonders ihre Mutter todt zu
kränken befürchtete: legten sie sich bey näherer
Bekanntschaft nach und nach. Wir sahen die miß=
lichen Folgen bey den großen Hindernißen zu deut=
lich; und erkannten inzwischen innig, daß die Na=
tur unter allem bürgerlichen Verhältniß bey Men=
schen von reiner Empfindung und klarem Begriff
immer durchgeht, trotz allen Gesetzen. Sie rich=
ten sich zwar im Aeußerlichen nach der Ordnung
des großen Haufens: betreiben aber im Geheim ih=

re eigne Art von Glückseligkeit, ohne welche kein
Leben Werth hat. So verstrichen denn die himm=
lischen Tage, und wir ließen die Götter walten.

Eben im Frühling nach geschloßnem Frieden
kam endlich Mark Anton G*** aus Grie=
chenland daher gestürmt mit neuem Gold und
Schätzen. Sein Weib und seine zwey kleinen
Kinder, Töchter, waren dort an der Pest ge=
storben; und die heißen Strahlen, die Cäciliens
Schönheit von sich warf, schienen während der
ersten Besuche bey ihren Eltern gerade den Reiz
zu haben, zu andern Erben für sein Vermögen.
Gleich einige Wochen nach seiner Ankunft hielt
er um sie an: und sie ward ihm versprochen, und
mußte drein willigen; ob er gleich schon in die
Vierzig, sie erst mannbar ist, und ihn nicht lei=
den kann; aber er hat seine großen Besitzungen bey
seiner Statthalterschaft in Kandia noch reichlich
vermehrt mit Grausamkeiten und Erpressungen,
und Unterschleiffen in Verhandlungen mit den
Türken, steht in großem Ansehn; und ihre Fa=
milie, obgleich bemittelt, bedarf doch wegen ih=

rer

ter Brüder einer solchen Verwandſchaft. Unſer Liebeßknoten ſchlang ſich dadurch nur feſter; jedoch drohte das nahe Hagelwetter in der Ferne, die Blumen aller unſrer Freuden zu zerſchlagen."

Mein Aufenthalt dieſen Sommer hier am Lago in kurzen Luſtreiſen von Venedig aus war ſchon beſchloſſen, eh ich mit dir bekannt wurde; und dein Antrag mit dir zu ziehen, ſetzte mich anfangs in Verlegenheit: allein ich wußte nun der Sache keinen beſſern Rabt. Auch Cäcilia, die äußerſt beſorgt iſt, wurde furchtſam darüber; doch iſt alles in ſo weit nach Wunſch abgelaufen.

Hier kamen wir weit öftrer zuſammen. Sie hat ihre Wohnung auf dem Gut in dem Garten, gerade vor einer Pflanzſchule von jungen Bäumen, nicht weit von einem Brunnen mit einem weiten Marmorbecken, von hohen Ahornen umgeben, wo man ſehr bequem über die Mauer klettert. Sie kam von der Seite zu einer Thür herein; und über dieß iſt ein Fenſter in ihr Zimmer wegen des Lattenwerks für die Reben daran leicht zu erſteigen; welches ich aber doch, aus

 Furcht

Furcht gesehen zu werden, nur einigemal die letz=
ten Nächte, wo es völlig Dunkel war, und weder
Mond noch Stern leuchtete, um die Umschweife
zu ersparen, gewagt habe: und ich erstieg immer
damit alle neun Himmel; mit der Nachricht von
der Ankunft des Bräutigams zur Hochzeit er=
obert ich endlich, ach, unter wie viel Schmeiche=
leyen, bereoten Bitten, heißen Wollustküssen
und Gewaltthätigkeiten! das heilige Palladium,
umrungen von Glanz und Feuer, jede Fieber
süße Wuht.‘‘

Ardinghello hatte sich bey den letzten Reden
von mir abgewandt, und hielt nun sein Gesicht
in den frischen klaren Quell hinein, um die Gluht
davon abzukühlen.

Wir machten uns vom neuen über die Fla=
schen her, und ich gab ihm den Raht, weder sie
noch ihn zu mahlen, und lieber sich zu rechter
Zeit zu entfernen; die Sache käme mir allzuge=
fährlich vor.

„Flieh du, antwortete er, wenn du keinen
Willen hast, und dir die Füße gebunden sind!

ja,

ja, fliehen möcht ich, aber mit ihr; jedoch, wohin?"

Schon senkte sich der Tag, und der Abend rückte näher; wir erstiegen noch die Höhen, und übersahen weit die Lombardey und ihre Lustreviere. Beym Heruntergehen nahmen wir einige Zeichnungen von reizenden Winkeln und Aussichten ab; fanden alsdenn unsern Steurmann auf uns warten, verließen Quell und Wäldchen und den leichten erhebenden Aether: wandelten wieder in die Tiefe, und segelten unter dem lieblichen Zauberspiel von Abendröthe nach Hause, zwischen den Gesängen frohlockender Winzer über den Seegen des Herbstes.

Ardinghello wagte noch dieselbe Nacht eine Zusammenkunft mit Cäcilien. Sie hielten Raht, und es wurde beschlossen, daß er die Porträte mahlen sollte; indem es anstößig seyn würde, und sogar Verdacht erregen könnte, wenn er es nicht thäte. Uebrigens verließen sie sich auf ihre Gegenwart des Geistes und Verstellungsgabe, und nahmen deßwegen die sichersten Maaßregeln.

Den

Den dritten Tag darauf holt ihn auch ihr jüngrer Bruder dazu ab, und er begleitete ihn mit allen Zugehörigen; der Bräutigam wollte ihr Ebenbild noch vom Stand ihrer Jungfräulichkeit.

Sie hätte gar nicht nöthig gehabt ihm zu sitzen; aber er zauderte mit Fleiß, und schien auf Nichts acht zu geben, als die eigensten und bedeutendsten Züge von ihr recht zu fassen. Er bat sie, so ganz bloß als unbekannter Mahler, sie möchte sich nur völlig frey ihrem Wesen überlassen, und thun wie sonst in der Gesellschaft, oder als ob sie allein wäre; er müsse von selbst aus den mancher= ley Bewegungen ihrer Seele auf der Oberfläche des Körpers ihren Charakter abnehmen, und sei= ne Phantasie das Ganze bilden. Ein gutes Porträt sey platterdings keine bloße Abschrift, und es gehöre dazu das tiefste Studium des Men= schen, wovon er noch leider weit entfernt, wozu er auch zu jung wäre; aber er wolle nach Ver= mögen das Seinige thun.

Ihre Mutter war immer dabey zugegen, und der Bräutigam, und einige von seinen und ihren

ihren

ihren Verwandten gingen auf und ab. Cäcilia war sehr aufgeräumt, sprach und scherzte, und hatte die Mahlerey zum Besten; schien zwar dem holden Jüngling in seiner Beschäftigung gern zuzusehen, warf so gar unverstellte Blicke auf ihn, wie man auf Schönheit wirft: aber alles wie fremd und zum erstenmal; und ihre Worte hatten immer etwas von dem vornehmeren Ton gegen einen, den man für seine Arbeit bezahlt.

Die erste Sitzung geschah des Nachmittags gegen Abend. Nach wenig Umriß und Zeichnung fing er sogleich am Kopf an zu mahlen. Sie saß den andern Morgen beym Frühstück noch einmal; und dann wollt er sie nicht weiter plagen, außer bey der Vollendung, um hier und da nachzuhelfen. Den Nachmittag und ganzen dritten Tag und vierten Morgen bracht er damit fast allein zu: und siehe da! sie kam heraus wie völlig lebendig. Alt und jun bewunderten die erstaunliche Gleichheit. Er hatte sie in einem leichten sommerlichen Morgenanzuge vorgestellt, meist von grüner Seide, worunter die vollkomm-

nen

nen Formen ihrer jugendlichen Glieder reizend aufwallten, und durchleuchteten. Sie stand in Lebensgröße, nachdenkend, wie gerührt, in die Zukunft blickend, den Kopf in der linken auf einen Pult gestützt, in einem Zimmer, wo durch ein ganz ofnes Fenster die Aussicht auf den See ging, an welchem Sirmio in der Nähe und ein wenig blaue Ferne von den Gebirgen wohl angebracht waren. Arbinghello hatte im Gesichte schon Züge von ihrem Charakter ausgespähet, die sich nachher erst entwickelten.

Den fünften Nachmittag gab er sich an den Bräutigam. Nach den ersten Umrissen gestand er ihm gleich, daß ihm sein Kopf sehr schwer vorkomme; und daß er noch keine rechte Idee von der ursprünglichen Einheit seines Charakters in der Einbildung habe. Mit allen großen Männern muß' ein Künstler lange leben, um nur eine von ihren bedeutendsten Aussenseiten in täuschender Wahrheit fest zu haschen; und überhaupt sey es schier unmöglich, irgend Jemand sicher dar-

darzuſtellen, den man nicht an Geiſt und Kraft gewißer maaßen übertreffe.

Es ging hierbey im Mark Anton eine gewaltige Veränderung vor, und er erröthete, und wurde wieder blaß augenſcheinlich; ſo daß er aufſtehen und ans Fenſter gehen und Ardinghello einhalten mußte.

Dieſer faßte darauf all ſein Bewußtſeyn zuſammen; und jener kam nach einer langen Pauſe wieder und ſetzte ſich. Ardinghello zeichnete vom neuen, und ihre Blicke begegneten ſich einander wunderbar: die des Ardinghello hell und durchdringend, doch von aufgewühltem Herzen, flammten in die ſeinigen, wie in eine düſtre Nacht voll Irrfeuer.

Mark Anton fragte ihn endlich, ob er ſich ſchon lange in Venedig und der Gegend aufhalte. Ardinghello antwortete mit Beſinnung: „es iſt noch nicht lange; die Werke des Tizian, und Paul von Verona, und Tintorett haben mich dahin gezogen; und auch am Johann Bellini iſt

noch

noch zu studieren, und andern; besonders aber an der herrlichen Menschenart zum Kolorit.“

„Seyd ihr aus Florenz selbst?“ verfolgte er ferner.“ Ja; ʺwar die Antwort.„ Und euer Vater?“ „Mein Vater ist todt, und meine Mutter ist todt, ich ohne Geschwister bin allein übrig.“

„Wer war er, was trieb er?„ diese Frage machte Ardinghellon endlich ungeduldig, er schnickte den Pinsel aus, und antwortete: er war ein Schwertfeger und machte gute Klingen.“

Bey diesen Worten trat Cäcilia herein, und hemmte das Gespräch; denn sie waren vorher ganz allein. „Nun, gehts gut?“ fragte sie lächelnd. „Es würde besser gehen, antwortete Ardinghello, wenn ich das Glück gehabt hätte, Ihro Excellenz länger zu kennen.“ An mir ist nicht so viel gelegen, erwiederte der Bräutigam, wißt ihr was, laßt es für jetzt gut mit mir seyn, und macht die Signora vollends fertig. Wir werden näher bekannt werden, und künftigen Winter einmal ists bessere Zeit.“

Wie

„Wie Sie befehlen, versetzte Arbinghello.“ und rückt die Staffeley weg.

„O nein, sprach heftig Cäcilia, im Winter gibts lauter Nebel und Regen, und keine gute Luft zum Mahlen!“

„Nun gut, sagte der Bräutigam, da kann es ja noch nach unsrer Vermählung hier geschehen. Jetzt bin ich ohne dieß zu sehr beschäftigt; und kann nicht so ruhig seyn, wie Sie, mein Herz.“

Sie nahm ihn bey der Hand, und sah ihn zärtlich an, und führte ihn fort. Arbinghellb gab seiner Zeichnung einen Nasenstüber, brachte die Sachen in Ordnung; und ging darauf von ihrem Gut, und kam zu mir nach Hause.

Er erzehlte mir, was vorgegangen sey: und mir wurde darüber warm im Kopfe. Ich konnte nicht anders glauben, als Mark Anton habe Lunte gerochen; und warnte und beschwur ihn mit Bitten inständig, äußerst auf seiner Hut zu seyn, und für jetzt sich ganz stille zu halten: Er aber meynte, seine Art rohr und blaß zu werden müsse von etwas anderm herrühren, als

Elser=

Eiferſucht; ſo viel er ſich ſelbſt fühle und an andern beobachtet habe, offenbare ſich dieſelbe auf eine andre Weiſe. Jedoch ſey wahr, daß die Grundverſchiedenheit der Menſchen hierin ſonderbare Abweichungen mache. Inzwiſchen hätt er ſich noch nirgend ſo betrogen, wenn dieß Eiferſucht ſeyn ſolle; auch reime ſich dieß nicht zu ſeinem übrigen Charakter, wie er ihn aus Hörenſagen und den wenigen Augenblicken kenne. Daß er auf ſeiner Hut ſeyn würde, dafür brauch ich nicht zu ſorgen; aber ein Feiger nur flieh alle Gefahr. Man müſſe Stand halten, mit unerſchrocknem Muht, ſo lange das Verderben nicht unüberwindlich einbräche; dieß allein rette und beglücke den Mann.

Sein Verdacht auf etwas anders; und ein wahrſageriſcher Geiſt geb ihm ein, der Statthalter von Candia ſey bey Ermordung ſeines Vaters nicht ganz außer Spiele geweſen; und die Aehnlichkeit ſeiner Geſtalt ihm aufgeſchoſſen.

Mir fiel heiß hierbey ein, daß Mark Anton, vor ſeiner Statthalterſchaft von der Repu-

blik

blik abgeschickt, einige Zeit zu Florenz gestanden und mit dem Großherzog auf einem so guten Fuß umgegangen sey, daß er seinen schwierigen Auftrag glücklich ausgeführt habe; ich schwieg jedoch hiervon stille, um nicht Oel ins Feuer zu gießen, und sagte im Gegentheil: dieß käme mir nicht wahrscheinlich vor, er solle sich deßwegen nichts in Kopf setzen.

Den folgenden Morgen bracht er das Bild dahin, daß es im Rahmen konnte aufgespannt werden; und bekam für seine Arbeit von Cäcilien selbst einen schönen goldnen Ring mit einem kostbaren Rubin zum Geschenk, der gerad an den Herzensfinger seiner linken Hand paßte. Dieß gefiel ihm denn; und er freute sich, und lachte darüber, wie die Dinge dieser Welt so sonderbar unter einander laufen. Am dritten Tag hierauf sollte das Beylager gehalten werden, alle Anstalten dazu waren schon gemacht, und die Nachbarschaft zu einem festlichen Ball eingeladen.

Ardinghello ging inzwischen tiefsinnig herum, aß wenig und trank viel, und konnt es nicht länger verbergen, daß er vom Stempel der Liebe mächtig gezeichnet war; er mied alle Gesellschaft. Morgens, Abends und des Nachts kam er nie auf sein Zimmer, und schlief nur des Mittags. Ich hatte mit dem Armen Mitleiden: aber da war nicht zu rahten; er hörte wie ein Meersturm. Die ersten Stunden der Nacht am Tage vor der Hochzeit trat er auf einmal plötzlich hastig auf mein Zimmer, blaß und fürchterlich; ich schrieb eben an einem Briefe. Wie ich ihn aber so erscheinen sah: fiel mir die Feder aus der Hand, und ich sprang auf: „was gibts, was hast du?"

„Mein Argwohn war nur zu gut gegründet, höre!" sprach er, und ging mit mir zum äußersten Ende von der Thür weg.

„Du kennst den schönen einsamen Platz, wo die großen babylonischen Weiden vom hohen Felsengestad herunter nach dem See hangen, und das Ganze zu einer stillen melancholischen Vertiefung sich einschließt: dahin war die letzte Zeit immer mein liebster Spaziergang; schon vorher sind wir dort beysammen gewesen. Auch diesen

Abend

Abend ging ich dahin, und nahm einmal ein Instrument mit. Es fing an zu dämmern, als ich noch auf der entblößten Wurzel der vordersten Weide nach dem Thale zu saß, und meine Leiden sang. Der Inhalt von meinem Liede war: Ach, mein Vater todt, meine Mutter todt, meines Lebens Lust in fremder Gewalt! ist dieß nicht ein junges Herz zu brechen? Saitenspiel klags mit mir! Und bey den Worten, nach dem Blick und der Empfindung: Flüsterst du Lüftchen in den Blättern mir Trost zu? kams über mich, als ob ich meinen Vater vor mir und mir winken sähe. „Warum erscheinst du, was verlangst du von mir?“ rief ich und sprang auf. Zugleich erblickt ich nicht weit von mir einen Kerl mit dem Messer in der Hand, welcher alsbald davon ging mit diesen Worten: flieh junger Mensch, du dauerst mich, ich sollte dich ermorden! Flieh so geschwind du kannst, so weit dich deine Beine tragen, und meide den Mark Anton. Schon wurde durch ihn dein Vater umgebracht. Meide das Gebiet des Großherzogs.“

Mir

„Mir wurde dabey das Herz im Leibe umgekehrt; aber ich besann mich doch nicht lange, sondern riß meine Pistole hervor (er ging auf seinen
Wegen nie ohne Gewehr aus) und jagte ihm von
der Seite eine Kugel durch die Brust, daß er
auf der Stelle stürzte.“ Stirb Elender, für deine Schlechtigkeit in der Schlechtigkeit, und bereite das Quartier deinem Patron in der Unterwelt! „vernahm er noch die Antwort. Darauf
gab ich ihm noch einen sichern Stoß mit seinem
eignen Messer, und wälzte den Körper in die
Dornen und das Gesträuch hinein, den Felsen
hinunter. Niemand war schon längst mehr auf
dem Felde, und es schon finster; und der Ort ist
überhaupt, wie du weißt, völlig abgelegen. Den
Kerl erkannt ich noch, wie ich ihn näher besah;
ich habe vor kurzem in einem Wirthshause zum
Zeitvertreib mit ihm a la Mora gespielt; und
ihm nicht allein seinen Verlust geschenkt, sondern
die Zeche oben drein bezahlt.“

Dieß entsetzte mich; ich sah die gräßlichen
Folgen bey seiner kühnen Entschlossenheit voraus,

und

und wußte nichts zu antworten, als: „es ist uns
geheuer!“

„Du sollst nichts dabey zu thun, und nichts,
dabey zu verantworten haben, fuhr er fort; nur
beschwör ich dich beym Himmel und deinem letzten
Tropfen Liebe zu mir, laß michs ausführen, einen häßlichen politischen Meuchelmörder mehr
aus der Welt zu schaffen. O Vernunft breit allen deinen heitern Aether in meinem Verstand
aus, daß ich kalt genug zu Werke schreite! wenn
er morgen auf der Hochzeit mit dir von mir sprechen sollte: so sage nur, du habest mich die letztern Tage nicht gesehen, ich streiche so oft im Lande herum, und suche Schönheit in Gegenden und
unter Menschen; und gieb im übrigen auf alles
Acht was vorgeht, besonders auf dem Ball in der
Nacht.“

Ich war betrübt von allen diesen Dingen,
und wußte mir nicht zu helfen. Es war da kein
Raht, als entweder ihn oder den andern aufzu-
opfern; und vor dem ersten Gedanken schauder-
te meine Seele, wie vor ihrem Nichtseyn; den

H 4

königs

königlichen Jüngling vom rächerischen Arm der
Natur bewafnet, voll innerm Gehalt, der überall hervorstrahlt: oder den mißgeschaffnen Boshaften, der das Vortreflichste aus kleinlicher Leidenschaft und elendem Interesse wegtilgt? es fand'
weder Wahl noch ein ander Mittel statt.

Ich gab ihm nach der Ueberlegung zur Antwort: "Du sollst mich als deinen Freund erkennen; an deinem Muht und deiner Klugheit im
übrigen darf ich nicht zweifeln. Jedoch bedenke
vorher, was du thust, und daß dein Leben selbst
dabey in äußerster Gefahr ist."

Was soll mir ein Leben, das Sklaverey dul-
det und Unrecht leidet? erwiederte er, schändliches Unrecht! und das grausamste! O ich weiß,
daß das ewig lebt, was in mir lebt; und daß
dieß keine Gewalt zu Grunde richtet. Ich war,
was ich bin, und werd es seyn: ein edler Geist,
den sein göttlich Urwesen durch alle Zeiten von der
Drangsal niedriger Verbindungen immer bald erlösen wird. O wären viele wie ich! der Tyranney unter unserm Geschlecht sollte bald weniger

seyn.

seyn. Aber da fürchten sie sich vor dem Wört=
chen Tod, und glauben sie wären das, was da
kalt und bleich und starr, ausgestreckt auf dem
Brete liegt, da es nur das Gespenst der eigent=
lichen Unterwelt ist, das ihre niedrigre Gattung
von Wesen nach seinen jämmerlichen Bedürfnissen
herumfoltert, und alle reine Seele mit Apostel=
stimme den verachtet, der keinen Muht hat
zu sterben, und sich von dem Elend frey zu
machen."

Mich dünkte, einen Gott reden zu hören: so
stolz und groß stand der Mensch vor mir; ich
mußte ihn an mein Herz drücken.

Allein der mißlichste Punkt bey der Sache war
Cäcilla; dieß machte ihm am meisten zu schaf=
fen, und er überlegte auf allen Seiten. Er glaub=
te, daß es endlich auch hier gehen würde, und sey
der Gewalt sicher, die er über ihren Willen ha=
be! sie selbst ins Spiel verflochten, und der auß=
serordentlichen Biegsamkeit ihres Geistes und ih=
ren andern Fähigkeiten die Rolle nicht zu schwer.
Er müsse das äußerste wagen, sie diese Nacht noch

zu sprechen: es wäre nohtwendig, daß sie sich vorher darauf bereite.

Uebrigens sahen wir immer klärer in dem, was vorgegangen war. Mark Anton stieg nicht aus bloßer Höflichkeit bey seiner letzten Ankunft an unserm Haus ab, da er es bey den vorigen Besuchen nicht that, die er bey seiner Braut ablegte; der Großherzog mochte Wind bekommen haben, wie der junge Frescobaldi heranwachse, und daß kein bloßer Mahler in ihm stecke, weßwegen ihn der Adel zu Florenz gewissermaßen verachtete; und wollte bey Zeiten der gefährlichen Brut den Nacken brechen. Der Mörder des Vaters hatte denselben in Venedig ausgekundschaftet, und sein eigen bös Gewissen dazu angetrieben. Das andre ergab sich von selbst: er ließ ihn bey sich mahlen, um ihn genauer kennen zu lernen, und ob er wirklich gefährlich wäre; und Ardinghello beschleunigte mit den ohne alles Arg gesagten Worten: er war ein Schwertfeger und machte gute Klingen; die ihm vielleicht der Zorn des Himmels eingab, dem Verbrecher

das

daß Todesurtheil anzukündigen, seinen Unter=
gang, wenn es nicht anders verhängt gewesen
wäre.

Der Ursprung dieser Begebenheiten war uns
aber damals unbekannt, und Ardinghello erfuhr
ihn erst, als er wieder nach Florenz kam. Mark
Anton verliebte sich dort gleichfalls in Isabellen,
und bracht es so weit mit seinem Geld, und sei=
ner ihr neuen gefälligen venezianischen Mundart,
daß auch ihm, der Seltenheit wegen, eine Zu=
sammenkunft versprochen wurde. Allein statt
des gehofften Vergnügens fand er durch geheime
Veranstaltung des Vaters von Ardinghello in
ihrem Zimmer eine alte magre Ziege angebun=
den; und schlich wieder davon, als ob er nicht
da gewesen wäre. Lächerlich dadurch bey ihr
gemacht, hatte die ganze Liebesgeschicht ein Ende.
Mark Anton nahm dies zwar nicht wie einen
lustigen Streich bey dergleichen Laufbahnen auf
die leichte Achsel; doch konnt er sich sogleich nicht
rächen, und lies die Sache lieber im Verborgnen.
Der Großherzog, in der Folge davon benachrich=
tiget.

tiget, gebrauchte ihn hernach, als ein Mann, der seine Leute kannte, zu seinen Absichten. Ardinghello, noch Knabe, bekümmerte sich nicht um solche Dinge. So entstehen immer die wichtigsten Folgen aus Kleinigkeiten.

Ich gieng darauf zu meiner Mutter; und er schloß sich auf sein Zimmer. Um Mitternacht schlich er heraus, und stieg in Cäciliens Garten. Sie hatten sich gleich im Anfang ihrer Liebe Zeichen für Augen und Ohren erfunden, die kein andrer Mensch verstand und die ohne allen Verdacht waren. Sie vernahm ihn, und erschrack: diese Zeit über sollte keine Zusammenkunft mehr gehalten werden; und besann sich, ob sie kommen oder nicht kommen wollte. Als er aber darauf das Zeichen gab, wo alles mußte gewagt werden; denn auch dieß hatten sie, im Fall, wo sie sich die höchste Gefahr entdecken mußten: so ging sie zitternd nach der Thür, und ihr sanken die Kniee ein.

„Cäcilia, sprach er zu ihr, wie sie im verborgensten Buschwerk an der Mauer beysammen waren, ich bin verloren, wenn ich deinem Bräutigam

gam nicht zuvorkomme; ,,und erzehlte ihr die Begebenheit den Abend mit dem Banditen, und alles in wenig Worten, was sie noch nicht wuß= te.‘‘ Morgen Nachts, wo nur immer möglich, schaff ich ihn aus der Welt, und ich hoff, es soll bey dem festlichen Geräusche nicht an Gelegenheit fehlen: wenn du nicht lieber mich willst hinge= richtet sehen.

Jedes Wort war ihr ein Donnerschlag.

,,O welch ein Sturm wälzt sich über mich her! rief sie aus, entsetzt, nach langer Betäu= bung schon tauml’ ich mitten in den erzürnten We= gen von Abgründen geworfen, und alle Winde rasen. Ach, wäre ich mit dir aus dem Schiffbruch auf einer wüsten unbewohnten Insel nur! Aber wir gehen unter in den wilden Fluhten.

Mir sagts mein Herz, erwiedert er darauf, daß wir glücklich der Gefahr entkommen. Habe Muht, himmlisch Wesen! der Wellen Ungestüm verletzt kein Gestirn; es tritt desto glänzender bald wieder auf, und strahlt in ewiger Klar= heit.‘‘

Nie=

Niemand weiß von unsrer Liebe (der Edle wollte seinen Freund auf alle Weise außer Gefahr setzen). Niemand weiß von dem schändlichen Vorhaben des Mark Anton gegen mich; sein Spion und Mörder meines Vaters modert schon zwischen Klippen und Dornen: solche Dinge vertraut man nicht, außer gegen wen man muß. Der Großherzog ist noch weit von hier, mich soll er so leicht nicht in die Schlinge bekommen. Schlage mich aus dem Sinn die kurze Zeit des Getümmels, und thu, als ob du von mir nichts wüßtest: und du bist sicher. Ueber mich waltet die Vorsicht: sonst wär ich dem Tod nicht entgangen, und sie hätte mir meinen Pfad nicht gezeigt.“

„O wie kann ich dich, Geliebter, einen Augenblick vergessen? Wie kannst du vergessen meine Seeligkeit und mein Leiden?“ fiel sie ihm mit Thränen an seine hochklopfende Brust; fuhr aber bald hastig auf und ergriff ihn, zurückstoßend, klammernd bey der Hand: „fort von hier, über Berg und Thal, laß mich! O hätt ich dich nie gesehen, o ich Unglückselige! Ich beschwöre dich

bey

bey aller unſrer Wonne, bey deiner und meiner Liebe, ſtürzte ſie ſich ihm zu Füßen, und umwand ſeine Knie: überwältige dich meinetwegen, der Ruhe meiner Familie wegen, verſchiebe wenigſtens die Rache! Mich feſſelt das grauſame Schickſal mit eiſernen Ketten an mein Elend, und ich kann ihm nicht entrinnen: du aber geh in ein anſder Land, ſey glücklich bey allen deinen Vollkommenheiten, und laß mich. O Gott, ſchluchzte ſie, wer weiß, wenn und wie und wo, und ob wir je uns wieder ſehen!‟

„Ardinghello umwand ſie feſt mit ſeinen Armen, und träufelt ihr mit der Stimme des lebenſdigſten Gefühls ins Ohr: welche ſklaviſche Furcht hat ſich deiner bemeiſtert! komme wieder zu dir, und rede mit Beſinnung. Es ſiege die Liebe, die in der Natur allen andern vorging, und die Gerechtigkeit! haſt du keinen Blick in die Tage der Zukunft? einem ſolchen bösartigen Ungeheuer wollteſt du an der Seite liegen, und deine glänſzende Wohlgeſtalt von ihm ſchänden laſſen, in lauter Gram und Ekel, da die edelſten Jünglinſ ge voll Eifer und Feuer vor dir schmachten? hat dieß so mächtig wallende Herz in deinem Busen so wenig eigne Kraft, daß es nichts für sich thut: sondern seine angebohrnsten Regungen nach aubrer Willen umlenkt? O Cäcilia, erhabenes Wesen, erkenne deinen Werth! zu deinem eignen Wohl, und weil ich dich kannte, vertraut ich dir das Geheimniß.‘‘

„Soll ich den Schlechten verklagen, ihn zu einem Zweykampf herausfordern? wie albern! Warten in der äußersten Gefahr? wie thöricht! ihn gehen lassen, dulden, leiden, schweigen und mich davon machen? O ich wäre nicht werth, dich an meine Seele zu fassen, nicht werth auf diesem Boden zu athmen, tief tief unter der Erde, der armseeligste halbzertretenste Wurm müßt ich seyn.‘‘

Die Zeit ist edel, wir haben keine Worte zu verlieren; ich sage dir aus dem Buch des ewigen Verhängnisses: Mark Anton, der niederträchtige Meuchelmörder muß sterben von meiner rächerischen Hand für alle seine Bosheiten; oder

du

du mußt mich und dich dem Tod und der öffentlichen Schmach Preis geben. Es findet hier keine Wahl statt, und ich kenne dazu genug deinen hellen Geist und deine hohen Gefühle.
Meinetwegen hab in jeder Rücksicht keine Sorge: für dich wird dein scharfsichtiges Auge leicht
den Ausweg finden, und deine Gewandtheit
ohne Verletzung und Gefahr darüber weg-
gleiten."

„Nun, so fürchte denn alles, unerbittliches
Felsenherz! versetzte sie ihm aufgebracht; und
wenn du sicher seyn willst: so zücke den Stahl
zuerst auf mich. O herbeygeführt durch die Lüfte,
steh ich an dem Kessel eines Feuerspeyenden Ge-
bürgs, Verderben rund um mich, und mir vergehen die Sinnen. O könnt ich mein unabsehli-
ches Elend aller Unschuld zur Schau aufstellen,
und sie damit vor dem ersten Fehltritt warnen!"

Ardinghello konnt ihr nicht mehr antworten, so schnell riß sie sich von ihm fort nach ihrem
Zimmer; doch drehte sie sich unterwegs noch ei-

J

niges

nigemal um, kam aber ausser sich, nicht wieder zurück.

Er sagte mir Anfangs von dieser Unterredung nur so viel, daß sie ohngefehr den von ihm erwarteten Ausschlag genommen habe.

Den andern Morgen in aller Frühe geschah die Trauung. Cäcilia erschien am Nachmittage, wo das Gelag war, reizender als je; Schlaflosigkeit, und die bestäudige Ueberlegung dessen was vorgehen sollte, hatte ihre Lebensgeister erhitzt, und überzog ihr Gesicht mit der lieblichsten Schaamröthe.

Ardinghello bereitete sich den Tag über auf die That: machte sich selbst auf den Nohtfall eine Maske, kämmte sein Haar anders, veränderte Hut und Kleidung, um einen Landmann der Gegend vorzustellen, und setzte sich in gute Verfassung zur Flucht auf jeden Fall. Meine Mutter und ich waren beym Feste.

Eine zahlreiche Gesellschaft hatte sich eingefunden. Pracht und Ueberfluß, mit feiner Kunst angeordnet, herrschten an der Tafel, und in

Sälen

Sälen und Zimmern Glanz und Freude. Die Braut schien in neuen Empfindungen verloren, antwortete aber doch leicht jedem Schalk, und immer in jungfraulicher Bescheidenheit; jedermann schien den Glücklichen zu beneiden, dessen Beute sie ward, und den Wunsch im Herzen zu hegen, mit süßer Gier im Liebesbette, statt seiner, der zarten Schönheit Blume zu pflücken.

Gegen Abend erhob sich der Ball. Als die Kerzen brannten, vermißte man bald Braut und Bräutigam, und lächelte darüber. Der Bräutigam kam nach langer Zeit zuerst wieder, und seine Unenthaltsamkeit und Enthaltsamkeit beklatschte ohne Scheu der Muhtwill junger Männer. Doch hörte man zu seiner Entschuldigung von einer Stimme den frechen Fescenninischen Scherz: der versuchte Ritter wird zu Morgen schon bey hartem Sturm die Fahne auf die Festung gepflanzt haben. Er lachte; jedoch dünkte michs nicht das Lächeln der Lust nach gepflogner Liebe, und winkte mit der Hand nach dem Fenster. Und sieh! Racketen stiegen auf in der Luft und kreuzten sich über dem

See;

See; und zerknallten in schönen Kreisen sinkend. Gleich hernach erschien auch die Braut wieder, und wurde beglückwünscht von Müttern und Weibern, indeß sie glühte wie eine Rose.

Man führte sie an den Erker zum besten Platz, das Schauspiel anzusehen: und auf einmal rauschte die Girandola gen Himmel wie ein ungeheurer brennender Palmbaum. Darauf folgten mancherley neue Feuerwerkskünste. Der Ort dazu war auf einem hohen felsichten Ufer des Sees nicht weit vom Pallaste; der Bräutigam, welcher dergleichen verstand und es angeordnet hatte, lief hernach selbst hinunter, um die Leute, die es abbrannten, zum Eifer zu treiben, weil einigemal starke Pausen vorgingen: und gerad am Ende der Stiege wurd er vom Ardinghellp an der Kehle fest gepackt, und empfing den schärfsten mörderlichsten Dolchstich von unten auf ins Herz. Derselbe sagt ihm schleunig noch ins Ohr: „bin der junge Frescobaldi! deine Braut war meine Geliebte, die Frucht unsrer Liebe wird dein Vermögen erben statt dessen meines Vaters.‟

Er

Er lag da und regte sich nicht mehr: Arbinghello entwischte. Niemand bemerkte ihn, die Bedienten unten sperrten alle, weit von dem Pallaße, Augen und Mäuler auf über das Feuerwerk, und jubelten und lärmten; und oben plauberte man gleichfals und betrachtete.

Er lag da, so lange das Feuerwerk dauerte. Wie es vorbey war, und die Bedienten wieder hereinsprangen: erscholl auf einmal ein Zetergeschrey. Man drängte sich zu den Thüren heraus: der Bräutigam ist ermordet! lief plötzlich von einem Mund zum andern. Cäcilia rennte mit Geheul hervor, und wie sie deutlich vernahm, unten an der Stiege mit einem Stoß in die Brust ermordet! sank sie auf der Stelle nieder in Ohnmacht, und Arm und Beine welkten, ihr Antlitz entfärbte sich, und der Kopf hing im Nacken. Man hob sie auf und brachte sie auf Sitze, und besprengte sie mit starken Wassern; es war ein allgemeines Gewühl und Lärmen.

Der Todte ward unten in ein Zimmer gebracht; man zog die Kleider weg und besichtigte

die

die Wunde: sie ging nett ins Herz, und da war an keine Hülfe mehr zu denken. Cäcilia kam wieder zu sich, „was ist mir? wo bin ich?" sprach sie stöhnend mit verirrten Blicken. „Ach, todt, todt! Wer hat ihn umgebracht! o ich Unglückselige!" und so zerraufte sie sich die schönen blonden Locken, und riß die Kleidung vom Leibe, und wüthete wie eine Bacchantin.

Ich darf sagen, daß, bey Kummer und Sorge für Arbinghellon, mich doch dieß entzückte. O ihr Weiber, welch ein Mann erreicht je eure Verstellung! Sie wollte mit Gewalt zu ihm, aber man hielt sie ab. O Gott, welch ein Vermählungsfest! schluchzte sie, und die Trähnen stürzten ihr aus den Augen. Hätt ich aber alles gewußt: so würd ich tiefes Mitleiden mit ihr gehabt haben.

Die Verwandten des Mark Anton, worunter eine verheurathete Schwester von ihm war, verstummten und machten allerley Gesichter, und wußten nicht, wo sie angreiffen sollten: die Brüder und Eltern der Cäcilia verloren aber den Kopf nicht; und der älteste, auch schon verheurathet, ergriff

sie

sie bey der Hand, und sagte zu ihr: „faſſe dich, was geſchehen iſt, kann man nicht ändern, und ſey vernünftig, für dich iſt jetzt ein kritiſcher Zeitpunkt! Sprich, und rede laut: hat Mark Anton ſchon wirklich ſeinen Bund in der That mit dir vollzogen, oder nicht? das andre ſoll hernach, ſo viel menſchmöglich iſt, aufs ſchärfſte unterſucht werden.“ Sie warf den Kopf in die Arme und bedeckte die Augen, und ſagte ſeufzend und weinend: „ach, wär es nicht geſchehen, und ich noch, was ich war!“

Die Schweſter antwortete hierauf: „wir ſind hier auf einmal in ſonderbare Umſtände gerathen, und werden ſchwerlich ſo friedlich aus einander gehen können, als wir zuſammen gekommen ſind.

„Damit ſie erkennen, verſetzte der Vater der Cäcilia, daß wir nichts unbilliges verlangen: ſoll meine Tochter gleich in ſichre Verwahrung gebracht werden, und einige von ihren Verwandten und meine Söhne mögen ſie begleiten. Der Fall iſt außerordentlich. Wir ergeben uns dann in den Ausſpruch des hohen Rahts. Inzwiſchen

wol=

wollen wir alles aufs strengste ausfragen und untersuchen.“

Die ältesten und angesehensten von der Republick, die hier zugegen waren, versammelten sich gleich auf ein Zimmer allein, und machten einen Kreis; die Verwandten blieben in der Nähe, die übrigen Gäste im Tanzsaal, und unten wurden die Thüren gesperrt. Die Bedienten kamen erst einzeln nach einander vor. Keiner mußt etwas, und man fand nirgendwo die geringste Spur. Der Gäste waren viel und mancherley. Man hatte zwar auf ein Paar derselben Argwohn, weil sie vor dem Ermordeten um Cäcilien warben, und gegen denselben heimliche Feindschaft hegten: jedoch durfte man sie so bloß darauf öffentlich nicht antasten; man erkundigte sich nur sehr scharf unter der Hand, wo sie während der That sich befunden hätten. Sichre Personen legten gut Zeugniß für sie ab, daß sie in ihrer Gegenwart gewesen wären.

In so weit war also die Untersuchung vergeblich. Man schickte darauf Leute in die Gegend aus, um jeden Verdächtigen fest zu halten, welches man freylich eher hätte thun sollen: allein im ersten Aufruhr dachte Niemand daran; und A**nghello, einer der schnellsten Fußgänger, befand sich zu dieser Zeit schon in Sicherheit.

Was Cäcilien betraf, konnte man nicht nach aller Strenge verfahren, da es der Wohlstand und das Ansehen ihrer Eltern und Brüder nicht zuließ, welche beyde letztere bey dem Sieg über die Türkische Flotte sich den Namen großer Helden erworben hatten; alle waren außerdem dem reizenden Geschöpf gewogen, und keiner von Herzen dem Bräutigam. Mancher machte sich in Rücksicht ihrer Hofnung, entweder sie ganz zu besitzen, um eine der reichsten Parthieen von Venedig, noch unabgeweidet in frischer Blüthe; oder doch auf irgend eine Gefälligkeit bey solcher Lage Rechnung. Wenn ein Mensch einmal todt ist, hört bald alle Gunst auf; und wer am Leben bleibt, hat immer das beste Spiel. Dieß ist in der Natur der Dinge; ei-

nem

nem Todten ist doch nicht mehr zu helfen, denken sie, und es kömmt dabey nichts heraus. So gings zu Venedig, wohin Cäcilia sich noch dieselbe Nacht unter Begleitung ihrer Brüder und der Verwandten ihres Bräutigams, mit etlichen Personen vom Raht, auf den Weg machen mußte, bis ihre Schwangerschaft sich völlig offenbarte. Sie wurde zwar nach der Form gehörig bewacht und befragt: allein da man gar keine Angaben, nicht den geringsten Verdacht, und sie einen Bartolus und Baldus in derselben Person zum Advokaten hatte, endlich frey gesprochen; und sie selbst verstand meisterlich die Seelen zu fesseln, und spielte durchaus ihre Rolle vortreflich; in dem kurzen Umgange mit Ardinghellon hatten sich ihre seltne Naturgaben herrlich noch entwickelt und ausgebildet.

Zu Anfang des neunten Monats darauf wurde sie, in Beyseyn gerichtlicher Zeugen, von einem gesunden kräftigen Sohn entbunden, welcher in der Taufe die Namen S. Marco Giovanni e Paolo empfing; und Niemand wußte die geheime

me Bedeutung. Sie gelangte damit zum recht=
lichen Besitz aller Güter Mark Antons, dem ihre
Brüder ein prächtiges Grabmal von dem berühm=
testen Bildhauer mit einer sinnreichen Inschrift
von dem besten lateinischen Poeten besorgten,
und trauerte lange, und hielt sich eingezogen von
allen Lustbarkeiten.

Ardinghello hatte sich nach glücklich vollbrach=
ter That durch Umwege schnell auf sein Zimmer
gemacht, und geschwind umgekleidet; er war
sicher, von Niemand bemerkt worden zu seyn, und
wollt im Freyen unter der fremden Kleidung
nicht länger bleiben. In unsre Wohnung konnt
er nach Belieben herein und heraus, weil er den
Schlüssel zu der einen Außenthür von seinem
Flügel hatte. Auch war ohne dieß alles aus dem
Pallaste nach einem guten Platz zum Feuerwerk
gelaufen, dem zauberischen Schauspiel über dem
See. Inzwischen machte er sich doch behend auf
jeden Fall gefaßt, und lauerte nahe bey sei=
nem Zimmer im Garten, bis ich mit meiner Mut=
ter nach Hause kam, und ihm das glückliche Zei=

chen gab; das Fest war gänzlich verstört, und ich hielt nur so lange aus, als es sich schickte, um nichts zu versäumen.

Auf ihn fiel nicht der mindeste Verdacht, weder hier noch in Venedig. Dort wurde bey einigen jungen Herren strenge Nachforschung gehalten, die mit heftiger Leidenschaft vorher um Cäcilien warben; aber es kam nichts heraus, und die Ermordung blieb ein Räthsel.

Zweyter Theil.

Ardinghello wollte nun nicht länger in der Gegend bleiben: die Sonne war hinweg, die ihn an sich zog, und um die er sich herumbewegte; aber auch für jetzt nicht wieder nach Venedig. Und wenn sich dort die Sachen aufs glücklichste setzten; so sah sein Geist in der Zukunft Dinge, die ihn folterten. Süßigkeit vollführter Rache, Gram von Cäcilien geschieden zu seyn; Kummer ihretwegen, und Sorge für seine eigne Sicherheit wechselten in seinem Herzen plötzlich auf und ab, wie ein Aprillwetter. Sich länger aufzuhalten war gefährlich; weil man unter

ter den Papieren Mark Antons vielleicht Auf=
träge von Cosmus finden könnte: und sich
gleich aus dem Lande zu machen, schien verdäch=
tig. Endlich entschloß er sich, nach Ueberlegung
aller Umstände, noch einige Tage zu harren, und
inzwischen scharf auf seiner Hut zu seyn. Es kam
uns nicht wahrschinlich vor, daß der Großherzog
seinen und seines Vaters Tod schriftlich sollte ver=
handelt haben; und ein Vertrauter, wenn er
auch noch da wäre, wie nicht zu vermuhten,
dürfte bey Schlechtigkeiten von so üblem Erfolg
keinen Lärm machen, zumal da er doch nicht sicher
wäre, und nur muhtmaßen könnte.

Arbinghello stellte sich aufgeräumter an, als
je; und wenn in Gesellschaft die Rede auf die
Begebenheit kam: so schwieg er entweder, oder
pries Mark Anton glücklich, daß er so gerad
in voller Freude starb; und auch Cäcilien, daß
sie so geschwind als möglich von dem harten Joche
der Ehe sey ausgespannt worden.

Wir fischten dann auf dem See, gingen auf
die Jagd, und lasen noch dabey zu guter letzt die

schön=

schönsten Oden im Pindar, der seine Seele vom neuen mit hohem Taumel schwellte, und in etwas seinen Sinn von der Gegenwart wegwand. Die Romanze aller Romanzen auf die Insel Rhodos besonders entzückte ihn so, daß er sie bald auswendig konnte. Seine Phantasie kam wieder ganz in das Götterreich der Poesie hinein, die Spiele griechischer Jugend rissen sein Herz dahin, süße Liebe und solche Thaten pries er allein ein würdig Frühlingsleben; alle seine Kräfte tobten und wurden ungestüm: er wollte fort in die Welt, in Bewegung, auf eine neue Bühne, und war nicht mehr zu halten.

Keine volle zwey Wochen nach Cäciliens Abreise brach er auf. Er schrieb vorher an seine Tante um einen Wechsel nach Genua; er gedachte von dort nach Frankreich zu schiffen, und dadurch nach Spanien zu wandern, bis an die letzten Küsten von Portugall. Mir band er unterdessen Cäcillen aufs Herz, und daß ich ihm von ihr bey jeder guter Gelegenheit Nachricht geben sollte. So bald sie frey wäre, müßte vermittelt werden,

 daß

daß wir alle drey zusammen eine Freundschaft ausmachten. Für unsre Heimlichkeiten bildeten wir uns eine jedem andern unergründliche Schrift, und wollten bey den Hauptpunkten das Neugriechische gebrauchen. Seine Wiederkunft würde alsdenn von den fernern Umständen abhangen.

Seine Reise nach Genua nahm er sich vor zu Fuße zu thun, und so sollt es sein Lebenlang durch alle schöne Gegenden geschehen; er hielt es für Thorheit, sie anders zu machen, wenn man gesund und stark wäre, und keine nohtwendige Eile hätte: die Natur von Land und Leuten könne man auf keine andre Weise so gut kennen lernen; und was die Straßenräuber beträfe: so sey man im Wagen der Gefahr weit eher ausgesetzt; und die ärgsten würden von Billigkeit zurück gehalten, gegen ein harmloses Geschöpf, das ohne bürgerlichen Reichthum, wie sie, blos menschlich einherschreitet.

Er ließ mir alle seine Habseeligkeiten zurück: und nahm nichts mit sich, als einen wohlgespickten

ten Beutel, und ein Hemd und ein Paar Strümpfe außer denen, die er an hatte.

An einem Abend beurlaubte er sich von meiner Mutter, die weichmüthig Thränen vergoß,
und ihn an ihre Brust drückte; er wurde von
ihr geliebt, wie mein Zwillingsbruder. Sie gab
ihm ihren reinsten Seegen, und bat zu Gott,
daß er sie erhören möchte, da er nicht länger bleiben wollte; und sagte ihm zuletzt, daß sie sich oft
nach seinem Umgang sehnen würde. Ihr machten wir weiß, daß er wieder in seine Heimaht
zöge.

Wir brachten die Nacht alsdenn beysammen
zu, so recht wie klare Quellen von Leben, wo alle
Blicke durchgehen; ich wünsche mir nie eine größre Seeligkeit. Aber ach! was ist der Mensch?
ein Punkt, zersetzt und zerrissen vom Schicksal auf
allen Seiten, und unaufhaltbar fortgetragen in
den wilden Fluthen der Dinge, wo er weder Anfang noch Ende sieht.

Gegen Morgen fuhr er auf, steckte die alte
Handschrift von den Denkwürdigkeiten des So-

 krates

krates in die Tasche, die ich ihm fein und wohl-
geschrieben mit auf den Weg gab, und die griechischen lyrischen Dichter von Heinrich Stephan;
warf seine Zithar über die Schulter, daß sie stürmisch erklang, drückte mich noch einmal an sein Herz,
und küßte seine ganze Seele auf meine Lippen,
und schoß von dannen. Ich erlebte wie von
einem Todesschauer und sank wie ins Grab. O
Elend und Jammer, hienieden ohne Freund zu
seyn! und Stolz und Jubel und Kühnheit, wo
zwey ihr Wesen verdoppeln!

Meine Mutter und ich gingen darauf zu En-
de Oktobers wieder nach Venedig, wo mein Va-
ter aus Dalmazien schon angekommen war. Der
Weg dahin erfüllte mich mit Traurigkeit. Gegend
und Menschen und Gebäude hatten den vorigen
Reiz verloren, und standen da wie Schatten.
Ich erkannte innig, daß zu allem Genuß zwey
Herzen nohtwendig sind, die sich lieben.

Die Zärtlichkeit meines Vaters, meiner ältern Brüder und verwittibten Schwester, die
ihn begleitet hatten, linderten und versüßten
allein

allein meinen Gram zu Hause.   Cäcilia saß noch
in strenger Verwahrung: doch war jederman für
sie, wegen ihrer ehemaligen klugen und bescheidnen
Aufführung bey aller ihrer Schönheit.   Auch
ich that unter der Hand mein bestes; das zärt=
liche Geschöpf hatte sich von dem Zuge der Natur
überwältigen lassen, und konnte hernach nicht
anders handeln.

Verschiedne junge Leute, alle von großem
Talent und genaue Bekannten von Ardinghello,
kamen zu mir, seinen gegenwärtigen Aufenthalt
zu erfahren; welchen ich ihnen aber nicht entdeckte,
mit Vorspiegelung, er habe in seine Heimaht ge=
wollt.

Zu Anfang Novembers erhielt ich folgenden
Brief von meinem Freunde.

Genua, November.

Wie ich aus dem fruchtbaren großen Thale
der Lombardey, von hundert Flüssen durchströmt,
das seines gleichen in der Welt nicht hat, durch
die wilden kahlen Felsenkrümmen des Apennin
hinauf trat, und endlich aus der Bochetta her=

vor, von heitern Lüften umspielt, daß die Locken um meine heißen Schläfe flatterten, oben auf der Höhe das tiefe breite Meer unter mir glänzen sah, von süßen Strahlengewölk des Abends umlagert: Gott, wie ergriff das mein Herz und alle Sinne! wie die Thetis Homers mit einem Sprung vom Olymp hätt ich mich in die ewige Lebensfülle hineinstürzen, und wie ein Wallfisch darin herumtaumeln und alle meine Leiden abkühlen mögen.

Ich blieb hier die Nacht bey einem alten Schäfer, der Chronik der Gegend; und sah die Sterne auf und untergehen und das Weltlicht wieder erscheinen, und thronte so über Italien, dieß Paradies mit allen seinen Bewohnern von Anbeginn der Zeit, Menschen und Thieren und Pflanzen und Bäumen, und ich machten ein friedliches Eins; so rein und heilig zerflossen war meine Seele.

Den Morgen schritt ich hinab, und schlief des Nachmittags in einem reizenden Dorf an der Küste nicht weit von der Stadt. Gegen Mitternacht

wacht

wacht ich wieder auf vom Saitenspiel und einer
Stimme, die lieblich mein Wesen durchbrang.
Ich lauschte und vernahm die Worte, und sprang
ans Fenster: die Musik kam aus einem alten Ge=
mäuer an einen Hügel gebaut, der in hohen Pig=
zen und Cypressen und niedern Fruchtbäumen sich
auf dem Meer hervorstreckte; es waren Stanzen
eines Mährchens vom Pulci, die ich gar wohl
kannte. Als darauf noch eine weibliche Stimme
zu der männlichen einfiel: so zog auch ich meine
Citharra hervor, brachte sie leis in Stimmung,
und sang, als sie aufhörten, nach einigen Grif=
fen von ihrer traurigen Harmonie in eine fröh=
lichre hinüber; „Wer seyd ihr süßen Sänger
dort, die ihr mich so entzückend aus dem Schlafe
weckt? habt Dank, habt Dank, daß ihr den
Menschen so Freude macht, und ihr Herz rührt
in der stillen Dämmerung.“

„Wir sind Vater und Tochter, die ein hol=
des Kind in Schlummer spielen, samt dem Gat=
ten, den der heiße Tag abgemattet;“ ertönte zur

 Ant=

Antwort herüber, indem ein Alter mit langem Bart an den Bogen der Thür sich stellte.

„O ihr Glücklichen! verfolgt ich darauf, und sang von Begeisterung ergriffen, die Zeiten des Saturnus von Hesperien, wo alle so lebten; wo noch kein Phalaris die goldne Insel der drey Vorgebirge folterte, und keine Cäsarn mit Bürgerblute die Felder düngten.‘‘

„Und wer bist du, edler Geist?‘‘ fragt er mich dann.

„Ein junger Pilgrim, der nach dem Vortreflichen auf Erden wandert, und seine Seele nun hier an Honig labt.‘‘

Er ging herunter, ich ihm entgegen; wir bewillkommten uns, und füllten die Becher. Es war ein herrlicher Mann, an die sechszig, ein ächter dichter Kopf, viel vom Ideale des Homer, nur nicht blind: wie es der hohe Jonier auch nicht war, der nur nicht sah, was gewöhnliche Menschen immer gegenwärtig mit ihren leeren Köpfen sehen, wovon er endlich den launigsten Namen bekam, und der griechische Künstler,

der

der sein Bild erfand, richtete sich nach dem Volkswitz. —

Wir machten geschwind Bekanntschaft. Es war ein Architekt gewesen, und weil er wenig zu bauen fand, seinem Hange zur Poesie gefolgt; und man hielt ihn nun für einen der besten Reimer aus dem Stegreife weit und breit, und er zog als ein solcher im Lande herum und ergötzte die Leute. Seine Frau war früh gestorben, und seine einzige Tochter gab er vor wenig Jahren einem wackern Landmann zur Ehe, der hier ein Gut gepachtet hatte, und bey dem er sich meistens aufhielt. Die Wirthschaft war wirklich aus der goldnen Zeit, wie ich hernach mit Vergnügen erfuhr.

Ich sagte ihm, daß ich schier eben so die Mahlerey triebe, wie er ehemals die Baukunst. Dieß freute ihn denn von Herzen; er faßte meinen jungen Kopf und streckte ihn in seinen grauen Bart hinein, und küßte mich über und über: er griff alsdenn das Saitenspiel, und sang mit einer Schwärmerey das Lob der Dichtkunst, wie ein

K 5

wahr

wahrer Priester des Apollo, daß ich mich vor
Lust nicht regte. Das halbe Dorf kam zusammen, und girrte vor den ofnen Thüren und Fenstern leisen Beyfall. Und als er endigte, schien
das Meer stärker ans Gestade zu brausen, und
alle riefen: es lebe Boccadoro! so nannte man
ihn.

Zur fernern Kurzweil fing ich darauf einen Gegengesang an, und richtete Pindars
Χρυσεα Φορμιγξ Απολλονος nach Ort und Umständen ein; und schilderte zum Beschlusse den
Alten vor mir nach dem Leben, und erhob seinen
Stand über den eines Königs. Und mit einem
Jubelgeschrey: es lebe der schöne fremde Jüngling und der göttliche Alte! zog man von dannen,
als wir gegen Morgen schieden.

Ich machte, wie es Tag war, einen Spaziergang auf den Hügel, und besah die Lage von
Genua: ein reizendes Theater, das von jeher
seine Bewohner angetrieben hat, das Meer zu
beherrschen; und woheraus immer die größten
Seehelden hervorgekommen sind. Heiliger Co-
lum-

lumbus, und du Andreas Doria, die ihr nun mit den Themistoklessen und Scipionen in Elysstum Paar und Paar herumwandelt, euch Halbgötter unter den Menschen bet ich im Staube an. Ach, daß auch mir kein solches Loos bestimmt ist! Ich sah hinaus in die unermeßliche Sphäre von Gewässer, und die ungeheure Majestät wollte mir die Brust zersprengen; mein Geist schwebte weit über der Mitte der Tiefen, und fühlte ganz in unaussprechlicher Wonne seine Unendlichkeit.

(Nichts auf der Welt füllt so stark und mächtig die Seele; das Meer ist doch das schönste, was wir hienieden haben. Sonn und Mond und Sterne sind dagegen nur einzelne glänzende Punkte, und sammt dem blauen Mantel des Aethers darüber her nur Zierde der Wirklichkeit. Dieß ist das wahre Leben: hierauf giebt sich der Mensch Flügel, die ihm die Natur versagt; und verbindet in sich die Vollkommenheiten aller andern Geschöpfe. Wer das Meer nicht kennt, kömmt mir unter den Menschen wie ein Vogel vor,

vor, der nicht fliegen kann; oder der seine Flügel nicht braucht, wie die Straußen, Hüner und Gänse.' Hier ist ewige Klarheit und Reinheit; und alles Kleine, was sich in den Winkeln der Städte in uns nistet, wird hier von den großen Massen weggescheucht. Wie dort die Seealpen aufsteigen! gleich Helden bey Aspasien und Phrynen; wie die zarte Linie am Horizont sich so weich herumründet! in den Ocean hinaus möcht ich; wie klopft mir das Herz!

Boccadoro wartete schon auf mich, als ich wieder ans Wirthshaus kam. Er sagte, ich müßte ihn heute begleiten zu einem großen Feste, das die ganze Woche fortdauerte.

Marchese S *** vermählte sich mit einer jungen Fregosa in allem ersinnlichen Pomp; der Bräutigam sey wohl jetzt einer der reichsten Privatedelleute von Europa. Diesen Abend würde Wettrennen gehalten, darauf Schmaus und Ball; morgen Stierhetze, und so weiter fort, jeden Tag eine andre Lustbarkeit; Komödie, Seiltänzereyen und allerley Künste sollten sich auf dem Land und

und Wasser zeigen. Er wäre aufgefordert zwischen andrer Musik bey der Tafel zu singen, und er bäte inständig, auch mich darauf vorzubereiten; wir könnten unterwegs ein hübsches Thema zum Wechselgesang ausdenken. Der Pallast läge wenige Miglien weit von der Stadt auf der andern Seite der See; ein Paar Knechte von seinem Schwiegersohne würden uns mit ihm selbst und seiner Tochter auf einer Barke dahin fahren. Doch er glaube, daß ich dieses alles schon wisse; und vermuhtlich eben deßwegen hier eingetroffen sey.

Ich versicherte ihn, daß ich herunter gekommen wäre, ohne das mindeste von dieser Hochzeitfeyer zu wissen. Aus dem Stegreife könnt ich in so hoher Gesellschaft nicht singen; und außerdem müßt ich immer erst ein wenig die Art meiner Zuhörer kennen, um leicht den Eingang in ihr Herz und Phantasie zu finden: sonst thue überhaupt das vortreflichste oft nicht seine Wirkung. Doch woll ich ihn begleiten; sein Epithalamium zu hören schon allein reize mich. Er kön=

könne mich als Stimmer seiner Zithar beym Schmause mit einführen.

Ich lernte nun seine Tochter kennen, eine erzgute frohe junge Hausmutter; und ihren Mann, einen muntern treflichen Wirthschafter; und einen kleinen Engel von Söhnchen: so daß ein schönes Ganzes in lebendiger Ordnung war. Das alte mit Epheu bewachsne Gemäuer der kleinen Landburg fand ich innen bequem eingerichtet. Ich nahm gegen Mittag bey ihnen ein gesundes köstliches einfaches Mahl ein. Nach Tische schlummerten wir alle ein Paar Stunden; und dann fuhren wir ab, und mich ergötzten unendlich die Seewellen, so grünlicht klar und weich und furchtbar lieblich schroff über den Abgründen, wo jede auch in ihrer Kleinheit sich majestätisch als Tochter des unermeßlichen Ozeans zeigte.

Wir langten gerad auf den Rennplatz an, als die Pferde schon vorgeführt wurden. Die Sitze waren lauter Licht und Glanz von schönen und prächtig gekleideten Herren und Damen, mit einer Menge Volks überall. Der Pferde waren

ren nur drey; aber alle drey muhtſchnaubende Königliche Thiere, ſo daß es ſchwer war, voraus zu beſtimmen, welches den Preis davon tragen würde. Man hatte deßwegen große Wetten angeſtellt; die mehrſten waren für einen göttlich ſchönen Rappen, der ſich an den Schranken gar nicht wollte halten laſſen. Ein Falk ſtand dagegen ſtill da: doch brach der Blick ſeines Augs in die Bahn wie ein Sonnenſtrahl, und ſein Fuß hob ſich leicht wie lauter volle Nerve. Wie das Seil fiel, that auch der Rapp einen Vorſchuß; in der Mitte der Bahn aber zog der Falk ſo aus und überhohlte die andern, daß ſein Gang ſchneller war, als die Geſchwindigkeit eines Sturmwinds über gelbe Saaten; er flog dahin, und ſeine Bewegung war das Entzücken aller Augen, ſelbſt derer, die gegen ihn gewettet hatten. Kurz, er gewann den Preis, jedoch mit Noht; und ward hernach erſt unbändig.

Nach dem Wettrennen war Komödie, und nach der Komödie der nächtliche Schmaus. Gegen Ende deſſelben, als Wein und Geſpräch die Lebensbensgeister in stärkre Wallung gebracht hatten: fing Boccadoro an sein Saitenspiel zu rühren. Es entstand eine allgemeine Stille: und die Töne seiner Griffe waren wie ein leises Flüstern am heißen Mittag in kühlen Wäldern von den Seelüften. Sein Geist taumelte darauf durch die alten Zeiten der griechischen Heroen; und er sang die Hochzeit des Peleus und der Thetis: schmückte die Fabel aus mit lieblichen Worten, und ging davon auf die Gegenwart über, schilderte den Bräutigam als einen neuen Peleus, eben so von den Göttern beglückt, und seine Braut als die jüngre Thetis.

Auf einmal wendete sich dann der alte Schalk an mich, der ich hinter ihm unter den andern Spielleuten in der Ecke stand; und zog mich hervor, als einen andern Apollo, wenn ich seine Worte wiederhohlen darf, der plötzlich den Apennin herabgekommen sey, dieß Fest noch zu verherrlichen; und überreichte mir die Zithar.

Ich ward überrascht und glühte vor Schaam auf in der fremden glänzenden Gesellschaft.

Ein

Ein freudiges Murmeln lief durch den ganzen Saal, und aller Blicke flogen auf mich. Es half hier keine Weigerung, wenn ich nicht wollte zum Gespött und zu Schanden werden. Ich entschloß mich also kurz, die Sache so gut abzumachen, als mir möglich war; und wählte die mir leichteste Versart, nach der Melodie, die den immer stärker einschlagenden Anapästischen Rythmus hat, und dich so oft ergötzte.

Nach wenig einfachen Akkorden sang ich gerade so, wie es war, meine Ueberraschung und Verwirrung: und daß ich Boccadoren hieher folgte, die Pracht und Schönheit des Festes zu sehen, ganz fremd und unbekannt, ein bloßer Wandrer hier, seit wenig Stunden. Doch euer Rahm, fuhr ich fort, geht über Meer und Alpen; und wer ist der kalte neidische Mensch, den eure glückliche Liebe nicht begeistern sollte? Nehmt gefällig die wenigen Blumen an, die ich mit geschwindem Raub über eure Tafel streue.

Der Sohn der Thetis strahlt nun durch alle Nachwelt, weil er einen Homer zum Sänger hat hatte: wie viel größer aber waren Kolumb und Doria? und wie weit kann die Frucht eurer Liebe an edlern Thaten über ihn hervorragen, als wegen eines verblühten durchgegangnen Weibes von einem Manne, den die Natur zum Hahnrey bestimmte, und der weder in Bund noch Freundschaft mit ihm stand, dreymal um die Mauren von Troja herum zu laufen, und alsdenn den ermüdeten Feind in den Hals zu stechen! Als wegen eines abgewiesenen Pfaffen einen gräulichen Lärm anzufangen, und dann seine Geliebte darüber geduldig hergeben, und sich ans Meer setzen und weinen *)!

Verzeihe mir diese Lästerungen, bester Freund; du weist, daß ich die Homerische Natur tiefer fühle, als das vornehme Weltvolk auf der Oberfläche, die nicht zu ihren Moden paßt. Aber

*) Man erinnere sich hier, daß Poesie in Italien so gemein war, und noch ist, daß Handwerksleute Homerische Fabel und Mythologie kennen.

Aber du kennst das Sprichwort: unter den Wöl=
fen muß man mit heulen.

Ich beschrieb darauf die Gegend von Genua,
und ihre Bewohner; pries dieser Heldenmuht
von den fernsten Zeiten an; und daß es besser
täge, als selbst das alte Rom, die Inseln des
Thyrrhenischen Meers und Küsten von Afrika
zu beherrschen. Erzog nun im Gesang den jun=
gen Themistokles, die Seligkeit der Mutter und
des Vaters über denselben und die goldnen Zei=
ten seiner Bürger, und machte allen Gästen nach
den süßen Gütern das Maul wässerig; jeder
schien im Herzen zu schwören, sich dabey anders
aufzuführen, als ihre Vorfahren beym Kolumb,
von dessen hohem erfindrischen Geist sie mehr
Schimpf und Verachtung als Ehre haben.

Ich wurde während des Liedes bey einigen
glücklichen Stanzen von lautem Jubel unterbro=
chen, und erhielt, wie ich aufhörte, großen Bey=
fall; der mir nur in sofern wohlgefiel, weil ich
mich aus der Verlegenheit gezogen hatte.

L 2

Man

Man stand nun vom Tisch auf, und es ging zum Ball. Als die Braut vor mir vorbey geführt wurde: begrüßte sie mich mit einem festen lüsternen Blick und wollüstigem Lächeln, und rief mir zu, Bravo! Sie hielt noch den Kopf zurück, als sie vorbey war, und Mienen und Gebehrden gestatteten Kuß und Umarmung, wenn wir allein wären; ganz die Gestalt einer Bacchantin in Gluth und Ueppigkeit, voll Körperreiz mit frecher Seele: welche Weiber mir nur in gewissen Momenten gefallen können. Ich fühlte wenig Neigung, nähere Bekantschaft mit ihr zu machen; wohl aber mit einem andern Frauenzimmer, dessen Mutter, was die Formen des Gesichts betrift, sich an dem Vatikanischen Apollo versehen zu haben scheint, nur ohne Stolz und Zorn, vielmehr alles heilige Güte; ein wunderbares Geschöpf!

Ich erfuhr von Boccadoren, es sey eine Freundin der Braut, und hielte sich bey ihr auf. Die Eltern wären verunglückte Kaufleute aus Nizza in der Provence gewesen; und vor eini-

gen

gen Jahren gestorben. Die Braut heißt Fulvia, und die Freundin Lucinde; ich verlangte die letztere tanzen zu sehen, aber sie tanzte nicht.

Etwa zwey Stunden nach Mitternacht dar= auf, als der Ball am lebendigsten war, hörte man einige Schüsse fallen, und bey der plötzli= chen Stille darüber ein ängstlich Schreyen und wieder Schüsse, und Getümmel die Treppe her= auf nach dem Saal. Und in einem Augenblick, ehe man eine Hand umwendet, brachen gräßliche Männer mit Säbeln und Gewehr in den Händen zur vordern Thür herein. Man stand wie ver= steinert, und wollte fliehen und konnte nicht, und wußte nicht wohin. Alles drängte sich auf die Seiten nach den Fenstern, und wo nur eine Oefnung war; und heulte und jammerte, und alle Gesichter färbte die Todesblässe.

Wir wurden von Seeräubern überfallen, nach den gelben Afrikanischen Gestalten; und an Gegenwehr war wenig zu denken. Ein Theil von denselben besetzte die Thür, wo sie hereinka=

men,

men, andre faßten gleich die Braut und griffen zuerst nach den Frauenzimmern und schleppten sie fort. Ich stand zu Ende des Saals an den Fenstern nach dem Garten; die ersten von Adel sprangen mit Gefahr hinaus. Ich wurde fast vom Getümmel erdrückt; und konnte kaum eine Pistole losreißen, die ich sogleich nach dem stärksten Kerl an der Thür abbrannte. Die Kugel traf so glücklich ihn zum linken Ohr hinein, daß er auf der Stelle stürzte. Der Knall verschafte mir einigen Raum, so daß ich die andre zog, und zugleich meinen Degen. Während der Zeit hatten sich noch andre Genueser und Bedienten mit Gewehr versehen und schlugen im Mangel desselben mit Stühlen drein. Die Räuber hieben mit ihren Säbeln um sich, und spalteten etlichen die Köpfe und verwundeten diejenigen, welche voran waren. Doch brachten wir sie endlich zur Thür hinaus, die sie aber von außen besetzt hielten, so lange bis ihre Gefährten mit der Beute bis ans Meer kamen, und sie einschifften. Alsdenn wichen sie, und wir hatten das Nachsehen,

ohne

ohne ihnen viel Schaden zufügen zu können; weil sie ihren Angriff zu gut angeordnet hatten.

Der Bräutigam selbst bekam eine starke Wunde; und ein Paar von den vornehmsten Gästen lagen ohne Hülfe niedergestreckt. Die wackersten machten sich mit dem Johann Andreas Doria, welcher, wie du weißt, die Türkische Flotte mit besiegen half, von dem Geschlecht des großen alten, gleich auf nach Genua, um den Räubern nachzusetzen: und ich wollte mit dabey seyn. Es war eine Frechheit seit undenklichen Jahren ohne Beyspiel.

Wir langten dort gegen Morgen an. Fünf Dreyruderige wurden ausgerüstet, und wir stachen eine Stunde am Tag in die See, als noch die Sonne mit einem eingefallnen Nebel kämpfte; der Wind hatte sich die Nacht geändert, und ein Scirocco blies von Südosten! Wir wußten nicht, wohin unsre Fahrt zu halten, und machten uns auf die Höhe zwischen beyde Küsten. Endlich nach und nach, obgleich langsam, erweiterte sich der Gesichtskreis: und die Gebirge fingen an sich

zu

zu zeigen unter der grauen Hülle; und erst gegen Mittag lag die Wasserwelt uns einigermaßen vor Augen, jedoch von allen Seiten so mit Dunst umfangen, daß wir nichts entdecken konnten.

Doria beschloß nun, zwey Schiffe abzusondern, und dieselben auf Sizilien zustreichen zu lassen: er selbst wollte mit den andern über Corsica hinaus in die Provenzalischen Gewässer. Noch, ehe wir ausliefen, wurden auf beyde Seiten Jagdboote ausgesendet; keines aber war zurück gekommen. Ich blieb auf dem Schiffe, wo er selbst war. Es ging nun in vollem Zuge. Noch kannten wir die Stärke der Feinde nicht; bey Nacht und Nebel hatten wir die Anzahl ihrer Barken nicht unterscheiden können.

Am Abend kam das Jagdboot wieder, und verkündigte, daß es den Feind bey Monaco im Gesicht erreicht hätte; die Räuber seyen vier große Galeeren stark. Wir ruderten die ganze Nacht; und den andern Morgen, als sich das Wetter aufheiterte, erblickten wir ihre Seegel. O wie klopfte mir das Herz, bald im Schlacht-
getüm-

getümmel zu seyn! der Tod ist dabey doch nichts anders, als eine freye Bahn auf die edelste Art in die Geisterwelt aus diesem Chaos von Unwissenheit.

Sie entdeckten uns gleichfals und verdoppelten ihre Ruderschläge. So strebten wir den ganzen Tag.

Eben als die Sonne, nach dem Stesichoros, aus den Lüften in den goldnen Becher trat, und den Ocean hinab schwam zu den finstern Tiefen der heiligen Nacht, thaten wir die ersten Kanonenschüsse nach ihnen; wir hatten den Vortheil des Windes über sie, und sie machten darauf Halt, weil sie nicht weiter flüchten konnten. Wir griffen sie schier in gerader Linie an, und dehnten uns etwas aus, damit sie uns nicht von den Seiten ankonnten. Wir brachten ihnen einige herrliche Lagen bey, und waren weit besser als sie mit grobem Geschütz versehen. Nach mancherley Wendungen kamen wir, als schon die Dämmerung sich einsenkte, mit zwey Schiffen an einander zum Handgemenge, und unser

 drit-

drittes suchte die zwey andern Galeeren abzuhalten, die es entern wollten.

Ich befand mich auf dem erstern, und kämpfte mit aller Gewalt und Besonnenheit, deren ich fähig war. Noch hatt ich zum Glück keine Wunde, aber die Kugeln vom kleinen Gewehr und Säbelhiebe streckten manchen an mir nieder. Endlich drangen wir ein in ihre größte Galeere, und ich war unter den erstern, mit einem starken Dolch in der Linken, und in der Rechten den Degen, und im Gurt noch eine geladne Pistole. Bevor ich übersprang, stieß ich einen ihrer letzten darnieder, der schon im Zuge war, dem Doria mit seinem sichelförmigen Damascenersäbel den Unterleib durchzuschneiden, und rettete diesem so das Leben. Mit einem andern auf der feindlichen Barke, der auf mich einhieb, wurd ich hernach bald fertig; doch konnt ich mit dem Dolch seinen Streich aus beyden Fäusten nicht so ganz abhalten, daß er mir nicht ein wenig im Herunterschellern den linken Arm streif-

te:

te: ich traf ihm darüber gerade die Kehle, daß er die Zunge herausstreckte.

Sie wichen und ergaben sich; nur der, welcher der Anführer schien, sprang unters Verdeck: und ich ihm nach. Und sieh! hier steckte die Braut mit der andern Beute. Er holte mit dem Säbel weit nach ihr aus, um ihr den Kopf vom Rumpfe zu hauen: ich aber kam ihm zuvor, und stach ihm die Klinge mit ganzem Leibe unter dem aufgehobnen Arm ins Haarwachs, daß er auf die Seite stürzte, zog sie heraus, und gab ihm dann vollends den Rest.

Die Hauptgalere war nun übermannt, allein die andre wehrte sich desto fürchterlicher. Ein junger Mann, noch ohne Bart, focht wie ein Verzweifelter, und hatte neben sich viele Todten liegen; und er würde sich frey gemacht haben, wenn wir andern nicht den Unsern zu Hülfe gekommen wären. Auch diese mußte sich dann ergeben. Inzwischen flüchteten die zwey andern, nachdem sie unser drittes Fahrzeug eroberten, mit diesen. Wir setzten ihnen nach, verloren sie

aber

aber in' der Dunkelheit: und den Morgen darauf waren sie uns aus dem Gesichte, und wir konnten ihren Weg nicht entdecken.

Doria kehrte ärgerlich nach Hause, daß die Sache nicht besser abgelaufen war. Vielleicht hätt er gar nicht angegriffen, wenn nicht einer seiner Verwandten aus dem Tanzsaal mit wäre weggeschleppt worden, den er nun doch wieder frey machte. Es ging hier Noth an Mann, und die äußerste Gefahr war in der Säumniß. Die zwey andern Schiffe hätt'er freylich nicht nach Sicilien ausschicken sollen; aber wer kann alles vorhersehen? Wer wußte, daß die Räuber so stark waren? Nach geschehener That ist jeder Tropf klüger, als Hannibal und Cäsar.

Ich hingegen war glücklich wie ein Gott; mich dünkte, daß ich erst das wahre Leben recht geschmeckt hätte. Doria der strenge machte bey allem seinem Verdruß mir große Lobsprüche, und sagte öffentlich: „du hast einen schönen Anfang gemacht, Junge; wenn du länger lebst, und so fortfährst, wird ein berühmter Held aus dir werden.‟

den.,, Fulvia, deren Schutzengel ich gewesen war, dankte mir mit Thränen voller Zärtlichkeit. Aber mehr als alles, auch die schöne Provenzalin Lucinde befand sich unter den Geretteten; die nur noch jämmerlich an der Seekrankheit litt, und bis aufs Blut von sich gab. Ich hatte nicht die geringste Anwandlung davon gespürt; und es erquickt mich durch Mark und Bein, daß ich dieses Element und dessen lebendige Bewegung noch immer von meinem Knabenalter an so wohl vertrage.

Wir liefen gegen Abend in dem Hafen von Villafranca ein, nachdem wir den ganzen Tag vergebens herumgekreutzt hatten, um die Verwundeten zu pflegen, unsre Todten zu begraben (die gebliebnen Feinde warfen wir gleich über Bord) und den abgehärmten Frauenzimmern einige Ruhe genießen zu lassen: nur ein Paar Vermählte unter denselben waren von Kanonenkugeln zerschmettert worden, die übrigen alle blieben unversehrt. Wir führten sie den Berg hinauf in das Städtchen, das hinten im Kessel unter

dem

dem gähen Felsen mit wenigen Häusern nur wie eine Einsiedeley liegt zwischen Oelbäumen. Ich nahm Lucinden in Arm, die auf dem festen Boden gleich wieder zu sich kam; und sprach ihr Muth ein nach überstandner Gefahr. „Ach, antwortete sie seufzend, warum leb ich noch, um auf immer unglücklich zu seyn! Niemand weiß mein Leiden. O, wär ich nur dort oben bey den Auserwählten unter den Heiligen und Engeln!“ Und hier that sie einen schmachtenden Blick aus ihren großen schwarzen Augen gen Himmel, und zerschmelzte mir ganz mein Herz damit. „So viel Schönheit ist nicht gemacht, versetzt ich ihr, um hienieden sich zu quälen; wirf allen Kummer weg; und sey selbst so seelig, als du andere seelig machst.„ Sie schwieg, und neigte das Haupt wie eine welke Blume, und ging, ohne auf meine Reden Acht zu geben, mit mir voran; ihre traurige Miene, und blasse Farbe, ihr verwirrtes Haar, und losgegangnes Gewand vollendeten das Bild einer bezaubernden Heiligen. Wir quartierten sie zusammen in ein

Haus

Haus ein, und sie wurden gut verpflegt und ge‑
wartet. Ich selbst blieb in dem Städtchen, und
ruhte die Nacht aus; meine Streifwunde hatte
zwar nichts zu bedeuten.

Den andern Morgen nach der Messe unter‑
hielt ich mich noch ein parmal auf den Raub we‑
nige Augenblicke allein mit Lucinden, die nun
wieder zu Kräften gekommen war; und erfuhr,
daß der Anführer der Räubergaleeren, den ich
niedergestoßen hatte, ein Liebhaber von Fulvia
gewesen sey; ein Genueser, der gefangen seinen
Glauben verläugnete, und alsdenn unter dem
berühmten Ulazal diente, größtem Seehelden
unsrer Zeiten. In sie entbrannt, ohne daß seine
Leidenschaft je ihr Ziel erreichte, unternahm er
die That nach hinlänglich eingezogner Nachricht
von allen Umständen der Hochzeit; und hätte
sie bald glücklich ausgeführt. Er war Bastard
von einem Adorno, und man nannte ihn zu Ge‑
nua Biondello. Jungfräulich versicherte sie mir,
daß die Braut noch ihre Ehre bewahrt hätte mit
heißen Bitten, und Beschwörungen, daß er sie
nur

nur so lange verschonen möchte, bis er ans
Land käme, bey ihrem üblen Befinden; und sie
sey rein bis auf einige Küsse, die sie dem Verdammten unterdessen habe gestatten müssen. Die
andern wären meistens noch viel ärger als die
Braut von der Seekrankheit befallen gewesen, so
daß die Barbaren selbst Mitleiden und Barmher-
zigkeit gegen sie gehabt hätten, ohne sie weiter
noch zu martern. Außerdem habe die Noth in
Sicherheit zu kommen, die Räuber zu äußerster
Geschäftigkeit angetrieben, und die Menge die
Begierden jedes einzelnen im Zaum gehalten;
und so seyen sie noch glücklich der Schand entrissen worden, und eine könne für die andre zeugen. Bionbello habe denn in der Verzweiflung
Fulvien aus Eifersucht niedersäbeln wollen, als
ich sie errettet hätte. „Heilloses Geschenk der
Schönheit, rief sie aus, in wie viele Drangsale
stürzest du uns! und wenn wir andre damit
glücklich machen, so gerathen wir dadurch selbst
in das äußerste Elend. Wie die Könige, die
alles vermögen, nur daß unsre Herrschaft kurze

Zeit

Zeit dauert, haben wir durch dich keinen Freund; und die vortreflichsten Männer, mit allen Vollkommenheiten ausgerüstet, wie zum Exempel ihr seyd, legen uns häßliche Fallstricke.«

Diese Apostrophe ging mir wie eine Kugel vor den Kopf, und ich fiel in Staub vor der Himmlischen nieder.

Nachmittags drehte sich der Wind; und wir fuhren mit Rudern und Segeln wieder ab. Auf unser Schiff war mit einigen andern Gefangnen der junge Held gebracht worden, der auf der zweyten eroberten Galeere so tapfer kämpfte, so daß wir unser drittes Fahrzeug darüber einbüßten. Ich hörte ihn hernach im Neugriechischen mit einem seiner Gefährten sprechen; und er stampfte noch mit dem Fuße vor Zorn, daß die zwey andern Galeeren sie im Stiche gelassen hatten; jedoch mit Unrecht: denn jene wurden gleich im Anfang des Gefechts von unserm Geschütz sehr übel zugerichtet. Er sprach inzwischen so frey und ohne Furcht in der Gefangenschaft; und seine Gestalt war so schlank und edel in der wilden Farbe

M

von

von Meer und Sonnenbrand, daß mein Herz gegen ihn von Zuneigung wallte. Ich beschloß, alles mögliche anzuwenden, ihn von der Knechtschaft los zu machen, welches mir denn auch glückte; noch ehe wir zu Genua einliefen, schenkt ihn mir Doria zur Belohnung. Ich nahm ihn zu mir, wie wir von Bord traten; erklärte ihm seine Freyheit, worüber er mir an die Brust flog, und ließ ihn wenig Tage darauf mit einem Venezianischen Schiffe nach Konstantinopel abfahren. Er bat mich vorher, um meine Zuschrift; die ich ihm dann an dich gab.

Du sollst dich nicht in mir betrogen haben, sprach er zu mir beym Abschied: solche Menschen, wie wir, müssen einander ihr lebenlang helfen.‟

Die Männer, die ihre schönen jungen Weiber wieder bekamen, freuten sich wenigstens, daß ihnen Grund und Boden geblieben war; und die Väter und Mütter hofften bey ihren Töchtern das beste. Wegen der Braut wurden insgeheim von der Familie des noch verwundet darnieder liegenden Bräutigams verschiedne Per-

sonen

sonen besonders in Verhör genommen; und als ihre Aussagen übereinstimmten, und derselben Unschuld bekräftigten: so überließ man sich wieder ganz der Freude.

Der Himmel beschere mir nur immer so fort ein Leben, und lasse mich nie in Unthätigkeit schmachten: von Cäcilien und dir geschieden zu seyn aber thut mir weh im Herzen. Wann wird einmal wieder die Zeit der Vereinigung kommen! Ach, wenn es ihr nur wohl geht! dieß ist jetzt alles, was ich von ihr verlange.

Ardinghello.

Ich meldete Ardinghellou den Empfang seines Briefs; und daß die Sachen der Cäcilia erwünschten Ausschlag nähmen, und man auf ihn gar keinen Verdacht hätte; und andre Dinge, die mich betrafen, und nicht zu dieser Geschichte gehören; und erhielt von ihm im Dezember folgende weitere Nachricht.

Genua, Dezember.

Die See ist hier doch etwas ganz anders, als in euren Brentasümpfen! die Stürme machen mir jeden Tag ein neues Schauspiel; und ich begreife nun, wie Kolumben der Muth im Herzen erwuchs, sich mit einer Bande Gesindel in den unwirthbaren Ozean hinaus zu wagen, gleich einem Gotte, der Wasserfluthen und Orkane kennt, und in ihr grausames wildes Spiel sich zu finden weiß, kühner als Hercules und alle Helden der vorigen Zeitalter. Wann die Wogen so den Hafen hereinbrechen und sich an seine hohe Mauer hinaufwälzen, bis über die Dächer der Häuser, die da stehen, und Schaum und Meer wie ein Wolkenbruch wieder herabströmt, und mit dem neu herbeyrauschenden Ungestüm sich klatschend zu Staub wirbelt: wie lebt die Natur da in meinem Sinn und ergreift mit ihrer Musik mein Wesen!

Ich habe angefangen, es mit Farben darzustellen, aber alles wieder weggeworfen: dahin reicht

reicht keine Kunst; sie bleibt hier zu sehr bloß todter witziger Buchstabe.

Dafür geb ich mich desto mehr mit den hiesigen Seeleuten ab; studiere den Schiffbau; lasse mir ihre Züge durch das Mittelländische Meer erzehlen, ihre Gefechte, Gefangenschaften, ihren Handel; bewirthe die besten oft, und theile ihnen wieder von demjenigen mit, was ich weiß; und erkenn immer mehr, daß der Mensch eher so gut ist, als er seyn kann, als daß er so bös wäre, als er seyn könnte, im Ganzen genommen.

Zufriedner bin ich mit ein Paar Skizzen, die ich aus den Begebenheiten gemacht habe, welche ich dir in meinem vorigen Brief erzehlte. Die eine stellt die Scene vor, wie die Räuber in den Tanzsaal fielen, und Braut und Frauenzimmer entführten; doch würde mir die nächtliche Beleuchtung bey der Ausführung im Großen schwer werden. Die andre ist, wie ich den Biondello unter dem Verdeck niederstieß. Wenn ich den Ausdruck der Wuth und Verzweiflung in seinem Kopf erreichen könnte, und den höchsten

M 3

Schre-

Schrecken, der an die Ohnmacht grenzt, in den schönen Weibergestalten, die ich in ihren Gruppen und zerzaußten Kleidungen ganz nach der Natur genommen habe, samt den zwey niedergeschmetterten: so müßte dieses Bild im Großen jederman ergreifen. Fulvia besitzt sie, und sie mag sich dieselben einmal von einem andern ausmahlen lassen. Ich bin mit ihr schon bekannter geworden, als ich anfangs wollte.

Ich stecke in einer Lage, die ich dir kaum mit Worten andeuten kann. Wenn Lucinde an Fulvias Stelle wäre: so führten wir ein Götterleben; so aber ist Natur und bürgerlicher Stand einander ganz entgegen. Fulvia hat eine Phrynenseele; und diese sollte Lucinde haben, um das glückseligste Geschöpf zu seyn. Ich habe Gespräche mit der letztern gehabt, mich auf ewig mit ihr zu fesseln; wenn die Ehe nicht der Tod bey lebendigem Leibe für meinen freyen Sinn wäre. Ach es geht bey ihr alles so schön hinüber und herüber! was dieß weibliche Wesen für einen süßen Klang hat, ist unaussprechlich. Und ihre

Ahn-

Ahndungen und Gefühle von unsichtbaren Welten, so fremd und sonderbar und kindlich zuweilen sie mir auch vorkommen, ergötzten mich doch wie homerische und platonische Dichtungen.

Es ist mancher von ihr angebrannt, und lüstern bis zur Wuth nach ihrem Ambrosia und Nectar: aber wen sie etwa möchte, der will oder darf sie nicht heurathen; und so ist der Engel melancholisch und unglücklich. Sie will mir wohl, das seh ich, und leidet Pein, und thut sich die äußerste Gewalt an. Warum müssen wir so gebunden seyn, und jeden Tropfen Lust mit Ach und Weh erkaufen! Alles in der Natur ist glücklich, nur der Mensch nicht; das, was wir Vernunft nennen, steht ihm immer als ein tyrannischer Zuchtmeister zur Seite; und diejenigen, welche man ihrer Vollkommenheit wegen bewundert, sind die armseligsten unter allen.

Als ich mich einst an einem Abend tiefer mit ihr im Gespräch hierüber verlor, und ihr dieses einleuchten machen, und sie, wie mich dünkt, auf ihren rechten Lebenspfad führen wollte: sah

ich

ich auf einmal Fulvien neben uns, die ich im Eifer nicht bemerkt hatte; wir sonderten uns vorher von der Gesellschaft ab, und standen an einem Fenster im Saal mit der Aussicht übers Meer hin. Der Ernst kehrte sich dann in Kurzweil; Julvia foppte mich als einen blöden Schäfer, und in Rücksicht auf sie war der Spott nicht ungerecht: und Lucinden sagte sie einige unanständige Dinge, welche deßwegen erröthend ausschied.

Folgenden Nachmittag erhielt ich durch ein Weib, das Lucinden bediente, ein Zettelchen, worauf geschrieben stand: „ich muß Sie allein sprechen, mich zwingt die Noht dazu; warten Sie eine Stunde nach Einbruch der Nacht unten am Pallaste; die Ueberbringerin wird Sie an Ort und Stelle führen.‟

Ich wußte nicht, was ich denken sollte, und von der Frau war weiter nichts herauszubringen; inzwischen versprach ich gewiß zu kommen.

Dieselbe führte mich auch die bestimmte Zeit die Treppe hinauf, und oben durch den kleinen

Gar=

Garten. Es war finster, und regnete, und der Wind sauste. Alsdenn machte sie ein Zimmer auf, schloß mich hinein, und ich war völlig im Dunkeln. Sogleich wurd ich von einer warmen Hand fest gefaßt, und auf ein Ruhebettchen gebracht; schüchtern erst und endlich inbrünstig umarmt und geküßt unter heißen Seufzern, ohne weiter nur ein Wort zu hören. Mein ganzes Blut gerieth in Wallung an den Liebe klopfenden Brüsten; ich glaubte, Lucinde sey plötzlich eine heitre Griechin geworden, und wollt ihr himmelschönes junges Leben genießen, und mit mir den Anfang machen. Mir wich das Gewand unter immer mehr verführerischem Sträuben; und ich gelangte bey dem höchsten Reize, den junge zarte nackte vollkommne weibliche Formen in der Dunkelheit für unsern stärksten Sinn nur haben können, zum entzückendsten Ziel meiner entflammten Begierden.

Das Bacchantische Leben, das endlich alle Verstellung vergaß, brachte mich hernach doch etwas aus meiner Unüberlegung, obgleich noch

ganz

ganz im Rausche. „Lucinde, Lucinde, rief ich, welch eine glückliche Verwandlung! laß mich deine Stimme hören.“

„O du mein Alles! hört ich nun Fulvien statt ihrer, verzeyhe mir diesen Betrug: was ich bin und habe, ist dein Eigenthum, du bist mein Herr und Meister! du hast mir das Leben errettet, und ich kann nichts weniger thun, als dir wie Magd und Sclavin dienen, Engel, Gott! wo find ich einen Namen, der alles das ausdrückt, was ich in dir umfasse? Auch Lucinde soll dir zu Theil werden! Stolz und Eifersucht samt der Person will ich deinem Vergnügen aufopfern.“ Hier umrang sie mich aufs heftigste und biß mich wie rasend in die Brust.

Ich mußte mirs gefallen lassen; ich war angeführt auf eine Weise, die mir hohe Lust gewährte. Wenn ich auch ein Joseph hätte seyn wollen: so war die Flucht zu spät. Ihr Gemahl erzeigt mir Freundschaft; aber wer kann dafür, daß er einfältig ist, und kein besser Schicksal verdient? Warum hat er so geheurathet? Dieß sind

natür

natürliche Folgen, die selten ausbleiben. Fulvia hat ein heißes Temperament, und er ist schwach und kalt und träge: solch ein Paar thut kein gut zusammen, wie mancher wegen des Kontrastes sich wohl einbilden möchte.

Ich verwunderte mich über den Schritt, den sie gethan hätte; freute mich ihrer Liebe, und pries ihre Reize: gestand ihr aber aufrichtig, wie närrisch der Mensch sey, und daß mein Herz auch beym lebendigsten Genuß der Wonne noch nach Lucinden schmachte.

Und warum sollen wir dich nicht als Freundinnen lieben können? o du bist ein so theuer Gut, daß wir beyde an dir überflüßig genug haben; und ihrer mehrere, wenn du willst. Du sollst als der edelste Wein nur zum höchsten Fest aufgespart werden, der mit seinem Balsam allen köstlichen Geschmack überflügelt. Warum sollen vernünftige Schwestern nicht friedlich mit einander an dir Theil nehmen! Warum sollen wir uns von Gewohnheiten und Gesetzen im Zaum halten lassen, die bloß für den Pöbel sind, eben

weil

weil er Pöbel ist, der sich nicht selbst regieren kann?":

Du siehst hieraus, daß ich doch mit einem gutartigen Geschöpfe noch zu thun habe. Ich mußte über ihre Aspasienberedsamkeit und feinen Lobsprüche lächeln; band ihr aber aufs Gewissen, behutsam zu seyn; und so war der neue Liebeshandel fertig.

Es läuft mir heiß über den Leib, da ich mit dir von Cäcilien sprechen will, und ich erröthe, wie ein Unheiliger; sie bleibt immer die Krone von Venedig. Möchte sie und Lucinde nur so Schwestern seyn, wie Fulvia sagte! Aber ich bin ein Thor und unersättlich. Ach, die Arme wird verlangen Nachricht von mir zu hören; und dieß ist noch nicht einzulenken. Wie bin ich strafbar, daß ich mich mit dem Schönen zu vereinigen suche, wo ichs finde! (ist dieß nicht der edelste Trieb unsers Geistes? ist der nicht ein Elender, ein von Gott Verworfner, der diesen Trieb nicht hat, nicht ausübt?) In was für einer Welt bin ich, wo dieß Naturlaster seyn soll?

den

den Menschen zerrüttende bloße bürgerliche Ord=
nung ist es. Komm, göttlicher Plato, und stürz
alle die barbarische Gesetzgebung über den Hau=
fen, und führe deine Republik ein, wo wenig=
stens Mann und Weib mit ihrer Liebe heilig und
frey sind.

Ardinghello.

Ich erhielt mit diesem Briefe fast zur selben
Zeit ein Kästchen von Smyrna an Ardinghellon,
und konnt es ihm sogleich durch einen Veroneser,
einen alten Bekannten von unserm Hause, wel=
cher in Handlungsgeschäften nach Genua abreiste,
übersenden. Dabey meldete ich ihm die völlige
Befreyung seiner Cäcilia. Im Fberuar schrieb
er mir wieder, wie folgt, mit dem von Verona
bey dessen Zurückkunft.

Genua, Februar.

Sieh, theurester Schatz meines Lebens, edles
Herz, hoher Geist, gute Thaten bleiben nicht
unbelohnt! Lies dieses kostbare Zettelchen: für
dich hab ich kein Geheimniß.

„Du

„Du hast den Sohn des Kalabresers Ula=
zal gerettet, ein Kind der Liebe, das er mit ei=
ner Griechin aus Rhodos erzeugte. Nimm hier
einen kleinen Dank dafür; und reiße dich los,
und komm in meine Arme. Bey meiner Mut=
ter Platane Stephani zu Smyrna kanst du
mich immer ausfinden; dahin richte auch deine
Antwort. Ich versichere dich, daß kein besser
Leben ist, als vom Archipelagus bis an die Säu=
len des Herkules auf den klaren Wassern in be=
ständiger Bewegung zu seyn, und durch seine
Tapferkeit die Schönheit aller der reizenden Kü=
sten zu genießen. Königlicher Jüngling erquicke
bald mit deinem muthigen Anblick meine Seele!

Diagoras Ulazal.“

In dem Kästchen sind Edelsteine und Ringe
und einige andre Orientalische Kostbarkeiten von
großem Werth.

Alle diejenigen, die wir ihm gefangen nah=
men, hat er schon frey gemacht, und meistens
mit andern Christensklaven ausgewechselt. Er
versprach es ihnen, wenn sie ihn nicht entdecken

wür=

würden; und die auserlesene Schaar war ent=
schlossen genug dazu: solche Zuneigung hatte je=
der für den jungen Helden.

Nun höre meine andre Begebenheiten! den
Antrag des Diagoras müssen wir weiter überle=
gen; ich kann mich noch nicht entschließen, das
schöne Italien zu verlassen, da ich noch so wenig
davon gesehen habe.

Fulvia nahm über sich, Lucinden zu bekeh=
ren; meine Leidenschaft gegen dieselbe schwoll im=
mer mehr an, je härter und unerbittlicher sie
wurde. Vor vierzehn Tagen ohngefehr ließ sie
endlich etwas von ihrer Strenge nach; da sie
vorher immer alle Gesellschaft mied, wo sie wuß=
te, daß ich zugegen war. Eine gewisse Heiterkeit
und Frühlingsrosenröthe ging in ihrem himmli=
schen Antlitz auf, das sonst ein innrer Gram
mit einer melancholischen Lilienblässe überzog,
die mir so das Herz zusammenklemmte, daß ich
aus der Haut fahren mochte, um dem Engel zu
helfen. Sie gestattete so gar, daß ich auf einem
vermummten Ball eine Menuet mit ihr tanzte.
Gott!

Gott! welcher hohe Reiz enthüllte sich in jeder Bewegung ihres schlanken Körpers! wie heiß die Augen in mich sonnten, und sich doch so selbst überlassen! wie süß die zarten Lippen in so frischer feuchter Röthe lächelten. und die festen glänzenden Brüste von der Ebbe und Fluht der Jugend wallten! Ich ward umflochten von einem unzerreißlichen Liebesnetz; und die Berührung ihrer Finger entflammte mich, als ob ich lauter Salpeter und Schwefel wäre. Wo ich den Blick hinrichtete, entstanden neue Zaubereyen; so hatten mich ihre behenden sichren Füße nie entzückt, und nie so ihre braunen sich hebenden Locken über den schönen weißen Hals, samt aller ihrer Kleidung. Wir schwebten um einander wie klare lichte Empfindung; sie schien zu fühlen was ich fühlte, und zitterte auf die letzt vor Bangigkeit, so daß wir plötzlich aufhören mußten.

Noch dieselbe Nacht ward eine Verrätherey gegen sie ausgedacht und vollführt. Ich stahl mich mit Fulvien vom Ball weg, und diese verbarg

barg mich in einen großen Schrank, der in Lucindens Schlafzimmer stand, worin einige alte Fa-
milienkostbarkeiten hingen; Fulvia ließ mich allein, und kam unbemerkt wieder zurück.

Lucinde machte sich gleich darauf vom Tanzsaal; ich erbebte vor Schrecken und Lust, wie
ich sie hereinrauschen hörte. Sie sang alsdenn
beym Auskleiden ein provenzalisch Lied, mit einer
Stimme, woraus die Töne so gefühlig und rein
wie Perlen hervorkamen, die ich noch nie ver-
nommen hatte: nur befremdete mich äußerst dessen Inhalt. Es war der Seelenjubel einer Jungfrau, die ihren Geliebten wieder findet, frey von
Noht und Drangsaal, worin er lang geschmachtet
hat, und ihn mit tausend Küssen, Liebkosungen
und Zärtlichkeiten empfängt. Doch vielleicht,
dacht ich, ist es etwas auswendig gelerntes, und
es fällt ihr eben so ein; aber es machte mir hef-
tige Unruhe, als sie beym Schluß in die Hände
klatschte, und ausrief: „o hätt ich dich schon,
mein Florio! aber wie weit bist du noch entfernt! doch Flügel wieder meiner Hofnung, daß

du

du noch lebſt. O du heilige Magdalena beſcheere
mir den holden, die du auf deinem Felſen zu
Marſeille ſchon oft über ihn gewaltet haſt, und
den Verwegnen aus den Fluhten des Meers und
tödtlichen Gefahren nach meinen Bitten errettet!
O du liebe heilige Magdalena, ich falle hier vor
dir nieder, und fleh dich an, überlaß, o Freundin des Erlöſers, mein Gemüht nicht immer dem
bittern Kummer, mache mein Herz leicht, und
wieder froh, und ſtehe bey meiner Liebe! Ardinghello, der Flüchtling, heurathet mich doch nicht.
Was hilft mirs, wenn ich ſeine Quaal auch noch
ſo hoch treibe: er machte mich endlich unglücklich.
Wohlwollen muß ich ihm, ach ja! er iſt ein ver-
führeriſcher Bube. O Floria erſcheine bald! Heilige gib mir ihn!"

Ich wurde faſt zum Narren, ſo griffen mich
dieſe Reden der Unſchuld in meinem Schrank an;
und mußte alle meine Kräfte zuſammenſpannen,
um auszuhalten. Noch war ich unentſchloſſen,
was ich thun wollte, Tumult und Aufruhr in allen Nerven und Adern. Und ſo harrte ich, bis

ſie

sie sich zu Bette legte, und harrte noch hernach über eine Stunde; und lange und lange, bis ich endlich in der Verzweiflung, mit meinen Gedanken und Gefühl ins Reine zu kommen, leise die Thür eröfnete, und heraus trat.

Den Mantel hatte ich schon vorher abgeworfen, und die Schuh ausgezogen; ich ging auf den Zehen und hielt mich mit den Händen im Gleichgewicht. Sie lag vom Schlaf aufgelößt mit dem Kopf über den rechten Arm, und den linken sanft ausgestreckt, mit den Knien jungfräulich ein wenig zusammengezogen, die Decke von sich geworfen, und nur den Unterleib mit dem leinenen Tuche verhüllt; es war eben eine laue Nacht.

Ich besah alsdenn ihr Zimmer. Vor einer Madonna mit dem Kinde, nach der reizenden von Raphael auf dem Stuhl von einem seiner besten Schüler kopirt, brannt eine Lampe; und eben so brannt eine andre vor einer Magdalena, gewiß von dem Wundermanne der Lombardey Antonio Allegri: solch eine unbeschreibliche Anmuht war in den Umrissen ihres Gesichts, so

lieb=

lieblich die Farbe, und unübertreflich das blonde Haar gemahlt, über die jungen Brüste reizend wie von einem Lüftchen verweht. Vor beyden standen Blumenstöcke; vor der Magdalena aufgeblühte Rosen und Knospen, vor der Madonna Lilien und Nelken, die sie sich selbst den Winter erzog. Auf dem Tische vor jener lagen die Gedichte des Petrarca; und Schreibzeug, Federn und Dinte und Papier und beschriebne Blätter. Ich las das eine, wo ausgestrichen und verändert war: und fand das Lied im Provenzalischen, was sie gesungen hatte. Das wußt ich auch noch nicht, daß sie ihre Gefühle in so schöne Form von Worten bringen konnte: mir wallte dabey eine Gluht nach der andern auf im Herzen. Im Petrarka war das gediegenste, immer gerade das wenige Vortreflichste, mit ausgetrockneten verschiednen Blumenblättern belegt und bezeichnet; besonders in den Reimen nach dem Tode der Laura. Neben der Madonna stand ihre Neharbeit in einem Rahmen: sie hatte angefangen, die lebendigen Rosen und Lilien vor sich dahin-

ein

ein zu sticken. Mich überlief ein Schauder, als ob ich in den Tempel der Keuschheit eingebrochen wäre, und lästerlichen Frevel ausüben wollte. Ich blickte durch das Fenster am Bette, und der volle Mond wich hinter die Seealpen, den Gräuel nicht anzusehen; unten rauschte zürnend das Meer auf. Ich ward erschüttert, und es fehlte nicht viel, daß ich mich wieder in den Schrank verborgen hätte; doch kniet ich vor sie hin, und stämmte mich sachte mit beyden Händen auf ihr Lager; ihr ambrosischer Athem berührte mich wie Wonne des Himmels. So lag ich eine Weile in ihrem Anschauen versunken und verloren, und meiner endlich nicht mehr ı...ächtig. Ich warf die Kleider von mir, und näherte mich nach und nach leise mit ganzem Leibe dem Schönsten, was die Welt hat. Ich schob alsdenn mit den äußersten Fingern das Hemd auf beyde Seiten von den Brüsten, die mich mit ihren Knospen der Unschuld anlächelten, als ob sie Verschonen ihrer Jungfräulichkeit bäten; und so bracht ich das Tuch von ihren reinen trocknen

Füß-

Füßchen und den netten Beinen bis an die Mitte der wie Säulen runden üppig hinaufschwellenden Schenkel, worunter es fest hing.

O all ihr Mächte des Himmels und der Erden, welche Vollkommenheiten habt ihr hier vereinbart! ich zerrann in nicht mehr zu hemmendes Entzücken, und riß das Tuch los; und sie fuhr auf und that einen Schrey unter meinen Küssen.

„Habe keine Furcht, stammelt ich ihr, ich bin Ardinghello, und werde dir kein Leid zufügen.“ Sie hörte nicht und rief: „Bösewicht! Schändlicher! Hülfe!“ und wand sich los und bedeckte sich und weinte in voller Verzweiflung: ich war wie von einem Wetterstrahl durchschlagen in allen Gebeinen.

„Vergib, o Himmelskind, einem, von unwiderstehlicher Liebe ganz niedergeworfnen und überwältigten, diese Frechheit. Ich schwöre dir bey allen deinen und meinen Heiligen, ich werde dir kein Leid zufügen!“ so faßt ich sie mit Gewalt

walt bey ihrer Rechten, und hielt sie an mein lautschlagend Herz.

„Weg von mir, grausamer Verderber!" schluchzte sie.

Komme wieder zu dir, Lucinde! sprach ich ihr ein; sieh! ich berühre dich nicht mehr. Ich bin schon glücklich, wenn ich dich nur sehe; und wenn ich von dir bin, ist alles vor mir in Leerheit. Deine Gestalt allein, auch ohne Wort und Zuneigung, ist mir mehr, als andrer feurige Liebe. Sende mich in Gefahren, worinn ich tausendmal mein Leben wage: dein Wink wird mein Gesetz seyn. Du bist meine beßre Seele, die alle meine Fähigkeiten füllt. Du herrschest über mich, wie mein strengster Verstand; sieh! das zeig ich dir; und alles kann ich für dich thun, außer was mir unmöglich ist."

„O Arbinghello! Arbinghello! weinte sie, verlaß mich! o verlaß mich!"

„Göttliche, und warum? Warum können zwey Menschen, wie wir sind, nicht ohne Sünde so beysammen seyn! Warum immer eine

 Schei-

Scheidewand von Mauer und Kleidung und mechanischer Gesellschaft dazwischen! Bedenke, wie die Seeligen im Himmel sind, und unsre erste Eltern waren. Alles dieß dient nur, wenn man unter dem großen Haufen ist."

„Und was willst du von mir? was kann ich für dich thun, ohne mich unglücklich zu machen?" versetzte sie etwas ruhiger, sich rundum einhüllend.

„Sage mir, wen du liebst? fuhr ich fort; denn daß du liebst, das weiß ich, und weiß noch, daß du unglücklich geliebt hast."

„Ach, antwortete sie darauf, nach einigem Stillschweigen, den Hauptmann einer Galeere! der mich, wie ich noch ein kleines Kind zu Nizza war, schon aufblühender großer Knabe, bey meinen Eltern lesen und schreiben lehrte. Hernach legte er sich auf die Handlung, und führte mit der Zeit Kauffahrtey Schiffe; und endlich wurd er Anführer einer Spanischen Galeere. Als solchen sah ich ihn noch lange vor zwey Jahren in Genua wieder; wo wir uns einander versprachen,

und

und die Vermählung feyern wollten, wenn er wieder aus dem Türkenkriege käme. Allein er kam nicht wieder; und ich hielt ihn für todt, bis ich vor wenig Tagen die zugleich frohe und traurige Bothschaft hörte, daß er zu Konstantinopel in harter Sklaverey sich befinde. Mir brachte sie ein alter Schiffer aus Antibes, der von dort abfuhr, und uns beyde kennt. Nun hoff ich, daß man ihn erlösen, und ihm seinen ehemaligen Posten wiedergeben, und wir endlich glücklich seyn werden."

„Zärtliche, verfügt ich darauf, deine Hofnung steht auf schwachen Füßen; Spanien ist noch im heftigen Kriege mit den Türken; und wenn dein Bräutigam ein Held war, so werden sie ihn so leicht nicht herausgeben." Hier verbarg sie ihr Gesicht ins Küssen, und seufzte und weinte; und ich fuhr fort:" doch wenn es von Spanien aus nicht geschieht: so kann vielleicht ein andrer ihn frey machen; und was schenkst du mir, englische, wenn ich es wäre! „drückt ich ihr mit der rechten in die Hand, und mit der linken ins Herz" und ich

N 5

will

will es dir faſt ſo gut als gewiß verſprechen; ich hab einen Freund am Türkiſchen Hofe ſelbſt, der alles kann. „Sie verbarg ihr Geſicht noch tie= fer, und ſagte gebrochen unten hervor:" ach, mein Beſter! aber du biſt grauſam! „Und die Verſicherung?" redt ich außer mir ihr zu. „Gieb dort mir her Feder, Papier und Dinte, und leuchte!" dieß war nun mein Wille nicht, aber ich verlangte zu wiſſen, was das ſchwär= mende Mädchen begänne; und nahm die Lampe von der Magdalena, Feder, Dinte und Papier, und den Petrarca zur Unterlage; und die from= me ſchrieb, und lächelte unter Thränen:

„Wenn Ardinghello mir meinen Bräutigam Florio Branca aus der Sklaverey erlöſt und frey wieder herſtellt, und zärtlich liebt und ſchweigt: ſo ſoll er meine erſte höchſte Gunſt ha= ben mit dieſen Zeilen, oder Madonna mich nie zu Gnaden annehmen; aber eher er auch nicht einen gütigen Blick verlangen.

Lucinde.

Dar=

Darauf gab sie mir das Zettelchen mit ei=
nem strengen Blick voll Bedachtsamkeit, und
sagte: „nun gehorche, und verwahr es sorgfäl=
tiglich, wenn ich so viel über dich vermag, als
du sprichst. Und noch eins, wer hat dich hie=
her gebracht?" Hier mußte mir nun platterdings
eine Lüge aus der Noht helfen: ich sagte; ich
sey ihr nachgegangen, und habe mich dort hinter
den Schrank versteckt, ohne von ihr bemerkt zu
werden." Bist du so ein Tausendkünstler! „sag=
te sie spottend.

Der Morgen brach an; ich wollt ihr einen
Kuß zum Abschied geben, aber er ward mir nicht
verstattet. Ich kleidete mich geschwind wieder
zurecht, und verließ sie; machte für Juloken auf
der Treppe das verabredete Zeichen, daß nichts
geschehen sey und sie schweigen sollte; eröfnete
sachte die Thür des Pallastes, und schlich in mei=
ne Wohnung.

Den ganzen Morgen konnt ich kein Auge
zuthun; und als ich des Nachmittags ein Paar

Stun=

Stunden geschlummert hatte: dünkte mich alles ein Traum.

Wie es dunkel wurde, ging ich zu Fulvien in Gesellschaft: sie und ihr Gemahl hatten mir ein für allemal Erlaubniß gegeben, zu kommen, wenn ich wollte. Es befanden sich mehrere Personen vom gestrigen Ball da; man sprach darüber, und spielte hernach. Lucinde saß unterdessen für sich am Fenster, mit dem Kopf in der Hand, und blickte mich nicht an, und war in geheimer Betrachtung verloren. Ich machte mich alsdenn zu ihr; sie schlug die großen schönen feuchten Augen nieder und seufzte und erröthete über und über. Ich getraute mich kein Wort zu reden. Endlich legte sie den andern Arm auch ins Fenster, und betrachtete mich still mit einer gewissen Wehmuth voll Empfindung; wir saßen allein, und sie sagte nun leise mit Engeltönen zu mir: „Was hab ich gethan! was hast du gethan die vorige Nacht!“ Inzwischen hohlt ich einen Ring hervor mit dem größten strahlendsten Diamant unter denen vom Diagoras; und schob

ihn

ihn ihr unbemerkt an den vorletzten Finger ihrer linken leichten Charitinnenhand, und antwortete Aug und Aug in süßem Liebesgenuß: „Nimm hin du Braut meiner Seele! „Sie erschrack, und war zwischen Weigern und Zärtlichkeit, und blickte darauf, und um sich; und verbarg dann die Hand im Schoß, und zitterte und glühte.

„Sag mir nur noch, mein Leben, fragt ich sie flüsternd, ob der alte Schiffer aus Antibes hier ist, und wie er heißt, damit ich ihn aus= fragen kann, wo man den Florio in Konstan= tinopel findet."

„Er heißt Gabriotto, versetzte sie hastig, und liegt mit seinem Schiff im Hafen." Da= bey stand sie behend auf, trat zu Fulvien an de= ren Spieltisch, die eben einen feinen Streich machte, worüber gelacht wurde; und verlor sich dann aus dem Saale, und kam nicht wieder zum Vorschein.

Mit Fulvien hatt ich noch vor Mitternacht eine kurze Zusammenkunft, die sich den ganzen

Tag

Tag bedachtsam aufführte, und nichts merken ließ; und erzehlte ihr, daß ich nicht übers Herz habe bringen können, Lucinden Gewalt anzuthun, und es auch vergebens gewesen seyn würde. Machte ihr eine ganz andre Beschreibung, wie sie mir ihren Geliebten entdeckt hätte, der in der Sklaverey lebe; und mit einem Wort, daß ich das himmlische Mädchen zu hoch schätze, um es zu verführen und unglücklich zu machen. Ich bat sie ihrer selbst wegen, von diesem alle stille zu seyn.

Sie wars gar wohl zufrieden, und antwortete, daß sie die Geschichte wisse; sie habe aber geglaubt, daß der Bräutigam in der Schlacht geblieben und alles längst vorbey sey. Auch sie woll ihr möglichstes beytragen, daß der Armen geholfen werde; sie liebe sie als ihre beste Freundin und eine der vollkommensten Personen ihres Geschlechts: nur könne sie ihre allzugroße Frömmigkeit, Eingezogenheit und Kälte nicht vertragen; die Jugend unsers Lebens, besonders beym Frauenzimmer, sey zu kurz, um sie so ungenossen weg

wegstreichen zu lassen, und in diesem Punkt Lu=
cinde gewiß immer albern.

Darauf ging es an das Katullische da mihi
basia mille, wovon ich mich bald los machte.
In solche neckende Händel gerahten wir Liebes=
ritter! aber ich stelle mich auch auf keinen philo=
sophischen Lehrstul, wo man zu seyn befiehlt, was
der Mensch nie war.

Den andern Morgen sucht ich den Gabriot=
to auf, und traf ihn endlich gegen Mittag
in einem Weinhause, nachdem ich ihn im Hafen
nicht gefunden hatte. Er ist ein herrlicher Alter,
in seinem Leben von mancherley Schicksalen durch=
gearbeitet. Dreymal war er in Sklaverey, in
Aegypten, Mauritanien, und Griechenland;
und sah Mecca und das heilige Grab, zog mit
seinen Patronen über den Kaukasus und Atlas,
und kam jedesmal wunderbar wieder los; führ=
te nun ein Kauffarthey Schiff, und ließ sichs
wohl seyn in seinen letzten Tagen. Was ist ei=
nes Königs Leben, der seine Zeit durchgähnt, gegen
die Wanderungen und Gefühle eines solchen Er=

den=

densohns? O gütiger Himmel, laß mich nur
nie auf einer Stelle kleben bleiben!

Ich machte bald mit ihm Bekanntschaft, er
liebte die lehrbegierige Jugend: wir setzten uns
in einen Winkel allein, und ich sorgte dafür, daß
wir nicht Durst litten.

Ich verschwieg im Anfange mein Geschäft;
und wir kamen auf die ägyptischen Pyramiden
zu sprechen. Er machte die gescheidte Bemer-
kung dabey, daß die Leute damals entsetzlich unter der Zucht ihrer Könige müßten gestanden haben, um so ungeheure Steinhaufen aus ferner
Gegend her zusammenzutragen; die am Ende doch
nur eine Kleinigkeit gegen die vielen Felsen des
Kaukasus, Atlas und der Alpen wären, welche
die Regen des Himmels binnen den Jahrtausen-
den zu eben solcher unzerstörbaren Form gespült.
Ich erzehlte ihm dabey zum Scherz aus dem
Herodot das Mährchen von der reizenden Kö-
nigstochter, die bloß durch ihre Liebhaber sich eine
erbaut habe, der sie für jede Gunst doch nur einen Stein herbeyschaffen durften; und daß folg-

lich

lich bey allen die Arbeit nicht gleich sauer gewesen seyn möge. „Wer den letzten lieferte, antwortete er lachend, und dem Werk die Krone aufsetzte, muß wenigstens guten Muht gehabt haben.“

Er machte mir alsdenn eine angenehme Beschreibung von den Sitten mancher Länder, die er durchstrichen war. Zum Exempel von Georgien und Cirkassien, wo die schönsten Menschen leben, sagt er, daß die Kinder da hervorkämen, wie die Blumen und Früchte auf dem Felde, und man von keiner Eifersucht wisse. Die Männer hielten sich bloß für das Mittel ihrer Entstehung, und bildeten sich nicht ein, als ob sie dieselben etwa selbst verfertigten, wie ein Kunstwerk, und wären dabey eitel auf ihren Verstand oder ihre Geschicklichkeit wie bey uns; und alle Welt lebte glücklicher ohne die Ketten und Fesseln.

Von der Schönheit, besonders der Weiber dort, gingen wir auf unsre Landestöchter über; und von diesen behauptete er doch, daß sie mehr Geist und Form in ihrer Gestalt hätten, obgleich

O   nicht

nicht die Zartheit und die Blüthe des Fleisches jener. „Als hier in Genua, fügte er hinzu, ist ein junges Frauenzimmer, Lucinde von Monte= feltro, die ich allem Reiz vorziehe, den ich dort gesehen habe.

Diese Reden gingen mir, wie du leicht den= ken kannst, gar süß vom Ohr zum Herzen durch all mein Wesen. Wir tranken dabey mit dursti= gern Zügen. Der Zauberthau des Weinstocks setzte ihn in meine Jugend zurück, und durchglüh= te seine Adern wieder mit der ersten Lebenswär= me. Ich fragte ihn darauf, ob er diese Lucinde von Montefeltro genau kenne.

„Wie oft hab ich den Engel als Kind auf meinen Armen getragen, und ihr Leibchen rundum bey.tcht und gestreichelt, was ich noch immer thun möchte, ohn ihr mehr Schaden zu= zufügen! fuhr er lieblich zu sprechen fort. Ihr Vater war ein heruntergekommner Edelmann, der um sich wieder zu erhohlen hernach Handlung trieb. Mit seiner ersten Frau zeugte er keine Kinder; alsdenn schon in die funfzig, vermählte

er sich mit einer armen, aber jungen und äußerst
schönen Anverwandtin der Mutter der Fulvia,
Fregosa, die nun in das Haus S*** getreten ist,
bey welcher sich Lucinde aufhält. Sie hieß
Sophia, und lebte mit dem alten Montefeltro
schier an die drey Jahr in Ehe, als sie wider
Verhoffen schwanger wurde, und mit Lucinden
niederkam.

Jedoch unter den Rosen der Gastfreund-
schaft! es hielt sich damals zu Nizza wegen des
milden Winterklimas unter fremdem Namen ein
wunderschöner und tapfrer portugiesischer Prinz
auf, der eine Wunde im Krieg mit den Saraze-
nen bekommen hatte, die in seinem Lande nicht recht
heilen wollte. Dieser miethete sich einen Garten
neben dem des Montefeltro auf dem Weg über den
Berg nach Villafranca; und wir alle haben nie
anders gemeint, als er habe mit Fug und Recht
gethan, was der alte nicht konnte. Und so ward
ein süß verlassen Weib glücklich gemacht, und es
lebt ein himmlisch Geschöpf auf der Welt mehr,
aller Augen zu entzücken.

D 2

Als

Als Lucinde ohngefähr zehn Jahr alt war, starb ihre Mutter, die sie als ihr einzig Kind mit aller Zärtlichkeit liebte; ihr Vater that sie darauf zur Erziehung in ein adelich Nonnenkloster. Nachher ward ich von einem schrecklichen Sturm verschlagen, zum drittenmal gefangen, und diente bey einem reichen Kaufmann in Griechenland. Wie ich nach einigen Jahren wieder los kam, hatte sich alles verändert; dem Montefeltro waren etliche reiche Schiffe nach einander theils weggenommen worden, theils zu Grunde gegangen, zu gleicher Zeit brachen einige starke Bankerotte in Marseille aus, wobey er so viel einbüßte, daß die Gläubiger sich seines übrigen Vermögens bemächtigten. Er flüchtete zuvor mit wenigen hieher, da der Reichthum der Kaufleute mehr in Forderungen als baarem Gelde besteht, und gab binnen Kurzem vor Kummer seinen Geist auf; Lucinden nahmen aus dem Kloster ihre mütterlichen Anverwandten zu sich. Und so strahlt sie denn wie der Morgenstern, der bey einer Nacht ohne Mond aus den stürmischen

Wel-

Wellen der See aufgeht und Glanz von sich
träufelt, am Genuesischen Himmel."

„Aber o wäre sie auch so glücklich, als sie
schön ist, und alle weibliche Tugenden besitzt!
Sie könnt es seyn, wenn das Schicksal ihr nicht
einen Strich durch die Rechnung gemacht hätte.
Florio Branca liebte sie, und ihn Lucinde; und sie
lebten schon in seeliger Ehe mit einander, wenn er
nicht in Sklaverey gerahten wäre. Er wuchs an
den Ufern des Varo auf, kam in das Haus ihres
Vaters, ging alsdenn zur See, und bildete sich
zu einem Helden."

„Im Dienste von Spanien lief er mit einem
Geschwader nach der neuen Welt aus, und
streifte in Mexico und Peru herum. Kam wieder zurück mit Ruhm und Schätzen, und sah das
edle Reis zu einem schönen Baum emporgeschos-
sen in süßer Blühte stehen, und wollte sich unter
dessen annuhtigem Schatten setzen, als er unter
dem Johann von Austria mit der Galeere,
die er anführte, gegen die Ungläubigen mußte.
Die Flotte der Feinde von zweyhundert und

 sechs-

sechszig Schiffen wurde zwar geschlagen, und von den Christen bey den Echinadischen Inseln der größte Sieg seit langen Zeiten erlangt, den sie sich nur jämmerlich zu Nutze machten: allein Ulazal, der tapfre Corsar, entkam, mit dreißig Dreyrude-rigen, und führte den Florio mit sich nach Konstan-tinopel gefangen; welcher unter dem Doria beym ersten Angriffe sich befand, und nach vielen Wun-den nicht mehr im Stande war, von den Schaa-ren umzingelt, sich durchzukämpfen. Sie kennen ihn dort, wie die Reiger den schnellen gewand-ten Falken; und werden ihn nicht loßlossen. Er dient als Sklave beym Großvezier selbst; ich hab ihn gesprochen, und ein Briefchen von ihm seiner traurigen Geliebten hier überbracht; wor-in er sie beschwört, ihn zu vergessen, und einen glücklichern zu wählen, wenn er noch ein Jahr lang ausbleibt.‘‘

Diese Nachricht wühlte mir das Herz auf, und Florio dauerte mich; ich seufzte heftig bewegt, und im Gesichte glühend: armer Schelm!

Der

Der Alte fuhr fort: „wenn du ihn sâheſt, mein Sohn, du wûrdeſt ihn lieben; er iſt ein gar guter junger Mann bey ſo viel rauher Tapferkeit. Wie oft haben wir vor wenigen Jahren zuſammengeſeſſen, und einander erzehlt! Wenn ich ihm vom Kaukaſus und Atlas ſprach: ſo beſchrieb er mir, wie viel hôher die Gebirge von Amerika wâren; und wir geriethen dann in einen freundſchaftlichen Streit. Ich hatte die unendlich ſchônern Weiber, Mânner und Thiere von weit edlerer Natur fûr mich: und er pries und rûhmte zum Scherz die reichen Gold = und Silberminen, womit man die ganze alte Welt erkaufen kônnte, wenn man alle Beute herausholte.‟ Wir tranken alsdenn auf ſeine Geſundheit und baldige Befreyung.

Ich fragte den Gabriotto noch, ob er vielleicht den Ulazal von Perſon kenne? und er ſagte mir, daß er ihn einmal zu Rhodi geſehen habe, und ſchilderte mir ihn als einen andern Hannibal auf der See. Er machte hierbey die Beobachtung, wûrdig eines ſolchen Graubarts:

„Ro-

„Kolonna zog zu Rom im Triumph ein wegen seines Drittelsiegs; wenn einer aber die Thaten beyder in jenem Treffen genau abwiegen könnte, in welchem Glanze würde da noch der flüchtige Kalabreser vor ihm erscheinen! Ein solcher sichrer Rückzug eines einzelnen Mannes mit seinen Freunden, nachdem er Wunder des Verstandes und der Tapferkeit für die Flotte der andern Admirale gethan hatte, aus der vollen Macht der Ueberwinder, bezeugt die größte Unerschrokkenheit, Uebersicht, und Erfahrung. Schade, und ewig Schade, daß er unserm Glauben abtrünnig geworden ist.‟

Zumal, setzt ich hinzu, da ihn der heilige Vater Pius wieder zu Gnaden annehmen wollte, und Philippen beredete, alles anzuwenden, dem Helden Herrschaften und Reichthümer zu schenken, wo er sie nur immer haben möchte, in Spanien, seinem Vaterlande, oder Sizilien, wenn er die Heyden verließe. Doch gefällt mir nicht, daß man denselben mit solchen Anträgen bey dem Sultan wenigstens verdächtig machen

sollte.

sollte, damit er ihn selbst aus der Welt schaffte: weil man keine andre Mittel dazu vor sich sähe. Ulazal aber war zu klug für solche Versprechungen; scheute überdieß die künftige feige schaale Rolle, und trat folgenden Frühling nun selbst als Admiral auf, mit einer neuen Flotte."

„Es ist närrisch, daß man von den Kalabresern verlangt, sie sollen nicht zu den Türken übergehn. Die Türken plündern ihre Gegenden, und führen sie selbst in Sklaverey; und ihre Fürsten sehen gelassen zu, ohne sie zu vertheidigen, und saugen sie noch obendrein mit allerley Auflagen aus. Sie werden also mit doppelten Ruthen gezüchtigt. Was hat ein Mann, der Kopf hat und Muth im Herzen, anders zu thun, da er allein sich nicht wehren kann gegen beyde Feinde, die ihn berauben? er schlägt sich zur Parthey der Sieger."

Ich will doch lieber in dem Glauben leben und sterben, worinn ich gebohren und erzogen bin, und ein wenig Unrecht leiden, erwiederte der Alte; das Dulden ist auch süß, wenn man

das

das Vermögen noch in sich fühlt, auszudauern, und große Belohnung dereinst unter seinen Geliebten dafür erwartet.‘‘

„Ein guter Glaube überwindet freylich alles, antwortete ich ihm darauf;‘‘ und dachte im Herzen, wer damit nur immer in der glückseeligen Dunkelheit herumtappen könnte!

Noch denselben Abend lief ein Französisches Schiff im Hafen ein, mit dem neuen Gesandten und Consul für Konstantinopel und Smyrna, das nur Wasser einnahm, und mit dem ersten guten Wind wieder abseegeln wollte. Ich bediente mich der Gelegenheit, eilte sogleich nach Hause, und schrieb an den Diagoras, so rein und frey, wies in meinem Geiste lebte, frisch von der Hand weg; und bat hernach den Edeln inständig, den Florio Branca zu befreyen, wenn er könnte; oder mir wenigstens die Art zu melden, wie es möglich wäre, ohn ihm jedoch etwas von mir zu sagen; und dann nach Genua zu schicken.

Die

Die Aufschrift macht ich an seine Mutter, damit der Brief desto sichrer möchte abgegeben werden. Der Patron des Schiffs erhielt von mir schon zum voraus eine Belohnung; und ich versprach ihm mehr, wenn er mir gute Antwort bringen würde, und sagte ihm zugleich, was es beträfe. Er gelobte mir heilig an, ihn aufs beste zu besorgen.

Den andern Morgen gegen Mittag ging das Jagdboot auch wieder ab, und mir schwoll das Herz von verschiednen Leidenschaften, so wie der Wind die Seegel schwellte. Ich muß selbst über das Gleichniß lächeln, und doch ists wahr, und gefällt mir; ach, unsre Gedanken und Empfindungen sind so zart und veränderlich, und heiter und wild und stürmisch wie die Lüfte.

Ardinghello.

Hierauf gab ich dem Ardinghello keine Antwort; und erhielt im Merz wieder folgenden Brief von ihm.

Genua,

Genua, Merz.

Sie hat mich zum erstenmal geküßt, freywillig; und meine Lippen schmachten in einem fort nach ihrem süßen Munde. Schüchtern, jungfräulich, und doch naturnohtwendig, wie der Magnet sich zieht, flog unerwartet plötzlich der himmlische Kuß auf mich. Wie selbst darin verwandelt schlief ich die Nacht, ein wollüstig stehend Feuer; und bin nun erwacht wie ein seeliger Engel. O ein glücklicher Tag der gestrige! wie der neue Frühling ging die Sonne auf und unter. Wir saßen gegen Abend oben allein im Garten, unten hatte Fulvia und ihr Gemahl Gesellschaft; und die See spielte in kleinen Wellen, um, wie zärtliches Leben, sich in die Lüfte zu verbreiten.

Ich zeigte Lucinden erst einige Griffe auf der Laute, alsdenn sangen wir zusammen; und unsre Herzen ergossen sich endlich in einander durch Gespräch und Blicke." „Ein Weib ist doch das armseeligste Ding auf Erden! seufzte sie auf die letzt wehmüthig, nach mancherley Reden über Welt

und

und Daſeyn und Beſtimmung, und kehrte die Augen von mir ab gen Himmel; gefeſſelt auf allen Seiten, dürfen wir keinen freyen Schritt thun, wo uns der Geiſt hinleitet, ohne Schmach und Schande. Nicht über die Straße können wir gehn allein und ſonder Mamma und Baſe, wenn man uns für wohlgebildet hält, ohne daß die Läſterzungen auf uns ſtechen; Natur und Leben und Sitten und Gebräuche in andern Gegenden zu ſehen und zu hören, iſt uns gänz= lich verſagt: wir müſſen auf einer Stelle bleiben, wie die Pflanzen, und glauben, was man uns vorlügt, ohne ſinnlichen Begriff; Wahn und Traum und Gehorſam unſer Eigenthum: kein Tropfen Wahrheit die Seele zu erquicken.

„Wenn eine ſchön iſt: ſo legt man ihr überall Schlingen; und derjenige ſelbſt, welchem ſie in einer gewitterhaften Stunde gefällig war, ver= läumdet ſie oft hernach am ärgſten, und tritt zum ſchimpfenden Pöbel über, wenn er einen andern vorgezogen glaubt; oder ſie wird von unvernünftiger Eifersucht noch fester eingeker= kert."

„Sind wir nicht schön: so erwerben wir keine Liebe mit aller Weisheit und allen Künsten der Musen und der Minerva; und außerdem heißts immer noch: sie ist doch nur ein Weib, und kann und darf nicht recht sehen wie es ist; Pe= danterey und Ziererey ohne Zweck und Nutzen! ein Weib hat weder Stärke, noch Ueberlegung, etwas großes in irgendwo zu erlangen und zu fassen; die Guten und Verständigen haben Mitleiden mit dessen Schwäche, und die Boshaften verspotten es, und suchen es mit ihrem Lobe vollends zur Närrin zu machen. So geht man mit uns um."

„Am besten wär es, nie gebohren worden zu seyn; denn was wir wollen und lieben, dürfen wir doch nicht haben! oder, sobald diese Neigun= gen in unserm Herzen aufgehn, geschwind von der Erde weggenommen zu werden. Unser Loos ist Traurigkeit und Leiden, und wenig heitre Augenblicke: ein vergnügter sichrer Zustand ist

uns

uns nicht beschieden: unser Leben ein schwacher Kahn im stürmischen Meer, oft von Wellen überschlagen."

Aber warum schrieb ich dir den todten Sinn und Buchstaben von dem, was sie so göttlich in bezaubernden Worten, Tönen und Gebehrden sagte!

Ich hielt ihre Linke in meinen beyden Händen, und sie überließ die entzückenden Wallungen ihrer innern Schönheit ruhig meinem heissen Gefühl.

„O Lucinde, antwortete ich ihr darauf, du hast viel Wahres gesagt, wir sind ungerecht gegen euch! aber auch unser Loos ist hart. Uns liegt die Arbeit ob, und ihr wirkt still wie die Sonne, und macht schon glücklich, bloß durch eure Schönheit. Wir müssen alles erringen und erkämpfen; und ihr strahlt nur um euch: so liegt man euch zu Füßen."

„Hohe Schönheit ist freylich äußerst selten: aber auch eine Jungfrau, die sie besitzt und zu gebrauchen weiß, ist, was bey uns Alexander und

Cäsar

Cäsar mit Heeren von Helden; es kömmt nur auf sie an, was sie erobern will! das ewige Schicksal hat ihr alle Herzen unterworfen.“

„Liebe und Geist ist eins und dasselbe unter verschiednen Namen, nur daß man Ueberfluß von Geist Liebe nennt: hohe Schönheit beherrscht alle Geister. Sie vereinigt sich deßwegen gern mit großer Gewalt, oder großem Verstande, weil da die Liebe am mächtigsten ist. Der Mensch für sich allein, überhaupt jedes Wesen, abgesondert, ist unglücklich. Was kümmert den Vortreflichen im Grunde Wahn und bürgerliches Vorurtheil? Das Gesetz ist toll und thöricht, das ihm Eigenthum und freyen Gebrauch seiner Person abspricht; und er tritt es mit Füßen, so bald er kann.“

„Ich möchte lieber Ardinghello seyn, versetzte sie schnell in leisem Nachtigallenton, ganz auf mich geheftet, als Semiramis und Laura, so jung und schön mit so viel Tapferkeit und Talent!“ und hier neigte sie ihre Lippen nach den meinigen, ich ward von einem süßen Blitz durchschlän-

schlängelt, und meine Seele schwebte in der
Herrlichkeit des Entzückens wie aufgelößt von allen Banden. So hielten wir uns lang umschlungen, biß unsre Blicke in Wollustthränen
ergingen, und sie ausrief, rosenroth und lilien-
blaß, und sich losriß:" o du, mein Abgott,
was wird noch aus mir werden!" ohne mir mehr
zuzugestehen.

Fulvia kam bald darauf, als ich noch an
einen Baum gelehnt stand, und mit den Armen
die Augen zuhielt, um nichts irrdisches zu betrachten. Die Schlaue merkt alles, und erkennt
die Momente, wie ein edles Raubthier.

So schiff ich denn zwischen einer Scylla und
Charybdis im Wonnemeere der Liebe, und lasse
mich von ihren Strudeln herumwälzen in Gefahren, damit mein Muht nicht müssig liege. Doch
erschreck ich zuweilen vor Lucinden; sie hat in
manchen Punkten nicht die Biegsamkeit ihres
Geschlechts, und in ihrer Gestalt entdeck ich Züge
von fürchterlicher Heftigkeit; und eben diese sind
es, was mich so gewaltsam ergreift, und an sie

feſſelt. Ich fühle durch und durch, was das himmliſche Geſchöpf verlangt, und dieß foltert mich, da es unmöglich geſchehen kann: und doch iſt der Engel zu ſchön für die Welt, die ihn mit ihren Sitten angeſteckt hat, als daß ein Na=
turſohn ihr ihn ſo ungenoſſen ſein lebenlang überlaſſen ſollte.

Uebrigens ſtudier ich hier immer mehr die Schiffahrt, und ſtreiche öfters an der Küſte her=
um. Zu Korſika bin ich auch ſchon geweſen, und das rauhe Volk gefällt mir: es liegt Stoff darinn. Es kömmt kein Schiff an, und geht keins ab, das ich nicht ausforſche. Und ſo be=
ſchäftigt ſich auch noch meine bildende Kunſt mit der See; ich habe die eine Skitze, wo ich den Biondello niederſtoße, im Großen angelegt.

Den Helden Doria beſuch ich fleißig, und lerne viel aus ſeinen Geſprächen; er will mir wohl, das ſeh ich aus ſeinen Mienen und Ge=
behrden und ſeiner Offenherzigkeit. Er weiß, wer ich bin, und Fulvia und ihr Gemahl wiſſen es mit Lucinden; ich bin gleich anfangs von ei=
nem

nem meiner Landesleute verrathen worden, der mich erkannte. In Venedig blieb ich eher verborgen, während des Kriegs mit den Türken, und weil es dort viel Mähler gibt, worunter man sich leicht verstecken kann; hier sind deren kaum ein Paar. Auch kam ich bey euch in keine so vornehme öffentliche Gesellschaften. Inzwischen hab ich keinen Schaden davon, sondern Vortheile; man schätzt mich desto mehr, und ich habe, wo' ich will, freyen Zutritt.

Vor dem Tyrannen von Toskana fürcht ich mich nun wenig mehr; meine Tante meldet mir, daß es übel mit ihm außsieht. Er hat durch seine Ausschweifungen schon längst seine Gesundheit zu Grunde gerichtet, und bey der Kamilla Martella die Neige seiner Kräfte vollends so abgezapft, daß ihm die Zunge steif geworden ist und verdorrt, und er nicht mehr sprechen kann. Alles dieß ist buchstäblich wahr, und so unklug wirthschaftete kein Tiberius auf der Insel Capri, und kein Nero in beyderley Gestalt; die noch immer wußten, wenn sie für sich aufhören sollten. Ein neuer Heppokrates von Macchiavell wird den jungen Tarquinen auch noch hierin die Anfangsgründe vorbuchstabiren müssen; denn von selbst wird selten einer so gescheidt seyn.

Der neue Herzog, sein Sohn, führt sich auf wie ein Blödsinniger, und eure berühmte Bianca behandelt ihn auch so mit Fug und Recht.

O Cäcilia, Aphrodite des Adriatischen Paphos, wie lebst du, und unsre Liebe? du sollst gewiß noch dereinst voll Zärtlichkeit Lucinden, und auch Fulvien, als deine Gespielinnen umarmen. Meine Seele schmachtet nach ihr und dir; sey nicht so karg mit deinen Worten.

Ardinghello.

Zu Ausgang des Merz schrieb ich ihm, da ich aus dem Schluß seines Briefes sah, daß er ohngeachtet seiner Leidenschaft doch den Kopf noch nicht verlor, und immer den Edelmuth im Grunde seines Herzens hatte.

Vene-

Venedig, Merz.

Ich möchte mich lieber mit dir nur wenige Augenblicke mündlich unterhalten, als in dem längsten triftigsten Buchstabenwechsel.

Ich habe Cäcilien schon zum zweytenmal gesprochen: das erstemal in Gesellschaft, und darauf vor wenig Tagen allein. Sie ist hoch schwanger, gesund und bey Kräften; und Mutter und Brüder und Freunde und Gespielinnen geben sich alle Mühe, ihr neue Ergötzlichkeiten zu verschaffen. Es ist eine wahre Augenweide, eine so junge reizende Frau am Ziel ihrer Bestimmung zu sehn, und einem Fremden, der nichts von ihr hoft und erwartet, muß sie so selbst schöner und vollkommner seyn, als sie als Mädchen war; geschweige dem glücklichen Geliebten, der die süße Frucht seiner Liebe so heranreifen sähe. Ardinghello, du bist ein Göttersohn, zu hohem Wohl erkohren; nur verscherze dein Heil nicht!

Das erstemal wagte sie nicht, nach dir zu fragen; aber das Spiel ihrer Blicke um mich,

bei

deinetwegen, war mir ein Himmelreich. Sie
erröthete, wurde blaß, seufzte, suchte sich zu
verbergen: doch die Natur triumphirte: ihr Busen wallte stärker, und sie kam endlich zu mir,
und ließ sich mit mir in ein Gespräch ein, lieblich
und traulich. Ich faßte mich dabey so, als ob
ich in diesen Augenblicken deiner nicht gedächte;
und sie ging froher von mir, sie mochte nun argwohnen oder nicht argwohnen: denn sie mußte
fühlen, daß ich ihr wohl wollte, und dieß schon
vorher wissen.

Vor wenig Tagen ließ ich mich bey ihres
Vaters Pallast anfahren, bey welchem sie noch
immer wohnt, bis nach ihrer Niederkunft, um
ihren jüngsten Bruder zu besuchen, den ich nun
näher kenne; und als er nicht zu Hause war,
ging ich inzwischen zu seiner Mutter, und traf Cäcilien gerade bey ihr. Die Mutter verließ uns
denn eine Weile wegen Geschäften, und wir
blieben allein. Ihre schönen großen Augen ruhten lang hell und klar auf mir, und ihre Lippen
lächelten, wie wenn man einen zum reden zwingen

will,

will. Mich dauerte die Verlaßne, und ich fing an von dem Gemählde zu sprechen, das eben vor uns hing; und kaum hatte sie mir den Meister gesagt, so war die Frage darauf: wo ist jetzt ihr Freund Ardinghello? ich hab ihn nicht wieder gesehen, seitdem er mich gemahlt hat; er wird also wohl nicht mehr in Venedig seyn.‘‘

Ich antwortete: den letzten Brief von ihm hab ich aus Genua; es geht ihm dort sehr wohl.‘‘ Du hättest sehen sollen, wie sie darauf lebendig ward, und sich alles an ihr regte; ein neuer Morgen ihr Gesicht mit heißen Sonnenblicken. Nicht mehr fest halten konnt ihr Herz: ,,es ist ein treflicher Mensch, voll Verstand und Talent und das geringste ist der Mahler an ihm, so weit ers auch schon in seiner Kunst gebracht hat.‘‘ Hier glühte sie auf wie eine Rose, und fügte lächelnd hinzu, sich fühlend: ,,ich glaube, daß ich in ihn verliebt geworden wäre; es ist gut, daß er weg ist.‘‘

Mir waren hier die Daumenschrauben auf= gesetzt: aber doch bekannt ich nicht wegen ihrer

selbst,

selbst, und deiner und meiner; noch scheint es mir nicht Zeit zu seyn. Ich antwortete wie kalt und schier eifersüchtig darauf: „dieß würde den jungen Herrn bis ins kleinste Gelenk kitzeln, wenn ich ihm so etwas berichtete; er war ganz bezaubert von ihrer Schönheit, wie er sie mahlte; und beneidete muhtwillig ihren unglücklichen Gemahl.

Dieß Wort kam wie eine finstre Wolke vor ihrer Schönheit Glanz, sie entfärbte sich, und versetzte: „nun so arg und gefährlich ist es nicht; sie brauchen ihm auch nichts hiervon zu schreiben; doch grüßen sie ihn von mir, und melden ihm, daß ich seine Kunst bewundre, und große Dinge von ihm erwarte, und den eifrigsten Willen habe, ihm in Zukunft nützlich zu seyn." Hierüber trat die Mamma wieder ins Zimmer, und ich verließ sie bald darauf.

Du siehst daraus, daß alle Verstellung ein Ende hat gegen einen, der Person und Sache kennt: es ist ein Glück für euch, daß kein solcher unter ihren Richtern saß. Wer die Wege gut weiß,

weiß, geht auch im Nebel sicher; und ein Wollüstling von Auge sieht oft die Gegenstände darin
mit mehr Freude, als bey hellem Wetter. Inzwischen dauert sie mich doch von Grund der Seele; denn sie ist unglücklich.

Dein Umgang mit Lucinden gefällt mir nicht.
In Rücksicht ihrer wenigstens kann ich die Grundsätze nicht billigen, die du ihr einflößest; besonders wenn Florio der Mann ist, wie ihn der alte
Schiffer schildert: ich befürchte, daß es schlimme Händel absetze. Ueberhaupt muß sich jeder
nach dem Staate richten, worin er lebt, wenn
er ihn nicht gewissermaßen übersieht, und heraus kann, wenn er will: sonst trift am Ende
das Sprichwort ein: „der Krug geht so lange
zu Wasser, bis er zerbricht.“ Wenn Lucinde
deinen Geist hätte bey ihrer Jugend und Schönheit: o dann stünden ihr Königreiche zu Gebot;
so aber mußt du sie erst in das alte Korinth oder
Athen bringen, wenn sie nach dir glücklich seyn
soll. Und noch dazu scheint mir ihr Charakter

sich

sich nie recht zu bequemen. Mit einem Worte: so bald ein Weib eines Mannes Frau wird, begibt es sich im Punkt der Liebe seiner Freyheit, hernach eine andre Wahl zu treffen; und was opfert der Mann nicht dafür auf, daß ihm dasselbe treu seyn möge? Schönheit und Keuschheit beysammen wird ewig eine höhere Vollkommenheit seyn, als Lais und Phryne, setze sie in einen Staat, in welchen du willst. Doch red ich, was Lucinden betrift, in der Ferne; und ein einziger Blick auf sie und wenig Worte von ihren Lippen könnten vielleicht meine eigne Moral wegbannen. Das Zettelchen, welches sie dir im Bette schrieb, bleibt immer ein wunderbarer Flug, von dem andern Erdenvölkchen weg, wozu eine starke Leidenschaft gehört, die alle Furcht von Vorurtheilen überwältigt.

Es schweben Gefahren über ihr und dir; aber wer sich selbst nicht rathen kann, dem ist nicht zu helfen. Jeder weiß am besten, wie ihn die Umstände umringen.

Fulvia

Fulvia geb ich dir gerne Preis, nimm mirs nicht übel! ächte Genueserinn nach dem Sprichwort *) ; ein Gesetz, von keiner Gewalt in Ausübung gebracht, ist kein Gesetz in Wirklich= keit. Wer seine Rechte nicht behauptet, der hat keine; so gehts allen Männern, die nicht auf ihrer Hut sind. Dieß sahen die Spartaner wohl ein; und welcher Kopf nicht, der noch Vernunft hat;

Ich mag nicht daran denken, daß du mir vom Diagoras sollst entrissen werden. Bleib in deinem Italien, und lies das andre in Ge= schichten und Reisebeschreibungen; der Mensch braucht zu seinem Glücke nicht den ganzen Erd= boden. Die See ist weiter nichts, als ein unge= heurer leerer Weg 2c.

Erst in der Mitte des May erhielt ich wie= der einen Brief von ihm, und zwar aus Luc=

ca,

---

*) Mare senza pesce, donne senza vergogna, Uo= mini senza sede, hat vermutblich seinen Ur= sprung aus Venedig, der natürlichen Feindinn von Genua.

ca, welches mir sonderbar auffiel. Er lautete, wie folgt.

Lucca, May.

Auch du bist Schuld daran! Lucinde ist von Sinnen gekommen.

Florio Branca kam, erlöst vom Diagoras, und oben drein mit Geschenken ausbestattet; ein Held wie ein junger Diomed, nur im Gesicht voll Ehrennarben. Er wußte nicht, daß ich sein Retter war, und wir wurden bald Freunde. Er drang auf seine Vermählung: zu Messina, wo ein Theil der Spanischen Flotte liegt, war ihm von den obersten Befehlshabern nicht allein sein voriger Posten, sondern eine weit ansehnlichere Stelle zugesichert worden. Ich befand mich eben nicht in Genua, wie er seine Braut überraschte; Fulvia erzehlte mir, sie sey in Ohnmacht gefallen, als sie ihn so unerwartet plötzlich vor sich gesehen hätte. Man schrieb es der Freude zu. Sie faßte hernach alle ihre Kräfte zusammen, alle Liebe und Verstellungskünste; und Florio

hielt

hielt sie in seinen Armen stumm vor Heftigkeit der Wonne nach so vielen Drangsalen.

Ich traf bey meiner Ankunft den Florio zuerst bey ihr und Fulvien und ihrem Gemahl in Gesellschaft. Seine Gestalt und sein Wesen machte gleich auf mich großen Eindruck; starker Gliederbau, scharfe Gesichtszüge, kleines blitzend verwegnes Auge, verbrannte Farbe, krauses Haar und derbes Fleisch und wenig Worte zeigten mir ein Muster von Seemann; und sein Knebelbart und kurzer Säbel vollendeten das Bild. Ich wünschte beyden herzlich Glück über ihre Wiedervereinigung. Lucinde sah mich still an, und glich einem Gewitter von Empfindung.

Die Tage darauf macht ich nähere Bekanntschaft mit dem Florio; und meine kalte Vernunft rang immer mehr, meine heißen Begierden zu bekämpfen: der Tapfre war die edelste der Blumen ganz wehrt.

Ich

Ich sprach Lucinden alsdenn allein im Gar=
ten.   Sie jammerte über die Unruhen des See=
lebens und die Kriegsgefahren.   O wie mein
Herz ihr entgegen schlug, als ich die Morgen=
röthe von Küssen um ihre Lippen schweben sah!
Aber ich verwüstete schändlich alle Inbrunst der
Natur, wie ein Gotteslästrer, und gab ihr
das theure Zettelchen wieder, und stammelte die
tollen Sylben hervor: ,,ich kann deine Gunst nicht
annehmen;   Florio ist deiner Liebe ungetheilt
werth: in mir ist jede Fieber-Wunde; aber seyd
glücklich mit einander, rein und ohne Flecken.‘‘

Sie blieb wie eine Säule stehen, las die Zei=
len ihrer Hand, und zerpflückte darauf langsam
mit den Zähnen das Blat Stückchen vor Stück=
chen, indeß ich von ihr ging, und mir die Thrä=
nen in die Augen tobten.

Dies geschah nach der Mittagsmahlzeit.
Fulvia, die von diesem allen jedoch nichts wußte,
und auch nie erfahren soll, berichtete mir, daß
sie den ganzen Abend in ihr Zimmer eingeschlossen
gewesen wäre, und sie Niemand weiter gesehen hät=
te,

te, bis spät den andern Morgen, wo man mit einem andern Schlüssel dasselbe aufgemacht, und sie in ihrer Kleidung auf dem Bette gefunden, die Hände ringend, mit dem Oberleibe aufgerichtet und seufzend mit vor sich niedergeschlagnen unverwandten Augen. Weder Fulvia, noch der Bräutigam, noch irgend Jemand hat nach der Zeit ein Wort von ihr herausbringen können, so daß sie völlig die Sprache verloren zu haben scheint. Sie läßt sich geduldig hinführen, wohin man will, geht auch für sich herum: ringt aber immer die Hände und seufzt, versteht platterdings nichts mehr, was man sagt, und nimt an keinem Gespräche mit Mienen und Gebehrden Antheil. Sie ißt und trinkt wenig; so bald sie aber genug hat: ringt sie wieder die Hände und seufzt. Es sind von den Aerzten verschiedne Mittel versucht worden, aber alles vergeblich. Sie kennt Fulvien nicht mehr; ihren Bräutigam nicht mehr, und mich nicht mehr: wie sie dieser küssen wollte, hat sie nach ihm ausgeschlagen, und ihn ins Gesicht gekratzt. Auch von ihren Freundinnen lei=

leidet sie dieß nicht: sonst ist sie in allem geduldig. Ich mochte mir immer mit einem Strick die Gurgel zusammenziehn, wenn sie mich so starr ansah, und die Hände rang und seufzte.

Jetzt steckt sie nun in einem Nonnenkloster zur Verpflegung. Florio war im Begriff, sich eine Kugel vor den Kopf zu schießen, und ist nun bey der Flotte, um in der Verzweiflung gegen die Tune'er sein Ende zu finden; und ich habe mich so auf den Weg nach Florenz gemacht. O Natur, deine schönste Zierde ist zerrüttet und zu Grunde gerichtet! das arme Mädchen zur Lust erschaffen und aller Augen und Herzen zu entzüken hat nie die höchste Süßigkeit des Daseyns gekostet, und lebt nun ein unaufhörlich Gefühl von unaußsprechlichem tiefen Leiden.

Du hast so etwas nicht erfahren, und kannst dies folglich auch nicht denken; so schön, so reizend, so geliebt, so liebend, und so voll Geist: und nun auf einmal alles im Ruin ohne Zusammenhang; dasselbe nicht mehr dasselbe, es ist gräßlich!

lich! Wer sie kennt, vergießt Thränen über ihr Schicksal; ganz Genua trauert. Weide dich, barbarische Moral, Feindin des Lebendigen, mit Wolfsgrimm hier an deinem Opfer!

Aber auch ich, o Gott, wo werden mich meine heftigen Leidenschaften nicht noch hinreißen! ach, ich habe ihren Zügel nicht so am sichern Griff, daß sie auf halsbrechenden Wegen nicht einmal mit mir davon rennen, der Wagen überschlägt, und Roß und Führer in den Abgrund taumeln, wo man Blut und Gehirn noch lange dem Wandrer an Klippen zeigt, bis die Regengüsse des Himmels die Reste des Verwegnen vom Felsen waschen!

Ardinghello.

Ich konnt ihm hierauf nicht antworten, weil er mir keine Zuschrift meldete. Die Begebenheit war entsetzlich, und ging selbst durchs Herz. Je mehr ich darüber nachdachte: desto natürlicher aber kam sie mir vor. Fulvia mochte wohl die größte Schuld haben, und weit weniger Cäcilia und ich; außer der eignen Großmuth von

Q

Arding.

Arbinghello. Lucinde war mit allen Reizen bey ihrer Jungfräulichkeit zu beklagen: ein schwacher Feind in der Festung ist fürchterlicher, als der stärkste von außen.

Seine Reise nach Florenz schien mir immer gewagt, ob ich gleich schon längst wußte, daß Cosmus gestorben war.

Dritter

Dritter Theil.

Q 2

Lucca, May.

Ich sitze hier an den Höhen des Thals von Lucca, wo über mir der Wind durch die Buchen säuselt, und unter mir die Quellen rieseln, bewegt in der innersten Seele, wie am Scheidewege meines Lebens. O wer die Zukunft aufhüllen könnte! Aber diese kennt Niemand, als der, der alles weiß; wir sind nur Funken, unsers Schicksals ungewiß, die in dem Unermeßlichen herumstäuben. Wohl dem, der wie ein Schmetterling sich an den Blumen ergötzt, die er vor sich findet! hat der, welcher mit Gefahren kämpfte und sein Ziel errang, am End etwas

besseres?

besser8? Genuß jedes Augenblickes, fern von Vergangenheit und Zukunft, versetzt uns unter die Götter. Was hat der Mensch und jedes We=sen mehr, als die Gegenwart? Traum ohne Wirklichkeit alles übrige.

Doch weg mit dieser Mückenweisheit! un=ser Geist hat mehr Tiefe. Nur die Kraft ist seelig, die Widerstand nach ihrem Maaß über=wältigt, und ihn nach ihrem Seyn ordnet, seys auch unter Pein und Leiden. Dem Herkules, als er den Antcus bezwang, rannen die Schweiß=tropfen süßer hervor aus seiner Stirn, als ihm je die Umarmungen einer schwachen gefälligen Dirne waren; und nur Omphale, die ihn die Spindel drehen machte, verdiente die Liebe des Helden.

Meine Tante schrieb mir nach dem Tode des Coёmus, daß wichtige Veränderungen am Hofe vorgefallen wären, und unsre Feinde einen starken Stoß erlitten hätten; ich sollte mich auf den Weg in mein Vaterland machen: sie sey ver=sichert, daß alles gut gehen, und ich meine vä=terli=

terlichen Güter wieder erhalten würde; und noch außerdem woll ihr der Kardinal wohl, der alles vermöge.

Diese Nachricht kam mir nun gelegen und ungelegen, nach Lucindens Verwirrung; ich hatte ganz andre Dinge im Kopfe zur Ausführung: aber Niemand kann sich von seiner Wurzel losreißen; und so bin ich auf der Grenze. Der junge Herzog ist wenig Schritte von mir zu Pisa, und bey ihm Blanca; von welcher man sagt, daß sie ihm einen Zaubertrank eingegeben habe: so sehr hält sie ihn an sich gefesselt. Beyde gebrauchen die Bäder, weil sie gern einen Erben von ihm bekommen möchte *).

Q 4

Es

*) Bianka war die Tochter eines Venezianischen Edelmanns, Bartolomeo Capello. Dessen Pallast gegen über hatte das Haus Salviati zu Florenz eine Bank, und darin zum Kassierer den Pietro Bonaventuri. Dieser verliebte sich in ihre aufblühende Schönheit, selbst jung und wohlgebildet, und klug und kühn, obgleich unter ihrem Stand, und ohne Vermögen. Sie glaubte,

es

Es geht mir hart an, daß ich in diese Sphäre hinein soll; wenn ich hinein komme: so erlieg
ich vielleicht unter den Trümmern.

Ardinghello.

Pisa,

er selbst habe Antheil an der Bank, und gab
seiner Leidenschaft unter Versprechung der Ehe
Gehör; schlich sich oft des Nachts zu ihm, und
kehrte vor Anbruch des Morgens wieder zurück.
Einst da sie auch die Thür von ihrem Hause an-
gelehnt hatte, kam, wie damals in Venedig gewöhnlich, früh der Wecker an die Fenster, um
den Mägden zu sagen, daß der Backofen für den
Brodteig geheitzt wäre; und zog die Thür zu,
in der Meinung, es sey gestern Nachts vernach-
läßigt worden.

Blanka war mit ihrem Geliebten eingeschlum-
mert, und Beyde hatten sich verschlafen. Sie
fand die Thür verschlossen, ohne zu wissen, wie
es zuging, und erschrack. Eine alte Vertraute
hörte weder auf Pfeifen von Bonaventuri noch
Rufen.

Sie trug die Frucht der Liebe schon unter ihrem Herzen; auf freye Einwilligung ihrer Eltern durfte sie nicht hoffen: Bonaventuri mußte
mit ihr plötzlich sogleich nach Florenz durchgehen;
wo sie zu Anfang ein kümmerlich Leben führte,

und

Pisa, zu Ausgang des May.

Da sich mich nun schon am Hofe! Noch
aber bin ich wie ein fremdes Thier hier, wie ein

Q 5   Sper-

und die niedrigsten Arbeiten beym Vater ihres
Gatten verrichtete; sie hatten sich nun ver=
mählt.

Hier wurde hernach der junge Herzog gegen
sie entzündet, als er ihre Reize von ohngefehr
auf einem Spazierritt am Fenster erblickte; und
sein Hofmeister Mondragone, ein Spanier, und
dessen Frau machten die Unterhändler.

Der neue Liebhaber ernannte den Bonaventu=
ri zum Gardaroba maggiore, und schenkte ihm
einen prächtigen Pallast in Via Maggio, wo er
mit der Bianca in allem Ueberfluß lebte.

Als dieser aber sich bald zu übermüthig be=
trug: so ließ ihn der Herzog bey Nacht auf
der Straße ermorden, wo er sich noch tapfer
wehrte.

Ihr einzig Kind, eine Tochter mit Bonaven=
turi, wurde mit Ulyß Bentivoglio verheurathet
und reich ausgestattet.

Keine zwey Monate nach dem Tode der Jo=
hanne von Oesterreich, seiner Gemahlin, (einige

Jahre

Sperber unter dem zahmen Federvieh, das mit aller Macht herbey gelaufen und geflattert kömmt, wenn man ihm Futter hinwirft; und seine Eyer legt.

Ich hörte von einer neuen Art Olympischen Spielen, die in den Bädern sollten gehalten werden, und ging den Tag, der zum Fest an-
be-

Jahre nach dem gegenwärtigen Lauf dieser Ge- schichte) vermählte sich der Herzog mit Blanken in Geheim; welches er ein Jahr darauf allen Höfen bekannt machte. Nach Venedig sandt er den Grafen Sforza von Santa Fiore: und sie läuteten alle Glocken der Stadt, brannten die Kanonen ab, und erklärten die Bianca für vera e particolar figliola della Republica, e cio in considerazione di quelle preclarissime e singolaris- sime qualita, che degnissima la fanno di ogni gran fortuna. Das ist: erklärten sie für eigent- liche und besondre Tochter der Republick, und dieß in Betrachtung der glänzenden und außeror- dentlichen Eigenschaften, die sie vollkommen wür- dig jedes Thrones machten.

Sie wurde darauf als Tochter von Sankt Markus noch einmal öffentlich ihm angetraut. Aus einer gleichzeitigen Handschrift.

beraumt war, bey guter Morgenzeit von Lucca durch das fruchtbare Thal über den Berg.

Unentschlossen, wie von einem andern We= sen geleitet, wandelt ich herunter, und langte bey den Häusern an: mir widerstand die Luft, und ein geheimer Ekel hielt mich so ab, daß ich zusammenschauderte, und mir die Ohren bräusten: doch aber drang ich durch.

Ich hatte mich kaum im Wirthshause zu ei= nem Frühstücke niedergesetzt, als zwey von mei= nen ehemaligen Kameraden hereintraten, mich anstaunten, und mir um den Hals fielen; wir waren wie in einer neuen Welt bey einander, und mein Blut stürmte in Katarakten von meinem Her= zen. „Willkommen! willkommen Prospero! rie= fen sie; bleibst du bey uns? o du mußt bey uns bleiben! es soll dir wohl gehen, du hast uns im= mer gefehlt."

Mich freuten die natürlichen Aufwallungen, ihre Blicke schienen nicht erlogen, und ich ver=

gaß gleich zum erstenmahl das ἀπιστεῖν des Si-
zilianers *).

Ich antwortete ihnen bloß auf ihre Frage, daß ich nach Rom reisen wolle, und jetzt von Genua käme; und so eben in Lucca von ihrem Feste gehört hätte. Während dem überraschten mich noch verschiedne andre alte Bekannten, und sie ließen nicht ab, bis ich versprach, mit Antheil an ihren Spielen zu nehmen. Oeffentlich konnte man mir nichts zu Leide thun; ich war weder verbannt, noch hatt ich etwas gesündigt.

Ein Theil von ihnen machte darauf mit mir einen Spazlergang; und ich suchte, durch eingeleitete Gespräche mit diesem und jenem, nach und nach geschwind kennen zu lernen, was sich seit meiner Abwesenheit verändert hatte.

Zu Mittage speist ich in großer Gesellschaft; und bemerkte bald ein paar Spürhunde, die auf

mich

*) Epicharmos; Traue nicht! sagt er, dieß ist alles Gelenk der Klugheit.

mich ausgesandt waren; und führte ihre Nasen auf allerley Abwege. Das Völkchen war über« aus lustig, und witzelte und sang und scherzte; aber überall fehlte der edle Kern der Selbststän« digkeit, bis auf einen meiner alten Freunde Mazzuolo, der seinen Geist wunderbar gestärkt hatte: und wir theilten einander unsern Selen« jubel mit im Winkel durch Blick und Kuß und Händedruck und kurze abgebrochne Reden.

Nach ein und zwanzig Uhr kam der Herzog an mit seinem Gefolge von Pisa in den zu dem Feste besonders aufgepflanzten Zelten; und gleich darauf wurden die Spiele mit Trompeten und Paukenschall eröfnet. Das erste war ein Pisto« lenschießen, und der Preis ein herrlicher Spa« nischer-Hengst aus seinem Marstall. Der Mit« streiter waren mit mir sechszehn, lauter junge Leute aus den besten Häusern im Florentinischen, der älteste nicht über dreißig Jahre, und der jüngste nicht unter siebzehnen.

Sie

Sie baten insgesamt für mich um Erlaubniß mitzuftreiten, zumal da einer an der geraden
Zahl fehle, der plötzlich krank geworden war.
Der Herzog ließ mich in meinen Reisekleidern vor
sich, und sagte, nachdem ich ihm einen Lobspruch
wie einem andern Herkules gemacht hatte: es
gefall ihm, daß ich eben bey dieser Gelegenheit
von meiner langen Reise zurückkomme. Bianca,
die zugegen war, blickte mich an mit einer gros-
sen Neugierde, und tausend Fragen schwebten auf
ihren Lippen.

Du wirst dich verwundern über meine Kühnheit, und mich vielleicht für unbesonnen halten:
allein fürs erste reizten mich die Spiele selbst,
und mein ganzer Muht sagte mir, daß ich wenigstens in einem den Preis davon tragen würde,
da ich meine Gegenstreiter so vor mir sah; und
dann scheint es mir allemal zuträglicher, von
ohngefehr mit den Tyrannen der Welt Bekanntschaft zu machen, als durch lange Vorbereitungen,
wo die Cäremonien alle Natur ersticken.

Ich

Ich will dich nicht lange mit der Erzehlung aufhalten. Wir schossen mit Pistolen zu Fuß und zu Pferde; und ich traf allemal bey weitem das Ziel, vierzig Schritt entfernt, am besten. Es war außgemacht, daß im andern Falle die zwey ersten Schützen noch einmal um den Preis kämpfen sollten; dieß unterblieb also, und die Adriatische Zauberin überreichte mir den Zügel des stolzen jungen Rosses mit diesen Worten: „seyd auch so treflich im Streite, wo es das Leben gilt, fürs Wohl des Vaterlandes." Ich sah sie an mit einem kühnen Blick, und wieder schamhaft, und berührte ihre schöne Hand wie in der Zerstreuung zärtlich mit den letzten Fingern der meinigen, und antwortete: „o wäre schon die Gelegenheit da, euch, o Wunderfrau, und demselben meinen Eifer zu zeigen!"

Darauf wurde aus freyer Hand mit Büchsen nach der Scheibe geschossen, zweyhundert Schritt weit, und Mazzuolo kam dem Mittelpunkte vor mir näher; ich hatte hier mein eigen Gewehr nicht. Der Preis bestand in einem andern

dern Neapolitanischen Hengst und einem schönen
Jagdhunde.

Den andern Tag waren die Fechterspiele.
Erst fochten acht Paar nach dem Lose; einzeln
jedes Paar. Die den Stoß beybrachten, machten dann wieder vier Paar; diese vier alsdenn
zwey, bis endlich eins und einer allein der Sieger blieb.

Die Herrchen fochten mit vieler Zierlichkeit,
und sagten ihre Lectionen her; ich aber gewann
ihnen mit einem gegenwärtigen Auge und fast
lauter geraden Stößen, womit ich in ihre Gauke-
leyen hineinfuhr, den Preis ab; dem letzten und
geschiktesten schlug ich zweymal mit starken un-
höflichen Paraden das Rappier aus der Hand,
setzte ihm alsdenn noch obendrein nach einer Se-
cundenfinte eine Quart über den Arm gerad auf
den rechten Piez, so daß der schwarze Fleck eine
vollkommne sichtbare Finsterniß auf seiner Weste
machte.

Für dieses Probstück gab mir Isabella, die
Geliebte meines Vaters, einen goldnen mit Stei-

nen

ten besetzten Degen; und mir schwellte die Hand von Grimm, wie ich ihn am Griffe faßte:,, Tapfrer, sprach sie leise zu mir mit blitzenden Augen und Honiglippen, ziehe stolz damit wieder in Florenz ein, und trag ihn mir zum Angedenken.‟

Den dritten Morgen, nachdem Bianca sich gebadet hatte, war Wettlauf in sandiger Bahn, und Abends Ringen, wovon Mazzuolo und ich ausschieden, um weder aus Höflichkeit uns überwinden zu lassen, noch den andern vielleicht auch diese Preise wegzunehmen, und so die allgemeine Freude zu stören. Und damit es uns kein stolzes Ansehen gab, schieden noch mehrere davon aus. Zu Elis hätten wir dieses nicht nöthig gehabt; aber man merkte noch außerdem, daß wir uns nicht in Griechenland befanden: der Olivenkranz wäre mir lieber gewesen, als Roß und Degen, sie blieben immer eine kindische, thrannische und sklavische Belohnung.

Mir überlief die Galle, wie ich Abends zu Pisa einritt, und sehen mußte, daß man mehr das Pferd und den Degen, als mich betrachtete;

R

und

und warlich nicht etwa deßwegen, weil ich auf
meine Person eitel wäre, sondern daß die Nazion
seit weniger als hundert Jahren so den gros=
sen Sinn verlor, wodurch sie sich in den Zeiten
der Freyheit auszeichnete.

Mit einem Wort: eine Weiberanstalt. Bian=
ca wollte dem Herzog eine Kurzweil machen, und
zugleich den jungen Adel von Florenz sich verbinden; an einen andern Zweck wurde wenig
dabey gedacht, denn wenn man im Ernste daran
gedacht hätte: so wär alles unterblieben.

So sieht man oft bey einer Ausführung ohne
Gedanken, daß Fürstin und Fürst etwas Gutes
in einem Buche mag gelesen haben.

Ardinghello.

Pisa, Junius.

Ich werde die Güter meines Vaters wieder
erhalten, Bianca hat es mir versprochen, mit welcher
ich oft im Gespräch bin; und dieß ist mir sichrer,
als ob es mir der Herzog selbst versprochen hätte.
Sie ist wirklich ein reizendes Weib, voll Schla=

heit

heit und Verstellung, weiß das Leben zu genies-
sen, und führt bey ihrem Honig einen scharfen
Stachel. Sie macht Venedig, der hohen Schule der Weiber, gewißlich vor einer großen Anzahl Ehre; und es ergötzt sie, daß ich dieß so
gut kenne. Das gefällige Wesen, das sie dabey
hat, wie alle vorzügliche Personen ihres Geschlechts, wärmt und erheitert mich sehr angenehm. Sie weiß sich wie die meisten ein wenig
viel mit ihrem Spiegel; und dieß muß man be-
nutzen.

Auch der Herzog will mir wohl, vermuthlich
durch Sie. Ich habe schon verschiedne mahl mit
ihm Schach spielen müssen, worin er sich einbil-
det ein großer Meister zu seyn. Ich verlor mit
Fleiß das erste Spiel, und gab ihm Gelegenheit
zu seinen Zügen, die meine Stellung sehr spann-
ten; doch macht ich ihm seinen Sieg noch sauer,
welcher ihn dann höchlich freute. Das zweyte
Spiel dreht ich so lange, bis keiner mehr gewinnen konnte; und überließ ihm wieder das dritte.
Beym vierten und fünften aber macht ich den

Herrn

Herrn Schachmatt in einer Reihe von Kettenzü-
gen, rühmte seine Geschicklichkeit, und entschuldigte ihn mit kleinen Versehen. Bis an den zehn-
ten und zwölften Zug und in die Mitte spielt er
in der That vortreflich, hat pünktliche Erfahrung,
und man muß bey jeder Art von Spiel wohl auf
seiner Hut seyn; aber bey den Ausgängen, was
eigentlich nur Freude macht, und tief verwickelte
Mannigfaltigkeit hat, haperts.

So weit ging es nun alles gut; aber Isabella ist in mich verliebt! mir sagen es ihre wollü-
stigen Augen, und das Herneigen ihrer Seele,
wenn ich in ihre Gesellschaft komme. Sie hält
wie ein Lämmchen, und scheint zwischen Bluts-
freundschaft und andrer Liebe, gegen die Gesetze
des Judenlykurgs, keinen Unterschied zu machen;
oder die erstre dünkt ihr vielleicht ohne diese ein
leerer Name, wobey Niemand vom Ursprung
an einen sinnlichen Begriff habe. Und ihr Vater und ihre drey Brüder lebten so mit ihr nach
der allgemeinen Rede. Stammen sie etwa wie
Alexander der sechste und deße Söhne und Lu-

krezia

Trezia von einer besondern Menschenart? Es mag Fehler der Erziehung seyn, oder von dem Mord herrühren: mir kömmt es abscheulich vor, und ich werde zuverlässig mit ihr keinen Bastarden vom Magus zeugen.

Ich finde hier eine gute Schule, den Menschen zu studieren, wo er in verschiednen Punkten seine Vorurtheile abgelegt hat, und bloß nach seiner innern Natur lebt; schier wie unter den Imperatoren Claudius und Nero. So viel ist wenigstens richtig, man trift unter ein Dutzend Personen von beyderley Geschlecht beysammen, wie in wohlgeordneten Staaten, kaum drey oder vier an, die jederseits Pein litten, wenn sie sich einander helfen könnten. Sorgten nur die Gesetze für die Folgen, wie in Sparta!

Mit klopfender Sehnsucht hoff ich auf Nachricht von euren Gewässern.

Prospero Frescobaldi.

Ardinghello schien mir schon von dem Wirbel des Hofs ergriffen, und mir war bange vor den Gefahren, die ihn umgaben. Ich glaubte,

R 3

daß,

daß, was ihm so schnell und heftig auf einander begegnete, sein junges Gemüth in etwas aus seiner Grundverfassung gesetzt habe; und rief ihm zu als warmer Freund von fern unter manchem andern:

„Kein hoher Geist, der frey seyn kann, verpflichtet sich an den Hof eines Despoten; er erwählt lieber Wasser und Brod. Bey einem schlechten Fürsten kann keiner ausdauern, ohne schlechte Streiche zu begehn: es ist platterdings nichts anders zu thun für einen Edeln, der sich retten will, als zu fliehen. So hätte Seneca unter dem schicklichsten Vorwand erst Agrippinen, und dann den Nero verlassen, wenn er ein Stoiker, wie sich gebührt, hätte bleiben wollen. Allein es gefiel dem Herren zu herrschen: er blieb bey den Tygern, und duckte sich unter ihre Klauen.

Ich erinnerte ihn an seine ehemaligen republikanischen Gesinnungen, warnte ihn vor den Ausschweifungen in der Liebe; und beschloß mit der Nachricht, die ihm so freudenvoll seyn mußte,

daß

daß Cäcilia schon vorigen Monat auf dem Landgut ihres Vaters am Lago di Garda von einem
gesunden und starken Knäblein ohne lange Mut-
terwehen glücklich entbunden worden sey; und ich
mich nun wieder in der Nachbarschaft befinde, wo
unsre Freundschaft so frisch und mächtig aufgrün-
te, und in unsern Herzen unzerstörliche Wurzeln schlug. Er könne nun alles einlenken,
sein Leben in Zukunft sich äußerst angenehm zu
machen.

Florenz, Julius.

Deine zärtliche Sorge für mein Heil rührt mich
bis ins Innerste, und die Nachrichten von Cäcilien freuen mich herzlich: allein die Zeiten meiner
Ruhe, des glückseeligen Maulwurflebens sind noch
nicht gekommen.

Ich verstehe alles, was du sagst; nur möcht
ich das Blätchen umwenden, und behaupten; bey
einem treflichen Fürsten kann keiner ausdauern,
ohne schlechte Streiche zu begehen. Die Sokra-
tische Philosophie hat den Fehler, daß sie fast

R 4

alles

alles auf den Nebenmenschen und die Gesetze des Staats bezieht, und nichts an und für sich betrachtet; welches natürlicher Weise allemal vorgeht. Nach der Meinung des alten Patrioten, der doch den Schierlingsbecher zu seinem eignen Besten ausleerte, wäre nur der Löwe gut und schön, der seinen Atheniensern Hasen fing. Nero, der zwar immer im Taumel lebte, und selten klar sah und bey Ueberlegung, hat wenigstens damit der wahren Politik ein Ziel gesteckt, daß er sagte: keiner habe so wie er vor ihm verstanden zu herrschen. In der That zeigt die Geschichte des Decemvir Appius mit der Virginia die Einfalt der damaligen Zeiten, und Sylla, Augustus und Tiberius sind schon Virtuosen dagegen im Despotismus.

Mit der Idee von einem vollkommnen Staate kann man leider geschwind fertig werden als der Wirklichkeit; da legen Grund und Boden, Ursprung und Geschichte des Volks, gegenwärtige Stärke an Leib und Seele, dessen Glauben, Meinungen und Sitten und Nachbarn unüberwindliche

Schwie

Schwierigkeiten in den Weg, und kommen lauter unbezwingliche borstige Ungeheuer zum Vorschein. Hier hast du kurz mein Glaubensbekenntniß; und ich will dir reinen Wein einschenken.

Man betrachtet eine Gesellschaft von Menschen, die man einen Staat nennt, am besten als ein Thier, das von innen Kräfte, Proporzion aller Theile haben und gesund seyn muß, und volle Nahrung, um für sich auf die Dauer zu existiren, und glücklich zu seyn: und von außen Stärke, Erfahrung und Klugheit, um sich gegen die Feinde zu erhalten; denn alles von außen, wie Kindern bekannt, ist Feind.

Das Wohl des Ganzen ist das erste Gesetz, wie bey jedem lebendigen Dinge; und jede Staatsverfassung, wo nur ein Theil sich wohlbefindet, oder gar abgesondert wäre, ist ein Ungeheuer, eine Mißgeburt.

Ein Despot also, das ist, ein Mensch, der ohne Gesetze, die aus dem Wohl des Ganzen entspringen, über die andern herrscht, bloß nach

sei-

seinem Gutbefinden, ist kein Kopf am Ganzen des Staats, sondern ein Ungeziefer, ein Bendelwurm im Leibe, eine Laus, Mücke, Weßpe, das sich nach Lust an seinem Blute nährt; oder will man lieber: ein Hirt, weil doch dieß das beliebte Gleichniß ist, der seine Schaafe schiert und melkt, und die jungen Lämmer schlachtet und die fetten Alten, wahrlich nicht zu ihrem Besten, sondern zu seinem Besten.

Der Staat ist endlich ein Thier, das seine Gesetze hat, weder von Kühen noch Schaafen, sondern von der Natur des Menschen, weil er aus Menschen besteht; und kein Mensch ist so über andre, wie ein Hirt über seine Heerde. Ein vollkommner Staat muß ein Thier seyn, das sich selbst nach seiner Natur, seinen Bedürfnissen und Erfahrungen regiert, wie ein Ulyßes für sich nach den Umständen und gegen andre.

Eine reine Aristokratie, wo mehrere beständig herrschen nach ihrem Gutbefinden, ohne Gesetze aus dem Wohle des Ganzen, nur mit Gesetzen für ihr Wohl, die sie nach Belieben ändern, ist

eine

eine vielköpfige Hyder von Despotismus, viel Ungeziefer auf dem Leibe statt eines.

Ein Staat von Menschen, die des Namens würdig sind, vollkommen für alle und jede, muß im Grund immer eine Demokratie seyn; oder mit andern Worten: das Wohl des Ganzen muß allem andern vorgehn, jeder Theil gesund leben, Vergnügen empfinden, Nutzen von der Gesellschaft und Freude haben; der allgemeine Verstand der Gesellschaft muß herrschen, nie bloß der einzelne Mensch.

Diese Lage aber zu erhalten, dazu gehört ein durchgearbeitetes Volk, das sich selbst, seine' Kräfte und sein Interesse kennt, und sich in einen Punkt vereinigen kann; und selten ist einer, der an der Spitze steht, aus Liebe oder Gewalt, im Stande, eine andre Verfassung in eine solche umzuändern, geschweig ein Philosoph auf seinem Studierzimmer. Die ursprüngliche Ungleichheit der Menschen, und die daraus entspringende äußerliche Ungleichheit der Besitzungen und der Gewalt und des Ansehens machen noch überdieß den gordischen

dischen Knoten, der durch keine Vernunft an und für sich, ohne Rücksicht auf die jedesmalige Verfassung, aufzulösen ist. Nur ein Dichter kann auf einmal Tausende und Millionen von Menschen wie überein gedrechselte Maschinen in einen Raum, wo kein Grad der Breite von Europa, Afrika, Asien, und Amerika ist, hinstellen und in beliebige Ordnung bringen.

Was für Mühe kostete es nicht dem Römischen Volke, das in dieser ersten Kunst über alle Nazionen hervorragt, ehe es sich von der Gewalt der Könige losmachte, und hernach durch seine Tribunen die Aristokraten bändigte? O es ist dem Menschen so süß, über andre zu herrschen, deren Knaben und Töchter und Weiber sich aufwarten zu lassen, ihren besten Wein zu trinken, ihre besten Früchte, ihr bestes Gemüß und Fleisch zu schmausen, sie im Sonnenbrand arbeiten zu sehen, und selbst in kühlen Schatten faullenzen, sie unter den Schwertern und dem donnernden Geschütz der Feinde zu wissen, wenn junge zarte Dirnen ihm sorgsam die Fliegen wegwedeln! Je-

der

der will dazu Recht haben, und göttliches Recht haben, sobald er im Besitz ist, und ließ eher den letzten Kopf von allen seinen Unterthanen, Vater und Sohn, Mutter, Bruder, Schwester, Tochter über die Klinge springen, die es rebellisch leugneten, und befände sich lieber allein in einer Wüste zwischen der Pest der Hingerichteten, als daß er, zum Exempel einem Rom gestattete, außer seiner Unterjochung das erste Volk der Welt zu seyn. Dieß ist in der Natur; so elend ist der Mensch; alle unsre Moral ist gemacht, und steht nur in Büchern: lehrt es nicht alle Geschichte?

Dasselbe thut man um Herrschaft zu erlangen, und düngt die Felder mit Bürgerblute; du kennst die Verse des Euripides, die Cäsar im Munde führte.

Sie haben allerley Blendwerk von Beschönigung ausersonnen, worunter das täuschendste ist, dem Staate Ruh und Ordnung zu verschaffen, und behende Stärke zu geben; und sie stellen sich an, als ob sie nur dessen erste Diener wären, und große Lasten auf sich trügen. Wie ist aber, einer Bedienter, dem Niemand besieh't, der keinen Herrn über sich erkennt! Wie ist einer Bedienter, der nach Gutbefinden Gesetze macht und giebt, und keins annimmt? nach Willkühr ohne Gesetze straft? Gesetzt auch, Ruh und Ordnung; ist dieß Glückseligkeit? im Kerker ist auch Ruh und Ordnung.

Behende Stärke? Xerres erfuhr sie anders von den Themistoklessen der Griechen; und die Dictatoren der Römer, die Kamille sind andre Leute, als vielleicht je einer unter ihnen war, und kosteten sicherlich weniger zu unterhalten. Doch wenden wir unsre Ohren ab von diesen Larifari, die Sache springt von selbst in die Augen. Kein Tyrann wird wohl je so ein Narr seyn, und sein Sklavenreich einem freyen Rom, Athen oder Sparta vorziehen, strahlende Namen durch alle Zeitalter; allein wenn er gescheidt ist, und mit einem Gescheidten unter vier Augen spricht, ganz etwas anders behaupten; etwa folgendes:

„Jedes Wesen darf von Natur um sich greifen, so viel es Macht hat, es sey unter seines

Glei-

Gleichen oder andern Dingen. Du zürnst, daß du gehorchen mußt? gehorche nicht, wenn du kannst! und du erhältst ein ander Recht. Daß ich, Sultan, zu Konstantinopel herrsche, da es mir Millionen und Millionen Sklaven erlauben, wie nimmst du das mir übel? willst du über nichts herrschen? ist nicht jeder Mensch ein Sultan, wenn er kann, nicht jeder Stier und Hirsch? die Verständigen werden freylich nie gehorchen, wenn sie nicht müssen. Gehorchet nicht, wenn ihr könnt, so lange bis ihr alle Herren seyd: und euer Staat ist die Vereinigung des reinsten Ganzen, eine Sonne, wo jeder Theil Licht hat und flammt und brennt, und einer den andern verstärkt und entzückt, und alle insgesammt dann fremde träge Erdenkörper zum Leben erwecken, wie jetzt allein Ich."

Es ließ sich vielleicht hierauf auch immer antworten: „daß der Löwe minder starke Thiere zerreißt, und ihr Blut aussaugt, ist nun freylich einmal so in der Natur, und erhält ihn und macht ihn glücklich. Daß du Sultan aber über

Mil»

Millionen herrscheſt, iſt Stelzenwerk, und macht dich im Grunde unglücklich; denn du lebſt nur im Traum und Nebel, ohne eigentlichen Genuß. Der Zufall hat dich oben an geſchleudert, und nicht deine Kraft hingeſtellt. Du füllſt deine Sphäre nicht aus, und biſt immer in einem ohnmächtigen Streben, Gefühl von Schwäche; haſt den Anſchein von Held und Sieger, und das innre von einem niedergetretnen Ueberwundnen!" und ſo weiter, wenn man ohngeachtet aller Traulichkeit Luſt hätte, auf der Stelle geſpleßt zu werden.

Um zum Beſchluß hiervon nach der Schule noch zu reden: ſo theilt man die Staaten ein in Demokratien, Ariſtokratien, und Monarchien; und ſagt, jede Verfaſſung ſey ſchier gleich vortreflich, wenn die Menſchen gut da wären, das iſt: wenn jeder, oder doch diejenigen, welche regieren, die andern lieben, wie ſich ſelbſt, und ihr Wohlſeyn nur in dem des Ganzen finden; und führt zu Beyſpielen an Athen nach dem Piſiſtrat, Rom nach der Vertreibung der Könige und

und den Theseus und Cyrus und Romulus aus den dunkeln Zeiten der Fabel.

Weil aber ein böses principium im Menschen stecke, und der reine Geist nicht allein in ihm herrsche, welches alle die Schlechtigkeiten bewiesen, die sonst unerklärlich blieben: so habe jede von diesen glückseligen Verfassungen nur äußerst kurze Dauer, und arte bald entweder in Tyranney aus, denn fast allemal folge auf einen raren weissen Raben Marc Antonin eine Menge Commodusse, oder in Oligarchie, wie nach den Scipionen und Gracchen in Rom unter dem Marius und Sylla, Pompejus und Cäsar; oder Anarchie und zügellose Frechheit. Und in Betrachtung der Natur dieser Dinge schmieden sie denn einen Staat zusammen, der aus allen dreyen Verfassungen zugleich besteht, und erhalten ihn unsterblich und ewig vollkommen durch ihre Gesetze, als ob das Leben sich fest halten ließe besser als Metall und Holzwerk bey Maschinen! Inzwischen sind solche Ideale der Vollkommenheit von scharfsinnigen und erfahrnen

Män-

Männern äußerst ersprießlich und verdienen war=
men Dank, und hohen Ruhm und Preis, ob ich
mich gleich lieber an Rom und Sparta halte,
den edelsten und vollkommensten Greisen unter
allen Staaten, die wir kennen, und die vielleicht
je gelebt haben. Jeder, der in der bürgerlichen
Welt sich herumschlägt, und da und dort groß
und herrlich und menschenfreundlich wirken will,
oder irgendwo an der Spitze steht, les' ihre Ge=
schichte, und denke sie tief durch mit einer Seele
voll Erfahrung: und sie wird ihm ganz ander Licht
gewähren, als auch die besten Maaßregeln eines
einzelnen Politikers.

Einem Tyrannen den Dolch ins Herz: ändert
allein noch keinen Staat um, wenn er nicht reif zu
einer bessern Verfassung ist, das göttliche Wesen,
und wenn es sich auch lauter und rein erkennt,
als es von seinem Ursprung gekommen ist, muß
sich überall nach der Materie bequemen, wohinein
es vom unerbittlichen Schicksal getrieben fuhr.
Einer, der aus beyden Brutussen zusammengesetzt
wäre, würde nun bey uns immer als Pöbel her=

um=

umgehen, wenn er ohne Hofnung sich selbst immer gram bleiben könnte.

Unsre Tarquine hatten wir schon verjagt,
allein sie wurden uns von einer unendlich größ-
sern Macht, als der des Porsenna, wieder auf-
gebunden, und unsre innerliche Einrichtung war
bey weitem noch nicht so wie die Römische zur
Republik gediehen; und noch außerdem war der
heidnische toskanische König gewiß ein beßrer
Mensch, als der orthodoxe Karl der fünfte.
Dieser voll Ehrgeiz und kalter List und Schlau-
heit ohne eigentlichen weitsehenden Verstand kam
zu früh zur Regierung von großen Reichen, um
ein Mann von natürlichem Gefühl bleiben zu
können. Er ging übrigens noch auf dem Welttheater mit den Menschen um, wie hernach in der
Einsamkeit mit seinen Uhren; und es gehörte ein
Sturm von Leben wie beym Rückzug von Algier
dazu, und Untergang und Verderben mußten gräßlich vor Augen liegen und seine eigne Person ergreifen, bevor sein Herz in wärmere Wallung
gebracht und gegen fremde Noht empfindlich wur-

 de.

de. Gebohren zu Anfang des Jahrhunderts hat er mit wunderbarem Glück die ganze erste Hälfte desselben durchgeherrscht; und alles mußte gewissermaßen sich in seinen Ton stimmen. Unsre Freyheit und die Glückseeligkeit von Millionen künftiger Seelen vernichtete er so ganz, ohne Gefühl, wie ein Vogelsteller einem Grasvogel im Garn die Brust eindrückt.

Es bleibt uns nun nichts anders übrig, nachdem der eiserne Arm mit Gericht und Beil über uns vereinzeltem buntem Haufen schwebt, der sich nicht mehr vereinigen kann, als daß einer des andern innerliche Kraft im Vertrauen klüglich anrege, und wenigstens den einen großen Grundsatz auf die sinnlichste Weise ausbreite, daß der Staat der beste sey, wo alle überhaupt, und die Bessern, und der ausbündige Vortrefliche bey den Vorfallenheiten ihre Rechte genießen; und daß man dabey nicht allein auf glückliche Zeiten hoffe, sondern dieselben herbeyleite. Unter dem Cosmus hat der Despotismus schon zu tiefe Wurzeln gefaßt, und sein Sohn mag so

schwach

schwach seyn und immer mehr schwach werden als er will: so läßt er sich sogleich nicht ausrotten.

Ich für mein Theil darf mich jedoch wenig über Franzen beklagen: er hat mir nun meine väterlichen Güter wieder gegeben, in besserm Stand als sie waren, und, um mich sich desto mehr zu verbinden, noch eine kleine Dichterische Villa dazu geschenkt, nahe bey Cortona, mit der reizenden Aussicht über das fruchtbare Thal der Chiana und den Thrasimenischen See; und mich zugleich zum Oberaufseher aller seiner Kunstsachen, Schlösser und Gebäude angestellt. Freylich wenn ich Isabellen sehe, flammen nichtsbestoweniger immer aufs neue rächerische Blitze von meinem Herzen.

Meine Tante, und der Kardinal Ferdinand *), der ein ganz andrer Mann ist, scheinen sich das Leben sehr froh zu machen; so wunderbarlich laufen die Begebenheiten in einander.

Wegen meiner Ausschweifungen in der Liebe brauchst du nicht sehr bange zu seyn; der hat

S 3   ge-

*) Bruder des Großherzogs.

gewiß ein verwahrlostes Haupt, der nicht bey= zeiten erkennt, daß die Gesundheit der Grund und Boden aller unsrer Glückseeligkeit ist, ohne welchen kein Vergnügen bestehen kann; und über= haupt, daß volle Existenz das höchste Gut in der Welt ist, und alles andre dagegen nur Freude von kurzer Dauer.

Ohnerachtet dieser Grundsätze schweb ich vom neuen in Götterwonne mehr als jemals. Ich war noch keine funfzehn Jahr, als ich mit einem kleinen Engel aus der Nachbarschaft, noch unter meinem Alter, eine Tochter zeugte. Meine El= tern vermittelten, verbargen und bemäntelten die Sache mit der Schwiegermamma, der hin= terlaßnen Wittwe von einem Buchhändler, so gut als es geschehen konnte. Meine Geliebte ward in ein Kloster gethan, und den Augen der Leute so entrückt, und die Frucht der Unschuld mit lächelnder Zärtlichkeit erzogen.

Ich habe beyde wiedergefunden. In einem Garten voll Blumen aus einem Traubengeländer flog Emilia auf mich, und hing an meinen Lip=

pen

pen, an meinem Herzen mit tausend neuen Rei=
zen; und führte mir behende dann das süße Ge=
schöpf zu, das liebkosend mit ausgestreckten Ar=
men nach mir aufsah und Vater! Vater! ent=
zückend mir durch Mark und Bein frohlockte.

So bald ichs möglich machen kann, reis' ich
zu euch, ich muß Cäcilien selbst sehen und spre=
chen, mit Briefen ists nicht gethan; und du be=
gleitest mich dann hieher.   Wir wollen wie in
einem Paradiese leben.   Frescobaldi.

Cäcilia an Ardinghello.

Nur die Liebe zu dir hat mich erhalten.
O, daß ich nicht bey dir bin! welch ein Gegen=
stück zu unsrer bangen furchtbaren Trennung!
Aber noch ist mir die Sonne der Freude nicht
ganz aufgegangen; doch weiden sich meine Blicke
an ihrer lieblichen Morgenröthe, und schon wall
ich auf den purpurnen östlichen Fluhten entgegen
ihrem blendenden ersten Feuer.

O du mein Alles, Licht und Leben und Hei=
terkeit meiner Seele, wann werd ich mich wieder
                            um

um dich winden? mich in dich verwandeln, nur voll von dir, nichts mehr, dein unaussprechliches entzückendes Selbst seyn?

Wie eine Rebe den Ulmbaum werd ich dich umflechten, und die süße Traube soll dich schmükken.

Hand in Hand wollen wir nun die Gestirne blinken und den Mond aufgehn sehen, im kühlen erquickenden Geflüster der bewegten Zweige, ohne Furcht bey der Nacht; und uns laut küssen und unsre Wonne girren zwischen Rosen gelagert unter dem hohen Ahorn, worin die muntern Philomelen seufzen und zwitschern und schlagen.

Lange lebt ich eine Gefangne, mit schrecklichen Phantasien und Träumen: nur du, nur du, mein Abgott, und wär ich auch ein Vogel in den Lüften, bist in der weiten Welt meine Freyheit.

Fulvia an Ardinghello.

Größter und strahlendster Diamant von allen jungen Rittern!

O wär ich so die schönste und größte Perle! nur deinetwegen.

Fortuna und Victoria halten nun den Rosen und Lorbeerkranz über deinen Scheitel verschlungen hinten auf deinem Triumphwagen: aber ich war auch glücklich! die glücklichste unter den Weibern. Jene Königin der Amazonen mußte den Ueberwinder von Asien aufsuchen: und du kamst zu mir, Genua zu verherrlichen; und den schwachen kraftlosen Stamm, womit ich vermählt bin.

Ich trage mit üppiger Hofnung die Frucht unter meinem Herzen, und sie beginnt zu reifen. Die Parzen selbst haben ihr künftig Leben aus deinem Munde gesungen. Die Korsaren und das Mißtrauen meiner Verschwägerten machten, daß ich noch unverdorben in deine Arme kam.

Dir fehlt zum König aller Könige nichts als ein Konstantinopel, ein Jspahan.

 Flo-

Florenz, September.

Man muß das Eisen schmieden, weil es warm ist. Wir, Bester, haben es mit einander abgekartet, und den Minister gestürzt, ehe er sichs versah. Es war mit dem alten Ziegenfüßler ohne Bestechung nichts anzufangen, und er hat uns Tort und Drangsal genug angethan. Wir sind jedoch säuberlich mit ihm verfahren, und er darf in Einsamkeit und Muße noch seine Beute über= zehlen. Die Kammerjungfer der Bianca, und der Kammerdiener des Großherzogs schlugen ihm für eine Summe Zecchinen das Bein unter; das ist: sie brachten ihm aus den Morgenstunden falsche, ganz entgegengesetzte, und doch fein und wahr= scheinlich erdichtete Nachrichten von dem, was man gern sähe: und er plumste hinein. Wir war= fen bey der Gelegenheit noch einige Lächerlichkei= ten auf ihn und empfohlen unvermerkt den, wel= chen wir an seine Stelle wollten.

Ich hätte den Posten vielleicht für mich er= obern können; aber ich mocht ihn nicht. Auch bey einem wackern Fürsten, dem ein schlaues Weib

ge=

gelüstet, kömmt der treflichste Mann zu kurz; er hält ihn mit seinen allerweisesten Rahtschlägen doch nur immer bey den Ohren: und die reizende Kreatur, mit geringerm Aufwande, weit stärker anderswo in Nektarsüßen Banden. Ueberdieß mußt ich scheuen, bey erster Gelegenheit ein Opfer der Eifersucht zu werden. Der neue läßt sich gut an; er scheint ein Mann von Kopf, und hat Aufwallungen von Muht, doch merk ich Winkelzüge. Wir wollen sehen, wie lang er aushält: noch ist er dem Zauberfelsen der Sirenen nicht vorbey, und seine Scylla und Charybdis durch, und an seiner Stelle werden die mehrsten bald über einen Leisten geschlagen. Jetzt gefällt er sehr der Bianca und dem Fürsten. Es war eben kein beßrer da.

Ich hab ihn beredet, sogleich in der Stadt und auf dem Land einige neue Anordnungen einzurichten, die ersprießliche Folgen haben dürften.

Fürs erste ist die Anzahl der täglichen Lehrstunden in den öffentlichen Schulen vermindert, das bloß leere scholastische Geschwätz, so viel möglich, daraus verbannt; und es sind andre wackre Meister

ster in verschiednen Fächern mit guten Besoldun=
gen angesetzt worden.

Die Geschichte von Florenz und dessen bürgerli=
cher Verfassung wird nun gelehrt, woran man
nicht mehr dachte, nebst der von Griechenland und
Rom, nach kurzen einfachen vorläufigen Begrif=
fen von menschlicher Gesellschaft überhaupt.

Alsdenn die Naturgeschichte des Landes; mit
sinnlicher Anzeige dessen, was der Boden gut
hervorbringt, am besten zum Lebensunterhalt
dient, und am besten verkauft wird. Noch über=
dieß sollen die Zöglinge während der Ferien bey
den Wallfahrten alles an Ort und Stelle in eig=
nen Augenschein nehmen.

Ferner haben wir den Festen und Spielen
der Jugend einen edlern Zweck zugesellt; und man
wird nun Schwert und Schießgewehr mit Leich,
tigkeit bey Beleidigungen gebrauchen lernen. Zu=
gleich sind sie unvermerkt Gelegenheit, daß der
Kern der Mannschaft sich geschwind vereinigen
kann, wenn es die Noht erfordert. Alle Woche
ist in den Städten und wichtigsten Flecken eine

Fecht=

Fechtakademie und doppelte Ehrenpreise, weil die Verdorbnen die Belohnung doch gleich in der Hand haben müssen; und in Stadt und auf dem Lande wird eben so nach dem Ziele geschossen.

Und endlich sind nun für Knaben und Mädchen öffentliche Musikschulen, und Tanz= und Zeichnungssäle; was ist Leben ohne Freude?

In das Seewesen hab ich mich noch nicht einmischen können. Mehr ist nicht möglich, für jetzt zu thun: so ist das Volk schon gesunken.

Unser junger Monarch ist übrigens leicht zu leiten; und er findet, obgleich nicht ohne gute natürliche Anlagen und manche helle Blicke, doch dieß, aus einer sonderbaren Schwachheit selbst zu handeln, fast immer das beste, was der letzte Wohlredner ihm entschlossen verträgt.

Aeußerst selten thut er etwas aus sich: Hülfe und Gesellschaft muß er überall haben.

Gewohnheit ist eine schreckliche Tyrannin! die Quelle des Uebels liegt darin, daß die bequem=

lich

lich gewordnen Romulusse und Cäsarn durch blosse Geburt von Kindheit an bey der geringsten Kleinigkeit bedient werden, und hernach Maschinen sind, von einer Menge Leuten zusammengesetzt, nie ganz und unabhängig, eher Schnecken und Schildkröten, als Adler in den Lüften, die sie doch seyn möchten. Bauer und Bettler haben mehr Gefühl eigner Existenz als sie, und genießen größre Glückseeligkeit.

Noch ißt und trinkt er gern etwas gutes; und er hat seine Zunge im Geschmack so ausgebildet, wie ein großer Tonkünstler sein Ohr, und ein Correggio sein Auge. Auch läßt er die besten Reben kommen von Osten und Westen, und pflanzt sie an in Toskana; und dieß verdient gewißlich allen Dank. Die Zunge ist der Maaßstab seiner Gesundheit: wenn sie nehmlich gerade das Mittel hält zwischen trocken und feucht, befindet er sich am besten. Süß und Bitter unterscheidet er nach allen Graden, wie Licht und Finsterniß mit ihren Farben.

Frescobaldi.

Rom,

Rom, October.

Ich bin mit dem Kardinal hieher gereist, um Kunstsachen zu kaufen, und in Ordnung zu bringen; und streiche nun herum wie eine Flamme, so ist alles bey mir in Bewegung.

Wer Rom in seinen Ruinen und seiner Versunkenheit ganz fühlen wollte, müßt ein neuer und doppelt und dreyfach großer Marius auf den zerstörten und zerfallnen Kaiserpallästen des Monte Palatino sitzen. Kein Mensch auf dem heutigen Erdboden vermag dieß; alles ist dagegen zu klein, was herkömmt und was da ist. Meine Thränen rinnen auf die heilige Asche der Helden, und ich schaudre zusammen in der Unwürdigkeit, wozu mich das Schicksal verdammt hat. Welch ein Glück, bey seiner Geburt in ein Rom zu den Zeiten der Scipionen auf die Welt geworfen zu werden! aber dieß kann Niemand mehr begegnen.

Wer sich eine Idee von der Römischen Gegend machen will, muß sie an einem heitern Morgen oder Abend auf dem Thurme vom Kapitol

tol sehen. Weit, voll großer reiner Gegenstände, ein entzückend Stück Welt, zu handeln und wieder auszuruhn, ist sie; schöne Hügel, fruchtbare Flächen, ferne Ketten, kühl Gebirg, und das unermeßliche Meer in der Nähe zum leichten Ausflug in alle Nazionen. Und wie stolz und königlich nun Rom in der Mitte liegt auf seinen freundlichen mannigfaltigen Höhen, an der Schlangenwindung des Tyberstroms, als stark anziehender Vereinigungspunkt! Zeigt mir eine andre Stadt in der Welt, im herrlichen Europa, von wo aus man dasselbe, und Afrika und Asien so bequem beherrschen könne, gerad im mildesten menschlichsten Klima zwischen Hitze und Kälte!

Es bleibt dabey; Luft und Land macht den Hauptunterschied von Menschen; alsdenn kömmt Zufall und die Kette der Begebenheiten, Neuheit und Ablebung; alles geht im Kreis und Taumel, und die Bewegung läuft immer fort. Es kann nicht fehlen, jede Gegend stimmt mit der Zeit die Seelen der Einwohner nach sich. Rom ist weit, glänzend, und groß in prächtigen Fernen,

nen, schön in der Nähe; still auf seinen bekränz-
ten Hügeln, und einsam zum Genuß und Nachdenken: und so die Römer von jeher, was die
Form betrift, und sie werdens bleiben. Jetzt geben
ihnen ihre eignen Ruinen etwas zerstörendes,
das noch entferntere Gegenden als ehemals empfinden.

O daß du nicht hier bist und mich begleiten
kannst! Doch ist auch wieder Genuß und Rührung
stärker bey traurigen Gefühlen, wenn der Mensch
allein ist.

Ich bin die ersten Tage in den Gebirgen her-
umgeritten zu Tivoli, Palestrina, Frascati und
Albano; und hernach an der See herum zu
Nettuno, Ostia, Civitavecchia. Wie ein Hannibal such ich es einzunehmen, das unbändige Rom:
aber es wird mir wie ihm nicht gelingen. Alsdenn hab ich es wieder von seinen Höhen betrachtet: und nun stürz ich mich hinein in die Tiefe.
Meine Seele kann wegen der vorigen Stürme noch
keine rechte Ruhe finden, und dieß treibt mich
oft nach kurzem Schlummer vom Lager auf;

T   hier

hier will ich dir denn, um mich zu zerstreuen, und vielleicht zu deinem Vergnügen etwas beyzutragen, zuweilen einige Worte über mein gegenwärtig Leben hinwerfen. Für Eingeweyhte ist das willkührliche Zeichen immer ein guter Zauberstab, die Gefühle eines andern wieder hervorzurufen; zumal wenn sie dereinst dieselben Gegenstände vor sich haben.

Gestern früh bin ich an dem Kolisäum herumgeklettert. Es liegt auf dem herrlichsten Platze, den man sich denken kann; gerad in der Mitte des alten Roms, in dem Thale zwischen den drey Hügeln Palatino, Cellio und Esquilino; und war der bequemste Freudenort für alle Einwohner. Es ist rührend und schrecklich zugleich, wie einige Zwergenkel der heroischen Urväter und die Barbaren an den erhabnen, in schöner Form erbauten Massen genagt und zerstört haben, und sie doch nicht zu Grund richten konnten. Die eine Hälfte der äußern Einfassung ist weggetragen, und aus den geraubten Trümmern sind die stolzesten Palläste der neuern Welt aufgeführt;

die

die andre steht noch, ein weiter Kreis in hoher
grauer Majeſtät mit lauter Quaderſtücken von
Felſen und dreyfachen feſten Säulen über einan=
der mit korinthiſchen kleinen Pilaſtern oben ge=
kränzt. Die Zuſammenfügungen von Stein auf
Stein hat das Maulwurfsgeſchlecht überall durch=
löchert, um die metallnen Pflöcke herauszuhoh=
len; und die breiten Sitze von Backſteine ſtehen
auf Gewölben noch zum Theil rund um in
Trümmern, und zum Theil hat ſie die Zeit in
Ruinen darnieder geſtürzt, und ſie liegen unten
im Schutte.

Gras und Kraut und Geſträuch mit Lor=
beerſtauden grünt und blüht überall, wie auf
einem Anger von fruchtbarem Boden, und das
Oval der Arena iſt eine vollkommne Wieſe.

Eine ſolche Geſtalt hat jetzt das ehemalige
Wunder der Welt, das achtzigtauſend Zuſchauer
faßte, welche alle binnen wenig Minuten wieder
auf der Straße ſeyn konnten; und erſchüttert
noch den kühnſten der heutigen Erobrer. Herum
trauern der Esquillino und Palatino und Celio
T 2

mit

mit ihren zerfallnen Tempeln, Bädern, Wasserleitungen und niedern Gewölben.

Der Plan zum Ganzen ist äußerst einfach. Die Rundung eyförmig; und der größere Durchmesser theilt sich in vier kleine, von denen zwey die Arena einnimmt, und einen auf jeder Seite der Gang vom Gebäude selbst, die zusammen etwas über achthundert Palme ausmachen; die Peripherie hat deren drittehalb tausend.

Die Höhe besteht aus vier Absätzen. Die drey untern sind mit Säulen nach Dorischer, Jonischer und Korinthischer Ordnung in Bogen über einander; der vierte ist mit kleinen korinthischen Pilastern geziert, und schließt ohne Bogen mit einem prächtigen dreygestreiften Gebälke. Die ganze Höhe macht zweyhundert und zwey und dreyßig Palme.

Es muß viel Holz darinnen gewesen seyn, weil es verschiednemal abbrannte; und zuweilen bloß einfach, und zuweilen reich verziert und vergoldet war. Die innre Außsicht ging in eine Ordnung von einzelen Säulen aus, die das Zelt

fest

fest hielten, nach den Münzen des Titus und Domizian.

Die Schönheit der Säulen besteht mehr im Verhältniß der Theile als der Arbeit; ihre Form ist rauh und einfach, wie es die ungeheure Größe und Festigkeit erheischt.

Das Amphitheater von Verona ist kleinlich und provinzial dagegen.

Mir winkte oben auf durch Ruinen und Gesträuch, ewig jung und unversehrbar, die Pyramide des Cestius von fern in blauer Luft, und ich konnte nicht erwarten dahin zu gelangen; strich an dem halb eingefallnen Septizonium des Severus vorbey durch die Niederlagen des Circus Maximus zwischen den Aventinischen und Palatinischen Bergen nach dem Tyberstrom zu, und daran fort, bis ich der reinen schroffen Felsenspitze immer näher kam. Ach, wie alle die Herrlichkeit so verwüstet liegt! und doch sind die Ueberbleibsel der Verwüstung nur klein gegen das, was stand: vom Circus Flaminius, Agonalis, Florealis, Vaticanus; von denen des Salust und Nero ist

T 3

keine

keine Spur mehr zu finden. Und was waren die Gebäude selbst in ihrer Vollkommenheit gegen das ungeheure Leben darin! Die Phantasie des Menschen mit ihrer Götterkraft scheut sich zurück, wenn sie sich eine Vorstellung machen soll, wie nach dem Siege des Metellus in Sizilien über Karthaga hundert und zwey und vierzig Elephanten auf einmal kämpften und erlegt wurden; und von hundert Löwen unter dem Sylla es bis auf sechshundert unter dem Pompejus kam. Unter den Kaisern vollends folgte hierin eine Ausschweifung auf die andre. Trajan gab nach dem dacischen Kriege und dem Tode des Decebalus hundert und drey und zwanzig Tage lang dergleichen Schauspiele, wo zuweilen bis auf zehntausend zahme und wilde Thiere und unzählbare Gladiatoren kämpften; und Kommodus brachte nach dem Lampridius hundert Elephanten mit eigner Hand um.

Es ist klar genug, daß ein solches Volk, welches noch überdieß wirkliche Könige und Helden am Leben, wie Jugurtha, ihren letzten

Tropfen

Tropfen Exiſtenz in ſeinen öffentlichen Gefäng-
niſſen bis auf den äußerſten Hunger ausdauern
ſah, der kleinern Athenienſiſche Tragödie nicht
bedurfte, um das Herz nach dem Ariſtoteles von
Furcht und Schrecken zu reinigen. Und was
ſind wir, denen die Vorſtellungen des Sophokles
und Euripides zu grauſam vorkommen?

Es iſt wohl wahr, der Menſch bezieht alles auf ſich ſelbſt, und alſo auch die Werke der
Kunſt; ſein Gefühl iſt wie ſein Charakter. Ein
Miltiades, Themiſtokles, ein Sylla und Cäſar
können bey Gegenſtänden Vergnügen empfinden,
die bey einem Schwachen Abſcheu erregen und ihn
martern, weil er nicht die große ſtarke Selbſt-
ſtändigkeit hat, die Leiden andrer außer ſich zu
fühlen, ihre Natur und Eigenſchaften wie jene
mit ihren Kräften zu ergründen und zu erkennen,
die Sphäre ſeines Geiſtes dabey zu erweitern, und
zugleich über alles dieß empor zu ragen, ohne ſich
als Theil damit zu vermiſchen und ſelbſt zu leiden.
Griechen und Römer vergnügte vieles, wovor
wir fromme moraliſche Seelen Abſcheu haben.

T 4

Der

Der letztern Fechter waren meist zum Tode verdammte Sklaven; und die Tragödien der erstern zeigten ihnen, wie Menschen untergehen, die nicht vollkommen genug sind, und wie Held und Heldin bey Ausübung hoher Tugenden leiden soll, oder sich weise mit ganzem Bewußtseyn unter das Gesetz der Nothwendigkeit, den ungefähren Zusammenstoß der Begebenheiten, beugt. Dieß ergreift männliche Seelen, und ein solch ausgewählt Leben, von trivialen Lumpereyen fern, dringt in nichts destoweniger rein und scharf-fühlende Herzen; es ging nach dem großen paradoxen, unsrer empfindelnden Welt unbegreiflichen Grundsatze der Stoiker: der Weise erbarmt sich, hat aber kein Mitleiden.

Die Pyramide ist ein gar herrlich Werk, hundert und etliche Fuß hoch. Sie steht ewig jung da, obgleich das Grüne von Gesträuchen sich hinein genistet hat, wie ein gediegner Feuerwurf aus der Erde, so scharfflammend; grade gegen die vier Welttheile mitten zwischen den Ringmauern, die Seite nach der Stadt gegen

Nor-

Norden. Ueppig fest trotzt sie der Luft, dem Himmel und seinen Wolken. Eine dauerhaftere Form gibts nicht; alles was von oben herunter fällt und in der Erde anzieht, macht sie stärker, die mächtigste Feindin der Zerstörung. Aber was hilfts? Der Geist und das Leben ist doch weg aus dem Menschen, der darunter begraben liegt; sein Name bleibt indessen immer etwas. Wie das zarte Schwarz dem innen blendend weißen Marmor so lieblich läßt! sie steigt hervor so natürlich wie ein Gewächs, und die ägyptische Nachahmung schlägt alle Römische Grabmäler, selbst die der Metella, des August und Hadrian darnieder.

Da ich so nahe mich befand, wandelte ich noch zum Thore hinaus über die alte Via Ostia nach der Sankt Paulskirche, die Konstantin der große angelegt haben soll. Welch ein Eindruck von verschiednen Empfindungen! Schönheit und Pracht in ihrer größten Herrlichkeit entzückt Augen und Phantasie: und die Armseligkeiten darum her setzen einem das Messer an die

 Keh-

Kehle wie Diebsgesindel. Man hat hier Roms ungeheure, Macht und Ruin beysammen.

Sie ist von innen wie ins Kreuz gebaut, doch merkt mans kaum, und sie bleibt ein Oblongum; nachher erst hat man die Verehrung vom Kreuz ins Alberne getrieben. Die vierzig gestreiften haushohen korinthischen Säulen, und die vierzig kleinen glatten unter dem Schiffe machen, mit den über doppelt breiten mittlern, fünf Gänge, die ihres Gleichen in der Welt nicht haben. Unter den gestreiften sind zwey Dutzend von parischem Marmor in höchster Schönheit. Das Scheurenbach und Obergebäude darüber mit den acht Fenstern macht damit einen wunderbaren Kontrast, der aber doch einfach ist, und gewißermaßen dem untern entspricht, und dieß gibt dem Ganzen eine furchtbare Größe; die entzückendste griechische Schönheit muß, vom Schicksal unwiederstehlich genöthigt, den wilden Barbaren dienen.

Der Boden ist aus Marmortrümmern, worin hier und da noch Fetzen von Inschriften sich

befin-

befinden. Im Kreuzgange, wenn ich ihn so nennen darf, sind sechs große und zwey kleine Altäre mit dreyßig Porphyrsäulen; alle, zwey oder drey etwa ausgenommen, aus einem Stück, wie die achtzig weißen Marmorsäulen; und noch tragen da die Decke sechs ungeheure von ägyptischem Granit, und vier eben so große von Marmor. Der herrliche freye Raum thut einem ungemein wohl zwischen den Säulen, samt der uneingeschränkten Höhe.

Diese Kirche bleibt die höchste Pracht der Welt, und nichts übertrift sie. Man mag von den gefangnen rührenden Schönheiten nicht weggehn, wie von lauter Iphigenien in Tauris, und die ganze Seele stimmt sich daran rund und geschmeidig.

Man sagt, die Säulen wären vom Grabmale Hadrians, der jetzigen Engelsburg, genommen, und es ist sehr wahrscheinlich. Die Asche des Kaisers muß dort wie in Blumen gelegen haben; unglückliche Manen! Uebrigens ist es den Römern wieder ergangen, wie sie es den Griechen mach-

machten; und derjenige, welcher diese Kirche baute, hat vielleicht, wie Mummius bey Fortschaffung der geplünderten Statüen von Korinth den Schiffern, eben so den Baumeistern gedroht, sie sollten andre Säulen machen lassen, wenn sie etwas daran verdärben oder zerbrächen.

Mich überfiel der Mittagsbrand, wie ich wieder in der freyen Sonne war, als ob ich aus einem kühlen Bade käme; und ich verdoppelte meine Schritte nach dem Thore, wo die zwey wilden Thürme aus den mittlern Kriegszeiten und die mit Epheu dicht behangne alte Stadtmauer neben der Pyramide mit ihrem Schatten mich erfreulich an sich zogen. Mir schien der Weg zu weit bis auf den Spanischen Platz, und ich begab mich unter die Pignen, Cypressen, grüne Eichen und Maulberbäume, nach den frischen Weinkellern des Monte Testaccio; ließ mirs köstlich bey einem alten Wirth, einem Sizilianer und Sohn des Aetna schmecken und legte mich nach wohlgehaltnem Mahl und angenehmen Geschwätz in ein Zimmer gen Norden zur süßen

Ruh

Ruh nieder, und fiel in einen erquickenden Schlaf.

Gegen Abend erwacht ich wieder, und hörte in einem Saale neben mir; Michel Angelo, Raphael, und Antiken; und unten Trommel und Geige. Ich sprang auf; und sah zwischen den Bäumen Fest und Tanz und Schönheit, und trat in den Saal. Der Streit war so heftig, daß man mich nicht bemerkte. „Michel Angelo, sprach ein reizender junger Mensch, gehört gar nicht unter die Mahler, so wenig als einer, der bloß den Kontrapunkt versteht, unter die großen Sänger und Geiger. Was hat er denn hervorgebracht? Seine Capella Sixtina, und weiter nichts als seine Capella Sixtina. Ist dieß gemahlt? Ist dieß Natur? Wer kann sich erinnern, irgend etwas in der Welt gesehen zu haben, das seinen Herrgöttern, Propheten und Sybillen, und vollends seinen Seligen und Verdammten gliche? Geschöpfe einer ungeheuren Einbildungskraft, die zwar erstaunlich viel für Studium der Künst-

Künstlern, aber wenig für Volksverstand, und nichts für Auge und Herz sagen."

„Der elende Florentinerschmeichler Vasari hat mit dem Dampf von seinem Weyrauchkessel, den er dem alten Kunstdespoten unter der Nase herumschwenkte, damit er durch dessen Empfehlung etwas zu mahlen bekäme, den Leuten das Gehirn benebelt. Und ist dieß groß im Geiste, wie er die gütige himmlische Seele, den Raphael, verfolgt hat? Weil er selbst sein Unvermögen in der Farbe erkennen mußte: so zeichnete er mit aller seiner Gelehrsamkeit die Umrisse dem Venezianer Bastian, und dieser sollte mit seinem Kolorit den Pfeil vergiften. Aber was kam zum Vorschein in Pietro Montorio? Ein Zwitterding, welches seiner Einsicht warlich wenig Ehre macht, und der Göttliche blieb, wer er war. Raphael hingegen, der edle reine Jüngling, der nur die Vollkommenheit der Kunst im Auge hatte, sonder Neid, strebt in Unschuld, das zu dem Seinigen noch zu gewinnen, was der weit ältere, der Mann in Rücksicht seiner, Vortrefliches besaß;

saß; und wahrlich meistens aus kindlicher Gut-
herzigkeit: denn die Antiken sind doch auch hierin ganz andre Muster, und Michel Angelo ist
dagegen ein Wilder. Und endlich konnte Raphael wohl von Michel Angelo lernen, aber
Michel Angelo nicht von ihm; denn was den Raphael zum ersten Mahler macht, lehrt und lernt
sich nicht."

Ein Landsmann von mir, der eigentlich mit
diesem im Klopfgefechte begriffen war, wurde
darüber vor Aerger grün und gelb, und die Nase
schwoll ihm zusehends: doch konnt er vor Zorn
nichts hervorbringen, so wortreich er auch sonst
ist, und hätte bald wie Markus Tullius Cicero
vor dem schönen Clodius, dem rebellischen Tri-
bun, das Hasenpanier ergriffen, wenn ich nicht
einigermaßen seine Parthie aufnahm. Ich antwortete:

„Die Herrgötter von Michel Angelo könnt
ihr freylich nicht in der Welt gesehen haben: aber
gibts in der neuern Kunst erhabnere Gestalten?
und entsprechen sie nicht doch alle dem, was der

gemeine Mann bey uns sich als Zauberer vorstellt? Eure Gestalt selbst, Freund, ist zu edel
und eure Blicke zu hochgeistig, fuhr ich fort,
als daß der Gott, der die Sonne schafr, und
der, welcher die Eva schaft, euch nicht ergriffen
haben sollten. Das Erhabne schlägt ein wie ein
Wetterstrahl, und berührt am ersten die großen
Seelen. Die Propheten und Sybillen sind lauter mächtige Charakter im Feuer, Eifer und
Begeisterung. Und im jüngsten Gericht verdammt Christus streng, droht die Sünder majestätisch mit aufgehobner Rechten fort: indeß die
zärtliche Mutter mit angelegten Armen nnd Händen an die Brust die Seeligen heraufwinkt; und
es ist ein Spiel der Phantasie, wo der menschliche Körper in allen möglichen Stellungen wunderbar sicher ausgezeichnet ist.

„Ich habe vor wenig Tagen, fügt ich hinzu, ein kleines Gemählde von ihm gekauft, welches vorstellt Christum am Kreuz, wo der Er-
löser gesagt hat:“ Weib, siehe, das ist dein
Sohn! „und zu dem Jünger, den er lieb hatte:“

siehe.

siehe, das ist deine Mutter! „Unten auf beyden Seiten mit der Mutter und dem Johannes, sie rechts, dieser links; und an den Armen des Gekreuzigten schweben zwey Engel in einem Gewitterhimmel voll Dunkelheit und Feuergewölk.“

„Christus und die Madonna sind die erhabensten tragischen Gestalten, die ich je in Mahlerey gesehen habe. Christus ist ein leidender Alexander, Hannibal, Cäsar, und was man Großes und Erhabenes von Menschheit kennt. Ein göttlicher Jüngling voll Güte für den großen Haufen, welcher der Menge unterlag: ein Tiberius Gracchus, und die Mutter eine Kornelia, voll Geistesstärke und Größe.“

„O wie verschwinden alle Madonnen, und wie ist selbst Raphael, den ich bewundre und liebe, wie den neuern Apelles, klein dagegen und gewöhnlich! Stellung von ihr, Blick zu ihm, zu seinem schmerzenbändigenden scharfen Aug und hohem Angesicht; herabgehaltne Rechte, voll Kraft und Zorn angehaltner linker Arm, Daum und Zeigfinger nach dem Jünger hingerichtet;

der Wurf des blauen Mantels über das rothe Gewand: alles harmonirt und macht ein Ganzes. Johannes sinkt vor Schmerz zusammen mit übereinander geschlagnen auf die Brust gelegten Händen."

Welch Meisterwerk von Zeichnung ist der Körper des Gekreuzigten! Wahrheit bis in die kleinsten Theile, und zugleich Leben und Leiden durchaus in Einheit."

Man fühlt wirklich hier etwas von dem, was Vasari im Allgemeinen sagt, der zuweilen so golden beschreibt, ob es gleich wahr ist, daß ihm seine antike Vaterlandsliebe zu Ungerechtigkeiten gegen die drey großen Apostel der Kunst, Raphael, Tizian und Corregio, verleitet: es ist, als ob ein himmlischer kraftvoller Genius heruntergekommen wäre, und Mitleiden mit allen den Stümpern gehabt und denselben gezeigt hätte, wie ein Christus am Kreuz, und eine Madonna und ein Johannes dabey vorzustellen sey. Er ist bis zur Täuschung angenagelt, und bewegt sich gerade dazu, wie es sich schickt."

„Die

„Die Mutter ist ein hohes Weib, noch in unverwelkter Schönheit, ihres Adels bewußt, die über die Grausamkeit zürnt, welche man an dem Sohn ausübt, sein ganzes Leiden fühlt mit dem weinenden Feuerblick: aber in der Zerknirschung noch solche Festigkeit und Erleuchtung hat, um erhabner als eine Niobe dabey zu stehen und an» zuschauen."

Der junge Künstler fuhr auf, drückte mir beyde Hände, freudig und verschämt im Gesichte glühend, und sprach freundlich zu mir: Ich habe nur gelästert, um den dort zu schrauben; und überhaupt erfährt man mit den bittersten Wie» dersprüchen am besten die Wahrheit, die man sonst selten aus den verborgnen Tiefen eifersüchtiger Virtuosen hervorhohlt. Ich kenne das kleine Ge= mählde von Michel Angelo wohl; wie vielmal ist es nicht kopirt worden! nur wünscht ich, daß die Figuren in Lebensgröße wären. Ich kann das kleine nicht leiden, es geht mir wider den Sinn; und ist ein Schlupfwinkel, wohinein sich

 Mit»

Mittelmäßigkeit und Schwäche verbirgt, und bey Weibern und Kindern und Unverständigen groß thut."

Ich antwortete ihm, daß ich hierin gar sehr seiner Meinung wäre, daß aber doch am Ende alle Kunst blos Zeichen sey, und Verstand und Geist am mehrsten von einem Menschen entscheide; und daß, wer keinen Verstand habe, nirgends wo oben an stehen könne. Michel Angelo hätte sich übrigens mit seinen Enakskindern, den Propheten und Sybillen genug gerechtfertigt. Unterdessen sey wieder wahr, es könn einer außerordentlich viel Verstand und Erhabenheit in der Denkungsart haben, und doch ein schlechter Mahler seyn.

Hier that einer in der Ecke mit hämischem Blick und boshaftem Lächeln den Mund voll gerader weißer scharfer Zähne aus einem prächtigen schwarzen Bart auf, streckte die rechte Hand hervor aus einem abgetragnen grauen Mantel, fuhr in meiner Rede fort, und sagte:

„Und

„Und einer Blut wenig Verstand haben, und ein sehr berühmter, vielleicht auch guter Mahler seyn."

„In dieser Kunst kann es einer ohne Schöpfungskraft, Erfindungsgeist, ohne eigentlichen Verstand, oder wie ihr das heißt, was im Leben einen Menschen über den andern setzt, nach dem allgemeinen Urtheile weiter bringen, als in irgend einer andern, wenn er nur ein gutes Auge hat, sich eine fertige Hand erwirbt im Schweiße seines Angesichts, und überdieß Achtung giebt, was denen gefällt, die reich sind und kaufen. Und je mehr er bloßer Kopist der Natur ist, desto mehr wird er gefallen. Und er muß behaupten, dieß sey das Wahre, und alle Ueberflüge der Einbildungskraft, die nur hie und da einige Sonderlinge aufhielten, als leeres Zeug verachten, und fragen, was nennt ihr erhaben?"

Ich wußte nicht, ob ich dieß für Muthwillen, Satyre oder Ernst aufnehmen sollte; doch hetzt es mich schnell auf, und ich antwortete gerade zu, wie es die Lage der Sachen erheischte.

„Er=

„Erhaben? versetzt ich, ist ein höher Wesen, das in uns eindringt mit Empfindungen, Gedanken, Gestalt, Gebehrde, Handlung; und man bedarf da keiner weitläuftigen Schreiberey von Sophisten. Wer nicht über andre ist, soll sie nicht zu Paaren treiben und ihnen vorpredigen wollen, es sey, worin es seyn mag. Pracht läßt sich wohl damit vereinigen, aber Pracht ist nicht Erhabenheit. Ueberall füllt es die Seele mit Entzücken und Erstaunen, daß sie die Zeit vergißt, und versetzt den Menschen unter die Götter.“

Wir werden nie mit der Kritik nur einigermaßen ins reine kommen, erwiederte er darauf kalt und trocken, wenn wir nicht die Grenzen jeder Kunst bestimmen, und feststellen, was sie überhaupt selbst ist. Und wir sind jetzt da, uns zu freuen; und nicht, den Weg durch dieses Labyrinth auszuspähen. Lassen wir es also bey dem Gesagten bewenden.“

„Nein, nein! riefen hier einstimmig verschiedne, es ist noch hoch am Tage, und die schönste Zeit dazu; setzten wir nur das angenehme Gespräch

wei-

weiter fort." Und so baten sie ihn: und der so heftig
gegen Michel Angelo sprach, streichelte ihn liebkosend am Barte, bis er folgendermaßen anfing:

"Das erste und heftigste Verlangen der Seele, welches sie nie verläßt, ist Neuheit und dann
Durchschauung, und endlich Vollkommenheit oder
Zerstörung der Dinge. Dieß treibt die Unsterbliche durch alle Welten. Sie schaft und wirkt,
ihre Schwingen sind unermüdlich und verlieren
ihre Kraft nie, und sie kann nicht aufhören sich
zu bewegen und bewegt zu werden; so bescheiden
gegen sich, daß sie von sich selbst nichts weiß:
aber die Iliade zeugt überall genug von Home-
ren."

" Nun ist der Mensch selten in der Lage, daß
seine Seele in der Wirklichkeit hienieden nach diesen ihren Neigungen glücklich seyn könnte: sie
wirft sich also aus Verzweiflung in die Kunst,
und treibt damit ihr Spiel. Wohl derjenigen, die
lange in den seeligen Träumen hinschwebt, ohne
zu erwachen!"

U 4

„Als

„Alle Kunst ist Darstellung eines Ganzen für die Einbildungskraft. Sie unterscheidet sich nach den Mitteln, die sie dazu braucht; und diese sind in jeder Art ihre nothwendigen Schranken, worhinein sich ein Weiser leicht bequemt, und worüber nur die Unklugen hinaus wollen.‟

Aristoteles, und wer ihm folgt, schränkt die Poesie auf Handlungen ein, als ob die Sprache nichts anders sinnlich vorstellen könnte: aber selbst die griechischen Dichter haben sich nie diesem Gesetz unterworfen; und Virgils Georgica und die Natur der Dinge des Lukrez und manche hohe Hymne bloßer Empfindung werden Meisterstücke bleiben.‟

„Die meisten haben wunderliche Begriffe von Poesie, und meinen, sie könne ohne Nebel und Wolken nicht bestehen, und müsse platterdings ein Rausch, eine Raserey seyn, und scheue das Licht der Vernunft; und die albernsten Pöbelmährchen und Kinderfabeln wären ihr bestes und wesentliches, und würdigen sie so herab von ihrem Adel. Wenn sie nur den Sophokles und

Euri-

Euripides wollten sprechen hören, die diese Kunst zur Vollkommenheit gebracht: so könnten sie sich leicht von ihrem Wahn befreyen.„

„Die Bildhauerey und Mahlerey stellt Ober= flächen von Körpern da; die letztere, in so weit sie sich durch Farben zeigen.„

„Ein neues Ganzes, wie schon gesagt, oder ein altes neu auf die wahrste und lebendigste Weise den Menschen in die Seele bringen, ist Kunst. Das schicklichste für den Dichter sind Handlungen, oder Bewegungen im Zeitraum, weil seine Zeichen, das sind Worte, nur nach und nach können gehört werden; aber doch kann er immer auch damit Dinge neben einander oder Körper darstellen, und der Zuhörer denkt sie sich zusammen, wie er am Ende bey den Be= gebenheiten selbst muß. Homer würde wohl ge= than haben, wenn er die Gegend von Troja nicht für bekannt angenommen, und die Jahrs= zeit, worin alles geschah, sinnlicher gemacht hät= te. Wer denkt an Zeit, wenn ich einem mit Worten etwas beschreibe, und dieser getäuscht

daß=

daſſelbe dabey ſich vorſtellt? Bey jedem Genuſſe ſind wir ewig, und ſcheinen die Zeit nicht mehr zu fühlen."

„Unſer Leben iſt kurz: wer uns ein Ganzes täuſchend am geſchwindeſten in die Seele bringt, erhält den Vorzug."

„Wenn einer inzwiſchen gar zu große Begier= de hat, ein neues Ganzes zu wiſſen: ſo behilft er ſich auch mit dem mangelhafteſten Mittel, bis er ein beſſers vorfindet."

Ein Dichter muß dem Mahler immer in Schilderung körperlicher Gegenſtände unterliegen; und gerade ſo gehts dem Mahler im Gegentheil mit Handlungen. Nichts deſtoweniger ragt doch die Poeſie mit ihren willkührlichen Zeichen über alle ihre Schweſtern hervor. Kein Mahler kann die Größe der Alpen, das unendliche Meer, den unendlichen Himmel ſchildern auf ſeinem Läpp= chen Leinwand; und kein Tonkünſtler Kanonen= ſchall, Donner und Orkan, ob er gleich das ſee= lenergreiffendſte Mittel unter allen hat, da das

leben=

lebendigste, woraus wir bestehen, selbst Luft und Feuer ist."

„Die Musik überhaupt geht ganz aus der sichtbaren Welt hinaus, und wirkt mit bloßen verschiednen Arten von Bewegung, die von der Materie nur den Punkt zu ihrem Aufflug nehmen, und durch ihre Proporzionen Empfindungen erregen: und ich glaube schier nach dem Pythagoras, daß das eigentliche Element, worin die Geister existiren, reiner Klang und Ton ist."

„Geschichtmahler ist ein wahrer Wiederspruch, da ein Mahler nur einen Moment vorstellen kann, und Geschichte nohtwendig eine Reihe von Begebenheiten erheischt. Es versuch es nur einer, und erzehle mir mit seiner Mahlerey Begebenheiten, die ich nicht schon weiß, von Menschen, die ich noch nicht kenne! und gesetzt auch, einer stellte mir eine Geschichte, z. B. vom ältern Scipio mit lauter Porträten dar, so wahr und vortreflich, als ob sie alle Tizian gemacht hätte: was weiß ich dadurch mehr als den Moment? Weiß ich,

was

was entweder vorher, oder nachher geschehen ist, da keiner auch von seinem bekanntesten Freunde zuversichtlich mit einem momentanen Blicke weiß, was er vorher gethan hat, oder nachher thun wird? so tief im Verborgnen lebt der Urquell unsrer Wirkungen. Und wo ist der Zauberer, der mir aus einer That, oder aus tausend Thaten das Gesicht nur eines Mannes darstellt, das er noch nicht sah, mit allem seinem Eigenthümlichen? Dazu gehört der Gott Platons, um den sich das Weltall rollt, und kein Sterblicher. Alles, was der Mahler erfinden kann, ist Ideal von Gestalt dieser oder jener Klasse von Menschen, oder Gattung von Geschöpfen im Allgemeinen."

„Jedes Werk der bildenden Kunst mit dem Ausdruck von Leidenschaft ist alsdenn doch nur eine unaufgelöste Dissonanz. Das vollkommenste historische Gemählde, das ist, wo der interessanteste Moment aus einer Begebenheit gewählt ist, und man das Vorhergehende und Nachfolgende am besten erkennen kann, bleibt also immer

an

an und für sich schon ein quälendes Fragment, das weder Herz noch Geist befriedigt.‘‘

„Um hierüber nicht zu streiten, so bleibt ausgemacht: das Vortreflichste derselben ist das schöne Nackende; mit dem Ausdruck gehts hernach wie bey der Musik: er ist die Blüthe der Vollkommenheit, aber nicht eigentlich die Vollkommenheit selbst. Jeder Sinn hat sein eignes Element, worin der Ausdruck nur schwimmt. Die Poesie arbeitet zwar für alle; aber doch ist auch die Sprache und Harmonie derselben für das Ohr ihr Grundstoff. Die schlechten Künstler meinen, sie hätten genug gethan, wenn sie nur eine rührende interessante Geschichte mit ihren Wechselbälgen ausstaffieren, und ein schmachtend Auge hineinbringen: ihr Thoren! eine einzige vortrefliche griechische Statue ohne Kopf und allen Ausdruck von Leidenschaft geht bey dem Kenner von Kunstfertigem Sinn über alle euer Fratzenwesen von unreifen Gesichtszügen, noch so affektirt geworfnen Gewändern, und tausenderley nachgeäfftem Kostume. Aber auch

auch im Gegentheil ists nicht genug gethan, wenn einer einen Haufen nackender Körper hervorheckt, die weiter nichts haben, als ihre gehörige Anzahl von Rippen und Knochen, und Muskeln, und Augen, Mäulern, Nasen, Ohren."

„Mit einem Worte, die Schönheit nackender Gestalt ist der Triumph bildender Kunst; viel für Auge und den ganzen körperlichen Menschen, wenig für den innern. Sie allein ergreift das Unsterbliche nicht; dazu gehört etwas, was selbst gleich wie unmittelbar von der Seele kömmt, und ihrer regenden unbegreiflichen Kraft: Leben, ben, Bewegung. Und dieß haben unter allen Künsten allein Musik und Poesie: neigt euch ihr andern Schwestern vor diesen Musen."

Ich sahe wohl, mit was für einem Feind ich hier zu thun hatte; ein Federmesserstich von ihm verwundete tödtlicher als der Schlag von einer Keule; doch wollt ich ihn erst ganz herauslocken, und bat: er möchte die Grenzen jeder Kunst näher bestimmen, und insbesondre von Bildhauerey,

rey, und Mahlerey: und alsdenn uns seine Begriffe von der Schönheit entdecken. Und freute mich unaussprechlich, einen solchen Meister so unvermuthet plötzlich anzutreffen. Er wollte abbrechen: allein wir ließen ihn nicht. Ich setzte mich ihm gegenüber, und wir stutzten die Gläser an, die von dem besten Monte Giove schäumten.

„Die Bildhauerey ist eigentlich für einzelne Figuren, fing er vom neuen an; die Mahlerey hat die Noht empor gebracht, mehrere vorzustellen. Sie hat dieß den Siegen der Griechen zu verdanken, besonders nach der Schlacht bey Marathon. Der Bruder des Phidias, Panäos mahlte dieselbe, da dieser selbst sie in Stein nicht vorstellen konnte, weil kleine Figuren darin nicht wirken, und die Materie fürs Weitläuftige zu unbehülflich ist."

Es ist wohl keine Frage, welche von beyden Künsten die Formen des Menschen besser darstellen kann. (Die Mahlerey ist eine beständige Lüge, und ihre Erhobenheit und Tiefe erkünstelt.

Wir

Wir lassen uns täuschen, weil völlige Wahrheit und Wirklichkeit wie bey Bildhauerey unmöglich ist, und geben uns zu unserm eignen Vergnügen alle Mühe, die Köpfe und überhaupt das Nackende z. B. vom Tizian rund und hervorgehend, und die Fernen und Mittelgründe seiner Landschaften im gehörigen Abstand zu sehen. Ihre eigentlichen Gegenstände sind, wo die Farbe, leichte Bewegung und zarter Stoff einen vorzüglichen Theil ausmacht. Die Neuheit hauptsächlich, und dann die überwundne Schwierigkeit machten sie unter dem Zeuris und Apelles so reizend; und gewiß ists, daß die Farbe viel zur Täuschung, im Ganzen genommen, beyträgt. Auf den ersten Blick wirkt ein gemahltes Bild auch auf den Verständigen mehr, als eine eben so vortrefliche Statue in ihrer Art; aber wenig Zeit und Besinnung macht die Mahlerey dagegen ganz verschwinden. Unter tausend Gesichtern findet man ferner in einem guten Klima nur äußerst wenige für den Marmor, aber weit mehrere für die Farbe. Die Bildhauerkunst ist die ächte Probe

schö-

schöner Form, und geht ins Wesentlichre, und
das Erhabne: die Mahlerey giebt sich mit allem
ab, wo sie nur ein wenig Reiz findet."

„Die letztere muß sich also vor allem hüten,
was schon die Bildhauerey vollkommen darstel=
len kann; und beyde müssen sich davor hüten, das
Reich der Poesie zu beschreiten: denn jede bleibt
überwunden, sobald sich nur ein gewöhnlich gu=
ter Meister der andern Kunst an den Kampf
macht. Poesie enthält sich der Formen und
Farben; Bildhauerey enthält sich der Farben und
Geschichten von vielen Figuren; Mahlerey ent=
hält sich alles dessen, was sich bloß durch Form
zeigt, und so wie die Bildhauerey noch der Ge=
schichten, wo man das Ganze nicht mit einem
Blicke herausnehmen kann. Dienste und Gefäl=
ligkeiten mögen sie sich übrigens gern erzeigen:
Rom allein ist voll von Beyspielen, wie gute
und wackre Meister verunglückt sind, indem sie
über diese Regeln hinaus wollten; und den schön=
sten Theil ihres Lebens umsonst dagegen kämpf=
ten."

※

„Apel

„Apelles nahm sich wohl in Acht, kein bloßes Porträt vom Alexander zu machen; hierin mußt er allezeit dem Lysipp wegen seiner Formen nach= stehen. Er bildete ihn also mit dem Blitz in der Hand; mit dem Kastor und Pollur und der Victoria; auf einem Triumphwagen mit dem Krieg hinter drein, diesem die Hände auf den Rücken gebunden. Dieß mußte Lysipp so natür= lich wohl bleiben lassen. Aber Bildhauerey behält doch immer den Rang; denn sie zeigt das edelste der bildenden Kunst, nehmlich die Form am vollkommensten. Bey Weibern ist es wahr, und bey Knaben ist die Farbe auch sehr reizend; allein sie ist doch bloß ein seichter Augengenuß, der nicht in den ganzen Menschen so eindringt, wie die Form.‟

„Das Klassische überall ist das gedrängt= volle, wenn einer alles wesentliche und bezeichnen= de von einem Gegenstande herausfühlt und nach= ahmt; und in diesem Verstande kann man gewiß schon aus einer Hand, oder irgend einem Theil am menschlichen Körper bey einem Künstler den

großen

großen Mann erkennen, wie aus der Klaue den
Löwen. Phantasie, die aus Tausenden zusam-
menträgt, aber nicht das rechte, sondern außer-
wesentliche, ist das Gegentheil und Bettler-
armuth; Lumpen und Lappen und kein ganz
Stück. Ein Ding recht fassen, zeigt den treflichen Menschen und macht den Virtuosen.“

„Der schöne Mensch im bloßen Gefühl seiner
Existenz ohne Leidenschaft in Ruhe ist der eigentlichste Gegenstand der Nachahmung des bildenden
Künstlers, und seine Nummer Eins; in dieser
Verfassung ohne alle Bekleidung liegt die reinste
Harmonie der Schönheit, und sie paßt am aller-
besten zu dem gänzlichen Mangel an Bewezung
seiner Werke. Alle Leidenschaft, alle Handlung
zieht, leitet unsre Betrachtung von ihren schönen
körperlichen Formen ab. Zur Schönheit selbst
gehört der Charakter, oder das, wodurch sich eine
Person von der andern unterscheidet. Schönheit mit
lebendigem Charakter ist das schwerste der Kunst.

„Bey Gruppen von Figuren sind Spiele,
Scherze die wenig bedeuten, die besten Hand-

lun-

lungen, weil sie von der Schönheit und den angenehmen Stellungen der Formen am wenigsten abziehen.   Die entzückendste Handlung für den Betrachtenden hierbey ist freylich, wo gerad ein Körper den andern genießt: Kuß, Umarmung —"

"Nach diesen Grundsätzen arbeiteten die Alten: nicht, wie einige Antiquaren sagen, weil die Stille der eigentlichste Zustand der Schönheit wäre, wie bey der See; und die schönsten Menschen überhaupt von gesittetem Wesen zu seyn pflegten.   Das Meer ist im Gegentheil natürlich immer in Bewegung, und gewiß schöner im Sturm als in der Stille; und Alkibiades, und Phryne, und Thais, welche Persepolis in Brand steckte, die schönsten Menschen unter den Griechen, sind warlich nicht, berühmt wegen ihres stillen gesitteten Wesens; und Clodius nicht, und die Faustinen, und die größten Schönheiten. Es sind die Schranken der Kunst! sie kann das hohe Leben, schnelle Bewegung selten darstellen; und es ist wunderlich, dieß deßwegen mit Verachtung in der Wirklichkeit selbst ansehen wollen."

„Wenn

„Wenn das Kunstwerk eine Geschichte darstellen soll: so muß der Ausdruck herrschen; denn
dieser ist alsdenn der Hauptzweck, und Schönheit in Stellung und Formen und Gestalten
muß hier der Wahrheit aufgeopfert werden. Allein Geschichte, Scenen aus Dichtern bleiben
immer die letzten Vorwürfe der bildenden Kunst;
weil sie dieselben nie ganz, und nie so mit dem
ergreiffenden Leben darstellen kann, wie ein Herodot und Homer. Der bildende Künstler begiebt
sich außerdem von selbst schon hierbey ganz unter
den Geschichtschreiber und Dichter, und schaft als
Gehülfe zu dessen Leben und Bewegung nur die
Körper alsdenn; augenscheinlich hat dieser das
Ganze, und er nur den Theil.“

„Die alten Künstler wagten es außerdem
nicht, den Kern von manchen trägischen Geschichten darzustellen, weil sie bloß das Grausame würden dargestellt haben, und das andre nicht konnten, was die That mildert; z. B. Medeen im
Morden ihrer Kinder: die vereinzelte Scene
hätte durch ihre Gegenwart alle Geschichte über-

 blieblendet. Nur Agesander, und Michel Angelo unter den Neuern sind darüber hinaus gegangen: der eine der Kunst, der andre der Religion wegen. Aehnliche Bewandniß hat es bey wahrer Darstellung einer alten Hekuba; man denkt sich bey der gerunzelten Haut ihr ganzes Leben nicht, um davon gerührt zu werden. Und eine junge oder noch schöne Hekuba ist Wiederspruch und Unsinn."

„Kurz eine lebendige Gestalt von einem Charakter sich vorzustellen in aller Vollkommenheit und Schönheit, ist das Meisterstück des bildenden Künstlers; welches wenige noch bis dato geleistet haben."

„Schönheit überhaupt in allen Künsten ist, wie mich dünkt, leichtfaßliche Vollkommenheit für Sinn und Einbildungskraft. Wer damit nicht zufrieden seyn will, kann sich an die Erklärung des Erzbischoffs della Casa halten, welcher das weltberühmte Kapitel über den Backofen geschrieben hat; dieser sagt: Schönheit ist Eins, so viel nur immer möglich; und Häßlichkeit im Gegentheil ist Viel. Allein der Künstler bedarf solcher tiefen Philosophie nicht bey seiner Arbeit. Vergebt übrigens, lieben Brüder und Freunde, wenn ich an dem Ziele vorbeyge= schossen habe, und macht es besser."

Der Mann zog mich doch an sich, trotz aller seiner hämischen Blicke auf bildende Kunst, und besonders Mahlerey, und ich verlangte genauere Bekanntschaft mit ihm zu machen. „Schade, rief ich aus, daß ich kein junges Lorbeerreis habe, euer weißes Haupt zu bekränzen! ob ich gleich in manchem nicht eurer Meinung seyn kann. Um Kopf und Schweif gleich zusammen zu paaren: so glaub ich nicht, daß ein Künstler etwas gutes hervorbringen werde, der ohne deutlichen Be= griff, ohne klares Gefühl von Schönheit zu Wer= ke schreitet."

¡„Nach Platons Erklärung, den ihr mir wohl zu kennen scheint, ist die Schönheit die ursprüngliche Idee der Dinge in Gott. Und die Seelen, die sein Anschauen genossen und diese Ideen erkannten, schaudern, wenn sie in diesem Leben die Bilder davon mit den Augen erblicken,

X 4

erin=

erinnern sich dunkel ihres vorigen Zustandes, erschrecken und werden entzückt. Ihre Schwingen regen sich, gehen vom warmen Einfluß auf, der Federstock keimt und s. w.“

Es ist gewiß eine erhabne Hymne auf die Liebe, und liegt tiefe Warheit zu Grunde.“

„Was sich selbst bewegt, ist Seele, ewig, ohne Anfang: davon alles Werden, und alle Körper, die sich bewegen. Schönheit ist die vollkommenste Harmonie der Bewegung, und die Seele erkennt darin ihren reinsten Zustand. Schönheit giebt der Seele das lauterste Gefühl ihres Daseyns. Schönheit ist die freyeste Wohnung der Seele. Schönheit erinnert die Seele an ihre Gottheit, an ihre Schöpfungskraft, und daß sie über alle die Körperwelt, die sie umgiebt, ewig erhaben ist. Im Anfang macht ihr dieß Freude, aber endlich Pein; sie sieht sich gefangen, und daß sie nicht mehr ist, was sie war: und die Thränen rinnen über ihren nichtigen gegenwärtigen Zustand. Doch stärkt sie wieder ihre ewige Natur, und die süße himmlische Hofnung regt ihre

Flit-

Fittige, daß sie doch bald aus dieser Dunkelheit, aus diesem Wahne von Irrgestalten sich erheben werde in das Licht zu den Schaaren der seeligen Geister, wo weder Frost noch Hitze abwechseln, und alles ist in seiner mannigfaltigen Wahrheit und ursprünglichen Schönheit.‟

„Nicht gebohren werden, übertrift alle irrdische Glückseeligkeit; und wenn du da seyn wirst: so ist, je geschwinder, je besser, wieder dahin zu kehren, wo du herkommst. So bald die Jugend sich einstellt mit ihren tollen Streichen, wer windet sich mit aller Arbeit daraus? wer steckt nicht in Plagen und Leiden? Morde, Partheyen, Streitigkeiten, Gefechte und Neid. Auf die letzt überschleicht uns das unzufriedene, schwache, menschenscheue, verhaßte Alter, wo alle Uebel haufenweiß zusammen wohnen.‟

„So seufzte selbst der bewunderte Sophokles am Ende seiner glücklichen und glänzenden Laufbahn.‟

„Ihr sagt: Schönheit nackender Gestalt sey viel für Auge und den ganzen körperlichen

X 5

Men=

Menschen, wenig für den innern? Sie allein
ergriff das Unsterbliche nicht?"

„Wenn wahr ist, was ihr selbst behauptet,
daß, wer ein Ganzes täuschend am geschwindesten
in die Seele bringt, den Vorzug erhalte: so
steht wohl bildende Kunst aller andern voran;
die Seele genießt vor ihren Werken, der mühseeli-
gen Zeitlichkeit entrückt. Ihre Zeichen, wodurch
sie darstellt, scheinen die Sache selbst zu seyn, so
leicht verschwinden sie; sie sind die natürlichsten
und sichersten, und gelten überall einerley ohne
Mißverstand. Ich habe hier volle Gewißheit,
da ich bey Poesie immer träumen muß, und nach
Wirklichkeit hasche.   Bey ihr hab ich alles zusammen mit einem Blick, und dieß ergreift den
niedrigsten bis zum höchsten. Mit einem Wort:
ihr ist allein die Schönheit im strengsten Verstand
eigen; denn diese muß mit einem Blick aufgewogen
werden können."

Hier wurd er erbittert, und schüttete auf einmal das Kind mit samt dem Bad aus; und fiel
in meine Rede.

„Alle

„Alle bildende Kunst behauptete er streng, ist am Ende bloß Oberfläche. Und dieß ist die Ursache, warum wahrhaftig große Menschen unter den Künstlern mit ihren Werken so selten zufrieden waren. Sie konnten nur wenig von dem hineinbringen, was sie fühlten; und dieß nicht einmal so rein bestimmt, daß es gerade dasselbe Leben wieder erregte. Ein gen Himmel gekehrtes Auge, nehmen wir das edelste Glied, das am deutlichsten vom Innern spricht, was kann dieß zum Exempel nicht für vielerley ausdrücken? Ich brauch es nur obenhin; denn ich weiß wohl, daß alle Professoren im Grunde der Natur keins nachmachen. Bey einem Volke von Stummen da möchten die bildenden Künste in der That viel vermögen; denn sie hätten da mehr Natur für sich nachzuahmen: bey uns andern Menschen aber, die wir den größten Theil unsrer Empfindungen und Gedanken mit der Sprache ausdrücken, wo sich besonders bey den Vortreflichen am wenigsten die Gebehrden ändern, die, wie man so gar bey Gelegenheit des Larvon

be

bemerkt hat, auch bey den heftigsten Gefühlen sich selten von außen regen, läßt sie ihnen vielleicht gerade das schlechteste übrig; und der größte Künstler kann oft so wenig von einem Sokrates, Lykurg und Epaminondas darstellen, als von einem unvergleichlichen Sänger oder Geiger."

„Nehmen wir vollends, wie sauer, und selbst nach dem Ausspruch des alten Michel Angelo, kinder- und weibermäßig auch dieß schlechteste muß nachgeahmt werden, und welch eine unerträglich mechanische Uebung auch für Menschen von der höchsten Fähigkeit dazu gehört, ehe sie es zur Vollkommenheit bringen; und daß das meiste wirkliche der bildenden Kunst in den Sälen der Großen jämmerlicher Wust und Unsinn ist: so gehört warlich ein starker Entschluß dazu, sich in ihr Feld zu wagen. Ihre besten Gegenstände bleiben gewiß die andern Thiere und Pflanzen, Gras und Bäume; diese können sie darstellen, die Künstler! den Menschen sollen sie dem Dichter überlassen. Die Landschaftsmahlerey wird

auch

auch endlich alle andre verdrängen." Und also können wir gewissermaßen die Griechen übertreffen, weil wir uns gerad an die wahren Gegenstände machen, die sie verfehlt haben."

"Nichts wirkt recht auf den Menschen, was stille steht; aller Stillstand wird bald Tod."

"Es bleibt gewiß eine Kleinigkeit, einen Cäsär, einen Brutus von außen auch vortreflich zu mahlen, und zu bildhauen, gegen das herauszuhohlen, was in ihnen steckt. Auf der Oberfläche kann man den Menschen leicht kennen lernen: aber im Innern, in der Tiefe? da gehört ganz andrer Gehalt und Stand dazu."

"Wer behaupten wollte, daß die bildende Kunst über Poesie, Beredtsamkeit und Philosophie ginge, müßte behaupten: daß eine Statue oder Brustbild vom Homer, Pindar, Demosthenes, Aristoteles, oder nehmen wir neuere, daß ein vollkommen, wie möglich auch, getroffnes Bild in Farbe oder Stein von Ariost, Macchiavell über ihre Schriften ginge. Und gewiß möcht ein Gott mehr daran haben, wenn sie mit Haut und

Haar

Haar so wären, wie sie selbst; welches jedoch menschlicher Hand unmöglich: aber ein Sterblicher muß eine gigantische Einbildung von seinem physiognomischen Sinn haben, um dieß zu wollen. Ein solcher versuch es einmal, und ersetz uns aus dem übriggebliebnen Kopfe des Sophokles seine hundert verlorne Trauerspiele!"

„Man schaue einen Sokrates an, einen Plato, einen Euripides: wer wird ihre Marmorbüsten für ihre lebendigen Reden und Gedichte nicht gleich weggeben? Wir können an uns selbst nicht im Spiegel wahrnehmen, auch in dem nehmlichen Moment, was wir denken und empfinden; und so gar verschiedne Leidenschaften zeigen sich bis auf ihre hohen Grade im Gesicht überein. Die ganze bildende Kunst ist ein vages unbestimmtes Wesen, das seinen Hauptwerth eigentlich von der Schönheit der Formen und Umrisse enthält; und dann außerwesentlich ist sie eine große Zierde der Poesie und Geschichte, die aber ganz natürlich ohne sie bestehen können. Poesie ist das innre Leben selbst: Bild von Farbe oder Stein bloß

das

das Zeichen; wer jenes nicht schon in sich hat, kann bey diesem wenig fühlen und erkennen."

„Wo hat in aller Welt je ein Gemählde die Wirkung hervorgebracht, die die Oedipe und Iphigenien hervorbrachten? und wo wird es je möglich seyn, daß eins solche hervorbringen könne, wenn man auch den Raphael, Correggio und Tizian in ein Wunderwesen zusammenschmelzte? Es versteht sich warlich, daß hier nicht davon die Rede sey, was päbstliche Neffen, und Mönchs- und Nonnenklöster theurer bezahlen."

„Ich leugne übrigens gar nicht, daß eine erstaunliche Phantasie und Fülle von Leben dazu gehört, sich einen Alkibiades, Perikles, oder die Aspasia so vorzustellen, und ihre Bilder durch die spätere Kunst lange Zeit nach ihnen so wirklich zu machen, aus bloßen Geschichtbüchern, wie sie lebendig waren und handelten; denn in der That — hat es auch keiner noch gethan. Allerley Gestalten träumen mag man sich wohl, und wer sich an leerer Spreu satt ißt, mag darnach gaffen und hinlaufen: aber Wahrheit, phy-

sio-

siognomische mit Leib und Leben wie Wirklichkeit, ohne Miene und Gebehrde Punkt für Punkt von der Natur selbst abzukonterfeyen, diese aus blossen Erzählungen und selbst eignen Reden der Menschen zu erfinden: geht über des Menschen Kräfte; dazu haben wir noch keine Wissenschaft, keine Gründe und Regeln, weder Ja noch Nein. Unser bestes sind noch die allgemeinen Züge der Leidenschaften und andern Empfindungen, die sich in Bewegungen besonders von außen zeigen, durch öftre Wiederhohlung bey wirklichen Menschen sich in die Gestalt prägen, und nach und nach Charakter bilden; aber mit dem Allgemeinen wird man bald fertig und es entsteht endlich ein rasendes Einerley."

„Kurz, ich habe von dem Menschen, außer der wirklichen Vermischung, hauptsächlich Genuß durch seine Reden und Handlungen, durch Worte und Bewegungen; beydes kann mir die bildende Kunst nicht geben. Man stelle sich seinen Freund auch in dem interessantesten Moment der Freundschaft auf einmal wie zu einer Büste ver versteinert unveränderlich mit seinen Mienen und Gebehrden vor! mit Erinnerung der Worte aller vor und nach dem Moment wird das Bild gewiß lieblich in die Seele leuchten, und anfangs einen Freudenschauer erregen. Aber wie die Erinnerung sich schwächt, wird es nach und nach immer weniger bedeuten, und, bey den Gedanken an hundert andre Scenen, endlich leer, und sogar Spott werden: statt daß nur ein herzlicher Brief von demselben immer neu die Seele erquickt, so oft man ihn nöthig hat, wieder durch zu lesen. Was soll nun so ein Bild auf andre für Wirkung machen, die sich dabey platterdings nichts gewisses vorstellen können? die die Person nicht kennen, nicht gekannt haben, nichts von ihr aus der Geschichte wissen?"

„Geschieht dieß bey wirklichen Menschen: was wollt ihr mit euren Idealen, wovon ihr nicht eine Form als wahr beweisen könnt? die schönsten Bilder sind weiter nichts, als ein geistig Licht in die Seele, die sie aufheitern, und allerlen unbestimmte süße Gefühle in ihr erregen, wie ein reiner vollkommner Akkord auf einem wohlklingenden Instrumente. Und solche Schönheit ist das eigentliche Wesen der bildenden Kunst, und keine Handlung, die die Poesie weit wahrer und lebendiger vorstellt. Die Handlung kann höchstens nur dienen, der Schönheit den besondern Charakter zu geben; das ist, die Handlung ist des Körpers wegen, und der Körper nicht der Handlung wegen da."

„Es ist wahr, die Schönheit ist ein momental Gefühl, und unterscheidet sich dadurch von bloßer Vollkommenheit, die für den Verstand, so wie jene für den Sinn, gehört. Wo sie aber in der Zeit folgt, wie bey Tanz und Melodie und Gedicht, ist sie hauptsächlich für die Seele, eigentliche Seelenschönheit, tiefe, lebendige; denn die Seele hat die Kraft, eine Folge sich wie ein Beysammen auf einmal vorzustellen und zu denken. Daraus die Regel: daß ein solches Ganzes nicht zu verwickelt seyn müsse, damit

mit

mit man wie in einem Athem alle deſſen Theile
und ihre Verbindung im Geiſt überſehe. Dieß er-
regt dann, was man Begeiſtrung nennt. Ein
ſchönes Gedicht, eine ſchöne Muſik, ein ſchöner
Tanz muß dieſe allezeit auf die letzt hervorbringen: ſo wie der Dichter, Tonkünſtler, Tänzer
ſie vorher in der Seele haben muß, ehe er ſie
in einen Strom dahin wallt; eine volle Seele,
die ſich ausſchüttet, und eine andre wieder
ſchwängert."

„Alle bloß bildende Kunſt macht auch den
ſtärkſten Liebhaber und Veſitzer über kurz oder
lang zum Tantalus. Das ſchönſte Bild, ſey
auch eine Venus vom Praxiteles, wird endlich
ein Schatten ohne Saft und Kraft, es regt und
bewegt ſich nicht, und verwandelt ſich nach und nach
wieder in den todten Stein, oder Oel und Farbe,
woraus es gemacht war; und für den lebendigſten
Menſchen am geſchwindeſten. Ich glaube, daß,
wenn die goldnen Zeiten der Griechen länger ge-
dauert hätten, ſie endlich alle Statuen würden

 ins

ins Meer geworfen haben, um des unerträglich
Todten, Unbeweglichen einmal ledig zu werden.
Und wir finden auch nicht, daß Themistokles,
Plato und Euripides und die andern großen Griechen der ersten Zeiten sich schon viel darum beküm-
mert hätten: die Bildsäulen gingen immer die
Religion und das gemeine Volk an. Alkibiades
schlug so gar vor Ueberdruß einer Menge öffent-
licher Hermen die Nasen entzwey; und hernach
gehörten sie mit den Gemählden zum Luxus der
Reichen, die vor ihrer gewöhnlichen Langenweile
nicht wußten, was sie anfangen sollten. Plu-
tarch fragt ehrlich in seinem Perikles: „welcher
gutartige Jüngling wird Phidias oder Polyklet
seyn wollen wegen des olympischen Jupiters oder
der Juno zu Argos?“ und so setzt der verständige
Horaz eine Ode von Pindar über hundert Statuen; und die aufgeheitertsten Kaiser zu Rom,
Antonin und Mark Aurel, waren wirklich
schon des steinernen Volkes satt: und so ist das
steinerne und gemahlte Volk bey den heutigen
Römern bloßer Prunk, und man sieht es den

besten

besten an, daß auch sie dessen von Herzen satt sind. Die Natur übt ihr Recht aus, und zeigt ihnen mit Gewalt, daß es doch nur eitel Träumerey ist."

„Die beste Kunst ist ein bloßes Denkmal verfloßnen Genusses oder Leidens für den Künstler selbst, das ihm lediglich Anlaß giebt, sich das Ganze wieder vorzustellen, und in sein Gedächtniß zurück zu rufen. Welch ein Abstand von Poesie und ihrer Gewalt über die Herzen! Ueberhaupt ist die bildende Kunst eine jugendliche Sache, wo der Mensch noch an der Hülle herumschwebt. Ein alter Mahler, ein armer Sünder! Wenn einer innen ist, kann er nicht mehr außen seyn. Es käme darauf an, ob Raphael nicht den Pinsel würde weggeworfen haben, wenn er älter geworden wäre! wenigstens sind seine ersten Gemählde im Vatikan die besten, und er trachtete nicht umsonst nach dem Kardinalshut."

Sein

Sein Mund glich einem vollen Springbrun=
nen, so goß er hervor. Mir riß endlich die Ge=
duld, und ich ergrimmte. „Bist du noch nicht
fertig, Barbar, Bilderstürmer? zürnt ich ihm
entgegen."

„Was du wahr gesagt hast, trift alle mensch=
liche Kunst. In der Natur haben wir freylich
alles beysammen, und die verschiednen Künste
theilen sich nur in sie. Jede muß dagegen ihre
Mängel, ihre Schranken erkennen. Die Mah=
leren hat keine wirkliche Bewegung, nur den
Schein davon, Zeichen; die Poesie kann keine
Gestalt, keine Schönheit für den Sinn darstel=
len, bleibt ewig unglückselig blind; und Musik
an und für sich ist ohne bestimmten Ausdruck,
und nur eine Magd der Musen."

„Der Dichter ahmt und stellt im Grunde nicht
einmal etwas Wirkliches selbst dar, sondern nur
Mittel, nehmlich die Reden der Menschen; und
wie weit liegt die erste Natur der Sprache in

den

den Abgründen der Zeit verborgen? Für uns
Schaumblasen auf ihren Tiefen ist sie meistens
bloß willkürlicher Schall. Wir haben allen uns
fern Genuß durch Körper, und von diesen kann
er nichts individuelles darstellen; alles ist bey ihm
allgemein, bis auf die Namen schier Peter, Paul,
und Lukas und Johannes, wenn ihm gute Schau=
spieler nicht zu Hülfe kommen. Dafür hat er
freylich ein weitschweifig Reich, und flattert
überall an, wo die Mahlerey und Bildhauerkunst
wegen enger Schranken ihrer unbeweglichen
Mittel nicht hin kann."

„Das höchste Leben ist das schwerste in al=
len Künsten, so wohl in den bildenden, als
Poesie und Musik: Sturm in der Natur, Mord
zwischen Mann und Mann, Seelenvereinigung
zwischen Mann und Weib, und Trennung,
Abgeschiedenheit verliebter Seelen. Das Todte
kann auch der bloße Fleiß darstellen, aber das
Leben nur der große Mensch. Wem beym Ur=
sprung seiner Existenz nicht die Fackel der Gott=

Y 4

heit

heit entzündet, der wird weder ein hohes Kunst=
werk, noch eine erhabne Handlung hervorbrin=
gen. Schönheit ist Leben in Formen und jeder
Regung, und nichts Todtes ist schön, außer in
einem Verhältniß von Leben."

„Warum ist der Torso schön, warum die
Kolossen auf dem Monte Cavallo, warum unsre
Venus? Weil sie in höchster Vollkommenheit
menschlicher Kraft im freudigen Genuß ihrer
Existenz sich befinden. Warum Apollo, warum
der Fechter? Weil ihr Leben in der Vollkommen=
heit seiner Kraft sich in hoher Wirkung zeigt.
Warum Laokoon, Niobe? Weil auch ihr höch=
stes Leben einer stärkern Macht unterliegt. Der
Dichter deutets mit Worten an, der bildende
Künstler stellts mit dessen Oberfläche selbst dar."

(Zu der Zeit, wo die Menschen am mehr=
sten lebten und genossen, war die Kunst am größ=
ten: zu der Zeit, wo sie am elendesten waren,
am schlechtesten; „dieß ist die Geschichte derselben
in wenig Worten."

„Wie

„Wie bis zum bloßen Thier herabgesunken, kalt und gefühllos muß der Mensch seyn, den es nicht ergreift, deſſen Herz es nicht erhebt, wenn er in die Hallen tritt, wo die Helden unſers Geſchlechts, die Weiſen, die Dichter von Phidiaſſen und Praxitelen aufgeſtellt wie lebendig athmen? der Armſeelige wird erſchrecken, wie in einer Götterverſammlung: der Edle ſchüchterne aber begeiſtert werden, die glorreiche Bahn zu verfolgen; welche Kunſt kann ihr hohes Leben ſinnlicher in die Seele blitzen? Und eine Fromme, die alle Morgen die ſchönen himmliſchen Figuren an den Wänden im Tempel mit inniger Freude ſchaut, kann kein häßliches und böſes Kind gebähren."

„Die Griechen mußten dann doch mehr Leben in der Mahlerey finden, als Bildhauerkunſt; weil ſie dieſelbe, wo ſie am verſtändigſten waren, mehr als dieſe belohnten, und beförderten. Ein Bild in Stein war ihnen nur Zeichen einzelner Wahrheit, nehmlich der Form: die Mahlerey

 aber

aber Zeichen aller Wahrheit und Wirklichkeit, und von ungleich größerm Umfange; jenes gleichsam nur Dämmerung, Ding im Mondschein: Gemählde von Apelles, Gestalten wirklicher Welt in ihrem Tage; und Zeichen bleibt immer weiter nichts als Zeichen, seys von Stein oder Farbe. Und eben dieß ist es, warum die Bildhauerey sank, nachdem die Mablerey empor stieg; und bey uns nun nie wird fortkommen können, so lang es noch gleich gute Mahler als Bildhauer giebt.‘‘

„Welcher Bildhauer wollte zum Exempel die Waffenläufer des Parrhasius übertreffen, wo der eine im Lauf zu schwitzen schien, der andre aber die Waffen ablegte und keuchte? Freylich kannte dieser Wollüstling den höchsten Reiz des Eigenthümlichen seiner Kunst.‘‘

„Für Gestalt giebt' es keine mathematische Wissenschaft, wo man alles und jedes mit Zirkeln und Linien und Zahlen beweisen könnte; das geläu=

läuterte Gefühl erfahrner hoher Menschen entscheidet hier allein endlich, und hat zu aller Zeit
jedem Kunstwerk seinen Rang angewiesen. Deßwegen aber beruht Ideal nicht auf bloßen Hirn-
gespinsten, sondern die Natur selbst ist die ewige
Regel: und ein Künstler muß von ihren Quellen schöpfen, wenn er neue Schönheit und neuen
unsterblichen Reiz hervorbringen will. Durch
Uebung gewinnt man nach und nach doch auch
sichre wissenschaftliche Fertigkeit."

„Was bildet den lebendigen Körper von innen hervor, vom ersten Stoff zum Daseyn an
so wie er ist? die erste regende Kraft; hernach sein
Leben in der Welt."

„Kann ich von der äußern Bildung auf die
Art des Geistes schließen?"

„Warum nicht? vom Werk auf den Meister; nur gehört Erfahrung und Verstand genug
dazu, und Adlerheit über andre, es mit Gewißheit

heit zu können, und nicht eine Ursache für die andre zu halten. Jede Gestalt zeigt Ursprünglichinnres, wenigstens was jung in Thätigkeit war, das Leben in der Welt, und die Begriffe und Einbildungen darüber. Und wer das Innre nicht kennt, kennt gewiß auch schlecht das Aeussere."

„Warum soll der Künstler keine Handlungen darstellen dürfen? Körper und Handlungen machen hier eins aus, das ist: Leben; und beydes ist dafür da; hohes edles Leben; dieß ist sein letzter Endzweck. Bey einzelnen Figuren giebt dieß Schönheit: bey mehrern zu Darstellung einer Begebenheit kann und muß er zuweilen gar die Häßlichkeit abbilden, wie z. B. den Marentius in einer Schlacht vom Konstantin, einen Attila, einen Heliodor. Vollkommenheit zeigt sich von außen durch Schönheit: Unvollkommenheit durch Häßlichkeit; und die mehrsten Begebenheiten in der Welt sind ein Kampf zwischen Tugend und Laster. Soll er das Laster schön darstellen? und er deßwegen ein Kothmahler, wenn er es häßlich darstellt? Häßlichkeit verändert hier seinen Namen, und wird zu Schönheit der Kunst. Die Geschichte soll auch bey dem Mahler nicht bloß Augenweide seyn, sondern tiefer dringen. Der Kunst dieses nehmen wollen, heißt sie zum schaalsten Zeitvertreib machen. Außerdem sind immer diese dreyerley Gattungen getrieben worden, wie schon in Griechenland, wo, nach dem Aristoteles, Polygnot die Menschen besser mahlte, als sie waren, Pauson schlechter, und Dionys nach der Wirklichkeit."

„An Ausdruck und Bewegung von Leidenschaften wird die Natur hoffentlich immer eben so unerschöpflich bleiben, als an neuen Gesichtern und Gestalten."

„Kurz, der Künstler stellt wie ein Zaubrer für den Verständigen mit einem Blick auf einmal die wirkliche That tar, wo der Augenschein über alle andre Vorstellung hinreißt; und darüber

über macht der Geschichtschreiber und Dichter für die Unwissenden nur eine Brühe darum her, gleichsam seines Evangeliums Ausleger und Dollmetscher — stellt die schönsten Denkmale der Begebenheiten auf für Herrscher, Philosophen und Völker dem ersten feinsten Sinn des Geistes, und ihm am naturnächsten, dem Auge. Und es' ist nicht mehr als billig, daß Zaubrer nicht darben."

„Die Dichter, die einen Epaminondas aufführen, wie er leibte und lebte. laßt sie auch alles in der Geschichte dazu nehmen, werden so rar seyn. wie die Mahler, die seine Gestalt so treffend aus ihrem Kopf erfinden, daß sie seinem Porträte gliche; und es erwächst dem Praxiteles und Apelles daraus wohl wenig Nachtheil, daß ihre Phryne den neuen Namen Venus aus der Mythologie, oder Helena oder Iphigenia aus den Dichtern, oder einen andern in ihren Kunstwerken aus der Geschichte habe: so wie dem Raphael, daß sein Oheim Bramante in der

durch

durch alle Zeiten göttlichen Gruppe der Schule
den Archimedes vorstelle, wenn sich auch einmal
des letztern Bildniß finden sollte."

„Vortreflich! muthiger, tapfrer, edler Jüngling, rief er mir hier zu; und nun genug.
Wir haben den Kreis durchlaufen, und sind unvermerkt auf derselben Seite wieder angekommen, wovon wir ausgingen.   Ich reich euch
zum Frieden die Hand, schlagt ein; ich hoffe,
daß wir gute Freunde seyn werden, so bald wir
uns ein wenig besser im Innern kennen.   Man
behauptet in der Hitze des Streits oft Dinge,
die man selbst für falsch und übertrieben hält.
Zuhörer, die Verstand haben, nehmen von selbst
das Wahre heraus; und die keine Unterscheidungs-
kraft besitzen, müssen überall Schwärmern, oder
der großen Heerde wie die Kälber folgen.   Der
Abend ist zu schön, als daß wir ihn hier im Zimmer verplaudern sollten; und die unten tanzen
und sich ergötzen, haben uns schon längst ge-
rufen."

Wir

Wir umarmten uns denn beyde mit glühen-
dem Gesicht und klopfendem Herzen.

Unten erfuhr ich, daß mein Mann ein Grie-
che sey aus der Insel Scio, den die Giustinia-
ni als Knaben mit sich genommen hatten. Er
hielt sich nun für beständig in Rom auf, und
lebte frey von einer kleinen Pension aus diesem
Hause; und erwarb sich das übrige damit, daß
er griechische Handschriften aus der Vatikanischen
Bibliothek für auswärtige Gelehrten theils ko-
pierte, theils die verschiednen Lesarten daraus
sammelte. Er heißt Demetri, und mag an die
vierzig Jahr alt seyn. Sein Wuchs ist groß und
stämmicht, und seine Gestalt so kühn und unabhängig, und seine Sitte so gegen alles Vornehme, daß er wie Diogenes dem Dionysios von Sy-
rakus zu Korinth hätte sagen können: er sey des
glücklichen Lebens nicht werth, das er nun führe.
Wie mir dieß in meinen Eingeweiden herumging,
kannst du dir leicht vorstellen.

Der

Der bildschöne Jüngling, welcher den Streit erregte, heißt Tolomei, ist ein weitläuftiger Anverwandter von ihm, Sohn eines griechischen Kaufmanns zu Brindisi, treibt hier die Mahlerey, und steht unter seiner Aufsicht.

Ich sah ihn mit einer schlanken Römerin tanzen, und mußte lächeln, daß der holde Bube den alten strengen Michel Angelo so hart angegriffen hatte; das Räthsel ließ sich nun leicht auflösen. Das süße Paar wallte in jeder Bewegung neue entzückende Schönheit von sich; der Knabe schien ein Mädchen, und die Jungfrau mit ihrem zündenden Blick ein verkleideter Jüngling. Die Menge stand umher, und kein Auge verwendete sich von ihnen aus den erheiterten Gesichtern.

Der Monat Oktober wird in Rom und auf dem Lande herum ganz der Freude gewidmet; jedes spart dafür den Sommer auf.

Ich

Ich machte mich bald wieder an den Grie=
chen; ich hatte noch manchen Punkt mit ihm ins
Reine zu bringen, der kaum war berührt wor=
den. Er erzeigte sich gefällig. Wir stiegen den
Monte Testaccio hinauf, um die Gegend zu
überschauen, und trafen oben Künstler an, die
nach der Natur zeichneten. Man hat hier rei=
zende Aussichten hin überall, und verschiedne
Landschaften jede so vollkommen für Gemählde,
um sie schier nur abzunehmen. Pyramide, die
das Kleinod der Gegend bleibt: Sankt Paul
und Tyber, Steffano rotondo, alte Wasserlei=
tungen, Kolisäum: Grabmal der Metella: Pie=
tro Montorio: Porta Portese zeigen immer neue
bezaubernde Seiten mit Pignen, romantischen
Villen, Rebenhügeln und den herrlichen Fernen
der Gebirge von Frascati, Tivoli und dem Sa=
binerlande. Wir setzten uns nieder, und jeder
drehte sich dahin und dorthin; die große Augen=
lust machte uns eine Weile stumm, und alle die
andern Sinnen verloschen.

Wir fingen endlich an, von Rom zu sprechen, dem alten und dem neuern; gingen über auf Griechenland, und dessen ehemaligen und gegenwärtigen Zustand: und unsre Reden stimmten so schön zur untergehenden Sonne an der unvollendeten Peterskuppel des unsterblichen Michel Angelo! „Ach, alles geht auf und unter, Völker und wir, und die Werke der Menschen! der Mensch ist ein stolzes Geschöpf, rief ich aus; er hat die Oberfläche der Erde gebildet, beherrscht den Adler und Löwen, und bändigt das ungeheure Meer mit seinen Schiffen: aber er weiß nicht von wannen er kömmt, noch wohin er fähret; erscheint, verändert sich augenblicklich, unsicher, ob er ein eignes Wesen ausmacht, und verschwindet. O ihr, die ihr um uns herumschlummert, ihr Scipionen, Kamille, Lukrezien und Kornelien, was und wo seyd ihr? könnt ihr nicht erwachen, und uns belehren?“

„Ein andermal hiervon, gab er zur Antwort, wenn wir mehr in Einsamkeit sind, nicht

umgaben von so viel zerstreuender Herrlichkeit.‘‘
Er hielt diese Kuppel selbst für den kühnsten
kolossalischen Gedanken eines Riesengeistes, und
glaubte, daß die alten Griechen und Römer ihn
bewundern würden.

Wir kamen alsdenn wieder auf unser altes
Thema, die bildende Kunst, und deren Wesentliches, den Menschen, und die Vollkommenheit
seiner Gestalt; und unser beyder Schluß war,
daß der neuern hierin der Kern mangle. Man
kann wohl sagen, daß die Werke der alten griechischen Meister eine Frucht ihrer Gymnasien
waren; und daß, wo diese nicht sind, sie schwer-
lich kann eingeärndtet werden. (Der erfahrne
und geübte Sinn des ganzen Volks am Nackenden, dieß ist die Hauptsache, die uns fehlt, nebst
dem der Arbeiter selbst; das schönste Nackende
der Kunst wird endlich nur durch Erinnerung
geschaffen und genossen.

Man

Man kann die Natur nicht abschreiben; sie muß empfunden werden, in den Verstand übergehen, und von dem ganzen Menschen wieder neu gebohren werden. Alsdenn kommen allein die bedeutenden Theile und lebendigen Formen und Gestalten heraus, die das Herz ergreiffen und die Sinnen entzücken; die Regung in vollstimmiger Einheit durch den ganzen Körper des gegenwärtigen Augenblicks bildet kein bloßer Fleiß nicht. Je größer und erhabner der Künstler: desto edler und eingeschränkter die Auswahl. Im Nackenden der bey uns gewöhnlich bekleideten Theile, also des ganzen Körpers bis auf Kopf und Hände und Füße können wir den Alten nicht gleich kommen, weil wir ihre Gymnasien und Thermen nicht haben. In Köpfen, Händen und Beinen und Kindern halten wir ihnen vielleicht die Wage: in so weit wir noch Periklesse, Platonen, Alkibiadesse, und Aspasien und Phrynen haben. Die höchste Vollkommenheit ist überall der letzte Endzweck der Kunst, sie mag Körper oder Seele, oder beydes zugleich darstellen:

und

und nicht die bloße getroffene Aehnlichkeit der Sache, und das kalte Vergnügen darüber. Der Meister sucht sich dann unter den Menschen, die ihn umgeben, zu seiner Darstellung das beste Urbild aus, und erhebt dessen individuellen Charakter mit seiner Kunst zum Ideal. Die Schönheit muß allgemein: der Charakter aber individuell seyn, sonst täuscht er nicht, und thut keine Wirkung; und das Individuelle kann der Mensch so wenig als das Gold erfinden. Dieß ist das Problem, an dessen Auflösung so viele scheitern.

Der ganz außerordentlichen Menschen sind bey allen Nazionen äußerst wenig gewesen; es gehört eine unendliche Menge von glücklichen Umständen dazu, solche alleredelste Gewächse und Herrlichkeiten der Natur hervorzubringen. Nehmen wir den Griechen, der bey weitem geistreichsten Nazion unter allen, die wir in der Geschichte kennen, auf dem Erdboden, nur ein Dutzend dieser herborragenden Männer: einen Lykurg, Themistokles, Pythagoras, Sokrates, Aristoteles,

teles, Homer, Sophokles, Aristophanes, Perikles, Demosthenes, Phidias, Apelles: und wir werden sehen, wie ihr Sonnenfeuer zu den Sternen andrer Völker zurückweicht, zumal wenn wir bedenken, daß ihre übrige Vortreflichen großentheils nur von diesen bestrichne Magnetnadeln waren.

Die Ehre des Volks und der Fürsten besteht darin, solche seltne Erscheinungen bey ihrem Aufgang zu erkennen, und sie zu pflegen und zu warten. Bey ihnen konnte kein Lärmmacher so leicht mit seinen ausgeschickten Trabanten das erfahrne Ohr übertäuben, das scharfe geübte Auge benebeln; sie kannten den nackenden Menschen aus ihren Gymnasien, und die hohen Gestalten aus ihren gemeinen Versammlungen. Die Verständigen prüften, gaben Rath, verdammten, belohnten. Eins trieb und vervollkommte das andre.

Und

Und so gings noch bey den Römern. August hat keinen Virgil und Horaz hervorgebracht; aber weil sie einmal jung da waren, so hielt er sie warm.

Außerdem hatten die alten mehrere Arten von Schönheiten, und wir kennen die reizende Mannigfaltigkeit nicht von Ringern, Faustbalgern, Wettläufern, Wurfpfeilschützen, Diskuswerfern, und dergleichen; und so machten ihre Götter wieder verschiedne allgemeine Klassen. Bey uns ist alle Gestalt in ein einzig doppelartig gabelförmig vollkommen Thier zusammengeschrumpft.

Die Sonne war prachtvoll untergegangen, und das schönste Abendroht zog lieblich hinten nach. „Wenn ich ein Landschaftsmahler wäre, rief Demetri, ich mahlte ein ganzes Jahr weiter nichts als Lüfte, und besonders Sonnenuntergänge. Welch ein Zauber, welche unendliche Melodien von Licht und Dunkel, und Wolken-

for-

formen und heiterm Blau! es ist die Poesie der Natur. Gebirge, Schlösser, Palläste, Lusthayne, immer neue Feuerwerke von Lichtstrahlen, Riesen, Krieg und Streit, flammende Schweife wechseln mit neuen Reizen ab, wann das Gestirn des Tages in Brand und Gluhten untersinkt. Aber leider mit euerm Licht in der Mahlerey sieht es übel aus!"

„Und was man davon mahlen kann, fuhr ich fort, dauert nur wenig Momente; die glücklichste Phantasie und Empfindung gehört dazu, es aufbewahren, nach Hause zu tragen; und wunderbare Kunst, es täuschend langsam hinzupinseln."

Wir gingen wieder hinunter; es war leer geworden, und die übrigen zogen auch noch von dannen. Endlich blieben ein halb Dutzend Mädchen, eben so viel Künstler und Demetri, und Tolomei, und ich. Wir machten uns zusammen wieder auf den

Saal, eine auserlefene Gefellfchaft. Die Mädchen waren ächte Römerinnen an Wuchs und
Geftalt, mit der erhabnen antiken noch republi-
kanifchen Geſichtsbildung, die auch auf fremde
Fürften wie nur Barbaren herunter ſchaut. Sie
hätten, wie die alten, dem hohen Senat mid
berichten laſſen, wenn fie das Verbot gegen eine
gewiſſe Luſtbarkeit von ihnen nicht aufhüben,
daß fie nicht mehr gebähren wollten.

Paar und Paar ſtanden im vertrauten Umgang mit einander; die reizenden Geſchöpfe ließen fich von ihren Geliebten als Modelle brauchen, und gaben ihre Schönheiten deren Kunſt
preis. Sie machten ſich ſelbſt Muſik, und tanz-
ten lauter Nazionaltänze, wo wenig gezogner,
gedehnter, franzöſiſcher Schritt, ſondern immer
neuer Freudenſprung iſt. Ich ließ dabey wacker
auftifchen, und einfchenken, und wurde ſelbſt
von dem Wirbel ergriffen.

Nach

Nach Mitternacht ging es in ein ächtes Bacchanal aus; das erhitzte Leben blieb nicht mehr in den gewohnten Schranken, und jedes tobte nach seinem Gefühl und seiner Regung. Demetri machte seinen Einfall zu einem Spartanischen Tanz laut, und dieser wurde mit Jauchzen ausgeführt. Doch machte man vorher den feyerlichen Vertrag, nichts schändliches zu beginnen, und die Leidenschaften bis ans lange Ziel gleich Olympischen Siegern im Zügel zu halten, wies braven Künstlern gezieme.

(Man entkleidete die Jungfrauen, die, Gluht in allen Adern, sich nicht sehr sträubten, zuerst bis auf die Hember, und schlitzte diese an beyden Seiten auf bis an die Hüften; und die Haare wurden losgeflochten. Demetri schlug die Hand= trommel, und ich spielte die Zithar.

Sie schwebten in Kreisen, drückten einzeln ihre Empfindungen aus, und jede enthüllte in

den

den süßesten Bewegungen ihre Reize, bis Paar und Paar wieder sich faßten und hoben, und wie Sphären herumwälzten. Es war gewiß ein Götterfest, so viel mannichfaltige Schönheit herumwühlen und herumtaumeln zu sehen, und ich habe in meinem Leben noch kein vollkommner weiblich Schauspiel genossen.

Man hohlte hernach aus der nahen Villa Sacchetti Epheu zu Kränzen, und belaubte Weinranken mit Trauben, zu Thyrsusstäben; und jeder Jüngling warf alle Kleidung von sich. Es ging immer tiefer ins Leben, und das Fest wurde heiliger; die Augen glänzten von Freudenthränen, die Lippen bebten, die Herzen wallten vor Wonne.

Wir führten auf die letzt allerley Scenen auf, aus Fabel, komischen und tragischen Dichtern und Geschichte in himmlischen Gruppen, wo eine wahrhaftige Phryne an Schönheit darunter mit erröhtendem und lächelndem Stolze sich

end-

endlich ganz nackend zeigte, in den verschämtesten, und muthwilligsteen Stellungen.

Tolomei wetteiferte mit ihr; er hatte wirklich Schenkel wie ein junger Gott, entzückend Feuer schon der Hand; und die Sprossen zum künftigen Strauchwerk waren an seinem Leibchen eben angeflogen.

Demetri glich dem Zevs, und ihm fehlte dazu nur Donnerkeil und Adler.

Die Phryne riß alsdenn der andern schönsten das Hemde weg, und beyde den übrigen; und nun ward ich von ihr wie von einer wühtenden Penthesilea gefaßt, der höchste Bacchantische Sturm rauschte durch den Saal, der alles Gefühl unaufhaltbar ergriff, wie donnerbrausende Katarakten, vom Senegal und Rhein, wo man von sich selbst nichts mehr weiß, und groß und allmächtig in die ewige Herrlichkeit zurückkehrt.

Gegen

Gegen Morgen macht ich die Zeche richtig; und wir schwärmten im Geisterglanze des Vollmonds unter Chor und Rundgesang an der Tyber vorbey, und hernach durch die hehren Ruinen und Triumphpforten über den Tarpejischen Felsen.

Ende des ersten Bandes.